語りなおしシェイクスピア
3
じゃじゃ馬ならし

ヴィネガー・ガール

Vinegar Girl

ANNE TYLER

アン・タイラー　　鈴木 潤 訳

集英社

目次

主な登場人物

ケイト・バティスタ　プリスクールの四歳児クラスのアシスタント。二十九歳
ルイス・バティスタ　ケイトの父。自己免疫疾患の研究者
バニー・バティスタ　ケイトの妹
ブロンドの巻き毛に無邪気な表情を浮かべた十五歳
シーア・バティスタ　ケイトの母。十四年前に逝去
ピョートル・スシェルバコフ　ケイトの父の優秀な研究助手
エドワード・ミンツ　バティスタ家の隣家の息子

ミセス・ダーリン　ケイトが勤めるプリスクールの校長
ミセス・チョーンシー　ケイトがアシスタントを務める四歳児クラスの担任
アダム・バーンズ　ケイトの同僚。スクールで唯一の男性アシスタント

シルマ伯母さん　ケイトの母の姉。六十代前半の小柄な美人
インテリアコーディネーター
バークレイ伯父さん　シルマ伯母さんの夫。細身で銀髪でハンサム
投資会社の経営者
シーロン伯父さん　シルマ伯母さんと双子。牧師

ミセス・マーフィ　ピョートルの家主
ミセス・リュー　ミセス・マーフィの住みこみの介護人

画　石田加奈子
装丁　細野綾子

ヴィネガー・ガール

第1章

ケイト・バティスタが裏庭でガーデニングをしていると、キッチンから電話のベルが聞こえてきた。ケイトは体を起こして耳を澄ました。家のなかには妹がいる。まあ、まだ寝てるかもしれないけれど。ところが電話のベルはもういちど鳴り、さらに二回鳴り、とうとう妹の声が聞こえた。だがそれは留守電の応答メッセージだった。「ハアーイィ！　こちらうちです？　ただいま留守にしてます、みたいな？　だから、メッセージを残して……」

そこまできたときには、ケイトはいらだたしそうに「チッ！」と声をもらして肩の髪を払いのけながら、大股で勝手口の階段に向かっていた。ジーンズで手を拭って網戸をぐいっとひっぱった。「ケイトや」父の声だ。「電話に出てくれ」

ケイトは受話器を取り上げた。「何よ」

「ランチを忘れてきた」

冷蔵庫の脇のカウンターに目をやると、たしかに、父の昼食が前の晩にケイトが準備しておいた場所にそのまま置きっぱなしになっている。ランチはいつもスーパーで商品を入れてくれる透明なビニール袋に入れているから、中身が丸見えだ――タッパーウェアのサンドウィッチボックスに、リンゴが一つ。「へえ」ケイトが答える。

「持ってきてもらえるか?」

「持ってこいって、いま?」

「そうだ」

「冗談でしょ。お父さん。わたしは早馬便《ポニー・エクスプレス》じゃないんだから」

「何かほかに用でもあるのか?」父が訊ねる。

「今日は日曜だってば! クリスマスローズのところの雑草を抜いてたとこ」

「まあまあ、ケイト、そうカリカリしないで。ちょっと車でひとっぱしり来てくれよ、いい子だから」

「ったく」ケイトはそう言って受話器を叩きつけるように戻し、カウンターの上のランチの袋をひっつかんだ。

どうもいまの会話はひっかかる。そもそも、電話がかかってくること自体が妙だ。父は電話ぎらいなのに。研究室には回線すら引いてないから、携帯電話からかけてきたに違いない。それもまた妙だ。父は娘たちにしつこく言われたから携帯を持っているだけなのに。初めて手にしたときは夢中になってアプリ——おもにいろんな種類の関数電卓——を買いあさりこそしたものの、それっきり興味を失って、近ごろではすっかり遠ざけるようになっていた。

それに、ランチを忘れて出かけるなんて週に二回はざらにある。だけど、忘れたこと自体を忘れてしまうのが常なのだ。基本的に、あの男はものを食べない。ケイトが仕事から帰ってくるとキッチンのカウンターにランチが置きっぱなしになっていることがままあるけれど、そんなときだって父を夕食の席につかせるのに三回か四回は声を張り上げなければならない。いつだって父には、何かもっとだいじな用がある。学会誌を読むとか、研究ノートをじっくり調べるとか。たぶん、ひとりで暮らしていたら飢え死にしてしまうだろう。

だいたい、小腹がすいたんなら、ちょっと外に出て何か買えばいいのに。父の研究室はジョンズ・ホプキンス大学のキャンパスのほど近く、そこかしこにサンドウィッチ店やコンビニがある場所なんだから。

第一、まだお昼にもなってないし。

だけど、肌寒いとはいえ今日は陽射しがあってそよ風が吹いている——長く厳しくいまいましい冬のあと、ようやくまずまずのお天気といえる日が訪れたのだ——世界にくりだす口実ができるのは、じつのところ好都合といえば好都合だった。でも車になんか乗らないで、歩いていこう。待たせておけばいい。（父自身は、何かの装置を運ばなければいけないとき以外はけっして車を使わない。健康マニアの気があるのだ。）

ケイトは玄関から外に出ると、やたらと力をこめてドアを閉めた。バニーがまだ寝ていることにいらだっていたのだ。門に向かう歩道に沿った茂みは枝ばかりで、荒れはてて見えた。クリスマスローズの手入れが終わったらここをきれいにすること、ケイトは頭のなかにメモした。

ワイヤー入りのプラスチック紐で口を縛ったランチの袋を片手にぶらぶら下げながら、ミンツさんの家、ゴードンさんの家を通りすぎた。バティスタ家とおなじく風格あるレンガ造りで、中央に玄関ポーチがあるコロニアル様式の邸宅だが、バティスタ家よりずっと手入れが行き届いている。ケイトは通りの角を曲がった。ミセス・ゴードンはアザレアの藪《やぶ》のなかで膝をついて、根元にマルチ〔水分の蒸発防止のために地面に広げる藁や木の葉などの混合物〕を敷きつめている。「あらあら、ケイトじゃないの！」大きな声が聞こえてきた。

「どうも」

「どうやらそろそろ春が腰を上げようとしているみたいだわね！」

「ですね」

ケイトは足取りをゆるめず、バックスキンの上着の裾をうしろにたなびかせて歩きつづけた。ホプキンス大の学生とおぼしき二人の若い女性が前をのろのろ歩いている。「ピンときたんだよね、彼があたしを誘おうとしてるって」そのうちの一人が話している。「だってなんども咳払いするんだもん、ほら、よくやるあれ、わかるでしょ？　なのになかなか切り出そうとしないの」

「そういうめっちゃシャイなのってかわいいよね」もう一人の女性が答える。

ケイトは二人を追い越して歩きつづけた。

次の通りにさしかかると左に曲がり、アパートや小さなカフェ、オフィスが雑居する建物がごちゃごちゃしている界隈を通りすぎ、ふたたびあらわれたレンガ造りのコロニアル様式の建物に入った。この建物はバティスタ家にくらべて前庭が狭いけれど、屋根付きの玄関ポーチはずっと大きくて立派だ。玄関ドアの脇には六つか八つの表札がならんでいて、風変わりな組織やら、聞いたこともないようなマイナーな雑誌やらの名前が書かれている。しかしながら、ルイス・バティスタの表札はない。父は何年もいろんな建物を転々とした挙句、大学から近いけれど医学部棟からは遠い、離れ小島のようなこの場所に落ち着いた。だから、表札を出す手間なんてかける必要はないと思ったのかもしれない。

玄関広間の片側の壁には郵便受けが据えられていて、真下に置かれたおんぼろのベンチの上にはチラシやテイクアウトのメニュー表が山と積まれ、雪崩《なだ》れかけている。ケイトはいくつかのオフィスの前を通りすぎたが、〈ブッダのためのクリスチャン協会〉のドアだけは開け放たれていた。室内では三人の女性がデスクのまわりに寄り集まっていて、デスクに坐っている四人目の女性がティッシュで目を押さえていた。（ここではいつだって何かが起きている。）ケイトは廊下の突き当たりにあるドアを開け、木製の急な階段を下りた。階下につくと立ち止まって暗証番号を押した——１９５７。ワイテブスキが初めて自己免疫疾患の特徴を定義した年だ。

足を踏み入れた部屋は狭く、家具はカードテーブルと二脚のパイプ椅子だけ。テーブルの上には茶色の紙袋が載っている。誰かのランチだろうか。ケイトはその隣に父のランチを置くと、ドアのほうに歩いていって歯切れよく二回ほどノックした。しばらくすると父が頭をにょきっと突き出した——つるつるした禿げ頭の両脇には黒髪がわずかに残り、顔はオリーヴ色で、まっさきに黒い口ひげと縁なしの丸眼鏡が目に入る。「おお、ケイト」父は言った。「お入り」

「よしとく」ケイトはこの場所の臭いが嫌いだ——ほのかに鼻を刺すような実験室そのものの臭いに、乾いた紙みたいなマウス室の臭い。「ランチはテーブルの上に置いといたから」とケイト。「それじゃ」

「だめだめ、待った！」

父は振り向いて背後にいる誰かに話しかけた。「ピョーダー？　こっちに来てうちの娘に挨拶してくれ」

「もう行かなきゃ」とケイト。

「わたしの研究助手に会わせたことがなかったよな?」と父。

「いいって」

が、ドアが大きく開き、がっちりした筋肉質の体にまっすぐな黄色い髪の男が奥から姿を現して、父の隣に立った。実験用白衣はずいぶんと薄汚れていて、バティスタ博士の薄いグレーのつなぎ服とほとんどおなじ色といってもよさそうだった。「ヴォゥヴフ!」その男は言った。というか、少なくともそんなふうに聞こえた。男はケイトをうっとりと眺めた。初対面の男たちはよくこんな目つきで見てくる。死んだ細胞のなせる業《わざ》——ケイトはウェーブのかかったつややかな黒髪を腰まで伸ばしているのだ。

「こちらはピョーダー・チェーバコヴ」父が言った。

「ピョートルです」男は父の発音を正した。鋭く短いtと、波打たせて転がすようなr、そのあいだにはいかなる隙もない。さらに「スシェルバコフ」と、子音をかき集めていきおいよく吐き出すように言った。

「ピョーダー、こちらケイト」

「どうも」ケイトは挨拶をした。「それじゃまた」と父に向かって言った。

「ちょっといてくれないかね」

「なんでよ?」

「ほらその、サンドウィッチの容れ物を持って帰らなきゃいけない、だろ？」

「あー、それは自分で持ち帰ってくればよくない、かな？」

突然、ホーウッとはやしたてるような声がして、二人はいっせいにピョートルのほうを見た。

「まるでぼくの国の女の子《ガール》みたいだ」とピョートルが顔を輝かせながら言った。「とてもずけずけ物を言う」

「女性《ウーマン》みたい、でしょ」ケイトはたしなめるように言った。

「ええ、女性もそう。おばあさんたち、おばさんたち」

この人には何を言ってもむだなようだ。「お父さん」ケイトは言った。「バニーによく言い聞かせてくれない？　友達を家に呼んだあと、部屋をしっちゃかめっちゃかにしたままにしないようにって。今朝のテレビ部屋の散らかりよう見た？」

「うんうん」父はそう言いながら、なぜか実験室の奥に引き返していく。と、キャスター付きのスツールを押しながら戻ってきた。それをカードテーブルの隣に置いて、ケイトに言った。

「ここに坐んなさい」

「庭仕事の途中なんだってば」

「頼むよ、ケイト」と父。「まったくおまえって子は付き合いが悪いな」

ケイトは父をまじまじと見た。「付き合い？」

「坐って坐って」父はそう言ってスツールのほうにうながした。「サンドウィッチを分けてあげよう」

「お腹すいてないから」とケイト。そう言いつつ、スツールにおずおずと腰かけた。父をじっと見つめたまま。

「ピョーダー、坐って。よければきみもサンドウィッチをつまんでいいぞ。ケイト特製だ。全粒粉パンにピーナッツバターと蜂蜜だよ」

「知っているでしょう、ぼくはピーナッツバターは食べません」ピョートルはぴしゃりと言った。パイプ椅子をもってきてケイトの斜め向かいに腰を下ろした。ケイトの坐っているスツールのほうがずっと高かったので、彼の頭頂部のあたりの髪が薄くなりかけているのが見えた。

「ぼくの国では、ピーナッツは豚の餌なんです」

「あはは」バティスタ博士が笑った。「じつにユーモラスな男だな、そうだろ、ケイト?」

「はあ?」

「やつら《テイ》は殻つきのまま食べるんですが」とピョートル。

どうやらthの発音が苦手なようだ。それに母音の伸ばし方も足りない。ケイトは外国語訛りというものが気になってしまう質《たち》だ。

「このわたしが携帯電話を使うなんてびっくりしたろう?」父が言った。なぜかまだ立ったたま

まで いる。つなぎ服のポケットから携帯を取り出してみせた。「おまえたちの言うとおりだったよ。こいつは便利だな」と父。「これからはもっと有効活用しよう」ふと、父は何を手にしているのか思い出そうとしているみたいに眉をひそめて携帯を見下ろした。やがてボタンを押して携帯を顔の正面にかざし、目を細めながら二、三歩うしろに下がった。カシャッと機械音が響いた。「ほらな？ これで写真が撮れるんだ」

「消去して」ケイトはきっぱりと言った。

「やり方がわからんもんでな」父は言い、またカシャッとシャッター音を鳴らした。

「いい加減にして、お父さん。坐って食べちゃってよ。庭仕事に戻らなきゃいけないんだってば」

「わかったわかった」

父は携帯をしまいこんで腰を下ろした。一方、ピョートルはランチの入った紙袋をがさごそやっているところだった。なかから卵二個とバナナを取り出し、紙袋を平たくしてテーブルに敷くと、その上にならべた。「ピョーダーはバナナ信者でね」父が言った。「わたしがいくらリンゴについて説いても、耳も貸さないんだ」父は自分のランチの袋を開けてリンゴを取り出した。「ペクチンだよ！ ペクチン！」父はそう言いながらピョートルの鼻先でリンゴを揺らしてみせた。

「バナナはミラクルフードです」ピョートルは平然と言い、バナナを手に取って皮を剝《む》きはじめた。この人の顔って、ほぼ六角形だ、とケイトは思った――横に張った頰骨が二つのとがった頂点で、さらに左右の顎が二つの頂点、その真下の顎先が一つの頂点、そして額の上でまんなか分けになっている長い前髪のつけ根のところが一番上の頂点。「それに卵も」ピョートルが言った。「雌鶏《めんどり》の無精卵！　なんとよくできた自己完結だろう」

「ケイトは毎晩欠かさずベッドに入る前にわたしのためにサンドウィッチを作ってくれるんだ」とバティスタ博士。「この子はとても家庭的なんだよ」

ケイトは目をぱちぱちさせた。

「ピーナッツバターでしょう、でも」とピョートル。

「まあ、そうだ」

「ですよね」ピョートルはため息をつきながら言った。残念そうな目でこちらを見る。「でも、たしかにじゅうぶんきれいだ」

「もう一人の娘に会ってみたほうがいいな」

ケイトが割って入った。「ちょっと！　お父さん！」

「なんだ?」

「その娘はどこに?」ピョートルが訊ねた。

「ああ、バニーは十五歳なんだ。まだ高校生だよ」

「そうですか」ピョートルはケイトに視線を戻した。

ケイトはいきおいよくスツールをうしろに滑らせて立ち上がった。「タッパー、忘れないで持って帰ってきて」

「おいおい！　もう帰るのか？　どうしてそんな急に？」

しかしケイトは「じゃ」とだけ言った――むしろピョートルに向かって。彼は品定めするような目でこちらをじろじろ見ている――ケイトは戸口のほうにすたすた歩いていって力まかせにドアを開けた。

「キャサリン、いい子だから。逃げないで！」父が椅子から立ち上がった。「まったく、うまくいかないもんだな。この子は忙しすぎるだけなんだよ、ピョーダー。腰を下ろさせて一息つかせることもできない。この子が家のことをぜんぶ取り仕切ってるってことは話したかな？じつに家庭的な子でね。おっと、それは話したっけな。それに、フルタイムで働いてるんだ。プリスクールの先生だって話は？　小さい子どもの相手がうまくてな」

「なんでそんな話し方するの？」ケイトは父のほうを向いて問いただした。「いったいどうしちゃったわけ？　わたしは小さい子どもが嫌いなの、知ってるでしょ」

またしてもホーウッという声がピョートルのほうから聞こえてきた。にこにこ笑いながらケイトを見上げている。「なぜ小さい子どもが嫌い?」ピョートルは訊いた。
「だってその、あの子たちってほら、あんまり賢くないでしょ」
ピョートルはもういちど声をあげた。バナナを片手に奇声を発したりして、まるでチンパンジーだ。ケイトはくるりと背を向けて部屋を飛び出し、ドアをバタンと閉めると一段飛ばしで階段を上りはじめた。

背後でドアが開く気配がした。父の声が聞こえる。「ケイト?」足音が追ってくるのがわかったけれど、ケイトは建物の中央廊下まで大股で歩きつづけた。

カーペット敷きの廊下に入ると父の足音が静かになった。「ちょっと見送りでもしようと思ってな、いいだろ?」うしろからケイトに呼びかける。

見送り?

だが玄関までくるとケイトは立ち止まった。振り向いて、父がこちらにやってくるのをじっと見た。

「へまをやらかしたようだな」父はそう言って手のひらを禿げ頭になでつけた。フリーサイズのつなぎ服は胴まわりがふくらんでいるので、テレタビー〔イギリスの幼児向け番組のキャラクター〕みたいに見える。

「怒らせるつもりはなかったんだ」

「怒ってなんかない、ただ……」

でもケイトは「傷ついた」と言うことができなかった。それを言ってしまったら、涙があふれてきそうだったから。「うんざりしただけ」ケイトはそう言った。

「わからんな」

それはもっともだ。はっきりいって、父は何もわかっていないのだから。

「何をしようとしてたわけ？」ケイトは両手の拳を腰にあてて言った。「なんであんなふうに……あの助手の前でおかしなことするの？」

「彼は『あの助手』じゃない。ピョーダー・チェーバコヴだ。あの男を助手にできるなんて、どれだけ幸運か。なあほら、日曜なのに来てくれるんだ！　しょっちゅう休日出勤してくれる。それはそうと、わたしの助手になってもう少しで三年たつんだから、おまえだって名前くらい知っていてくれてもいいだろう」

「三年？　エニスはどうしたの？」

「おいおい！　エニスは前の前の助手だ」

「あら」

ケイトはどうして父がそういらいらするのかわからなかった。これまで自分の助手たちの話を聞かせてきたわけでもあるまいし――それどころか、どんな話も聞かせてくれたことなんてないくせに。

「助手をとどめておくのがちょっと難しくなってきたようでな」父は言った。「素人の目には、わたしの研究は将来有望とは映らないんだよ」

父がそんなふうに正直に話すのは初めてだった。もっとも、ケイトはときどきどうなっているんだろうと思うことはあったけれど。急に父のことが気の毒になってきた。ケイトは腰にあてていた両手を下ろした。

「ピョーダーをこの国に連れてくるのにどれだけ苦労したか」父は言った。「おまえさんが気づいていたかどうか知らないが。当時ピョーダーはまだ二十五歳だったが、自己免疫の研究者なら誰でも彼の名前を知っていた。あの男は優秀なんだ。O－1ビザを取得できたんだから。いまどきめったにないことなんだぞ」

「そうなんだ、お父さん」

「卓越した能力を持った者に与えられるビザだよ、O－1ビザってのは。つまりピョーダーには、この国では誰も持っていない卓越した技術や知識があるってことだ。そしてわたしは彼のような男を必要としてしかるべき卓越した研究に携わっているということだ」

「そうなんだ」

「O－1ビザの期限は三年だ」

ケイトは手を伸ばして父の腕に触れた。「そうだよね、自分の研究について不安を覚えるのも無理はないよ」励ましているように聞こえるといいけど。「でも、きっとうまくいくって」

「ほんとにそう思うか?」と父。

ケイトはうなずき、父の腕をぎこちなくぽんぽんと叩いた。父はそんなことをされるとは思ってもみなかったようで、びくっとした。「そう思う」ケイトは言った。「サンドウィッチの容れ物、忘れないで持って帰ってきてね」

ケイトはそう言って玄関を出て、陽射しのなかに足を踏み出した。〈ブッダのためのクリスチャン協会〉の女性二人が頭を寄せ合って階段に坐りこんでいた。なにやら大笑いしていてしばらくこちらに気づいてくれなかったが、まもなく体を離してケイトに道をあけてくれた。

〈ルーム4〉の女の子たちは「別ればなし」ごっこをしていた。バレリーナのお人形さんが水兵のお人形さんに別れを切り出している。「悪いわね、ジョン」バレリーナがきびきびとそっけなく言う。実際に話しているのはジリーだ。「でもあたし、ほかの人のことが好きになったの」

「ほかの人って?」水兵が言う。こちらを演じているのはエマ・G。ブルーのちっちゃなセーラー服の腰をつかんでいる。

「誰かは言えない。だってあなたの親友だから、きっとあなたを傷つけちゃうもん」

「ちょっと、ばかじゃないの」エマ・Bが横槍を入れる。「それじゃ誰だかわかっちゃうよ、親友だなんて言っちゃったら」

「親友がいっぱいいるかもしれないじゃない」

「そんなわけないよ。親友なんだから」

「あるよ。だってあたしは親友が四人いるもん」

「じゃ、あんたが変人なんだ」

「ケイト！　エマがあたしのこと今なんて言ったか聞いた？」

「気にすることないでしょ」ケイトはジャミーシャがお絵描き用スモックを脱ぐのに手を貸しながら言った。「変なのはあんたのほうだって言ってやりなさい」

「変なのはあんたのほうだよ」ジリーがエマ・Bに言う。

「ちがうもん」

「そうだもん」

「ちがうもん」

「ケイトがそうだって言ったもんね！」

「そうは言ってないでしょう」とケイト。

「言ったもん」

ケイトはあやうく「言ってないもん」と返しそうになったが、「ま、とにかく言い出しっぺはわたしじゃないから」と答えておいた。

みんなは部屋の隅にあるお人形さん遊びのスペースに集まっていた。女の子が七人に、サムソン家の双子の兄弟、レイモンドとデイヴィッド。残り六人の男の子たちは砂あそび用のテーブルを取りかこんで、そこをスポーツアリーナに変身させていた。プラスチックのスプーンを使ってレゴブロックをはじき飛ばし、テーブルの向こう側に置いた波状の金属製のゼリー型のなかに打ちこむ競技に励んでいる。たいていは外れるのだが、たまに誰かがヒットさせるとどっと歓声があがり、ほかの子たちが今度は自分の番だとばかりに肘でこづきあいながらスプーンに殺到する。

ほんとうならようすを見にいって静かにさせなければいけないのだが、ケイトは放っておいた。ちょっとエネルギーを発散させておけばいい。それに、ケイトは先生ではない。たんなるアシスタントだ――そこには雲泥の差がある。

〈チャールズ・ヴィレッジ・リトル・ピープルズ・スクール〉は四十五年前にエドナ・ダーリン夫人によって創設され、今でも夫人が運営している。先生たちはみんなかなりの高齢なので、それぞれに一人はアシスタントが必要だ。ただし、手のかかる二歳児のクラスに限っては二人。だって、人生もいよいよ大詰めという人たちに、ちびっこギャング団を追いかけまわせというのは無理な話だから。スクールはアロイシウス教会の地下の全フロアを占めていたが、一階部分が地面より高い造りの建物だから、教室は日当たりがよくて気持ちがいいし、両開きのドアを開ければすぐに外の遊び場に出られる。ドアからいちばん奥まったところには、壁で隔てた教員専用のラウンジが作られていた。年配の先生たちは大部分の時間をそこで過ごし、ハーブティーを飲んだり肉体の衰えについて話し合ったりしている。アシスタントたちもお茶を淹《い》れに、あるいは大人サイズの洗面台とトイレのある職員用化粧室を使いにラウンジに入っていくことがあるにはあったが、そのたびにごく内輪の会合の邪魔をしたような気分になるので、先生たちが温かく迎えてくれるとはいえ、なるべく足を踏み入れないようにしていた。

ひかえめに言っても、ケイトはプリスクールで働くつもりなんてこれっぽっちもなかった。でも大学二年生のときに植物学の教授に面と向かって光合成の説明が「中途ハンパ」だと言ってしまった。それをきっかけにいろいろあった挙句、退学を勧告されるはめになった。父がどういう反応をするか心配していたが、いきさつを洗いざらい話すと、父は「うん、おまえが正しい。そりゃたしかに『中途ハンパ』だ」と言い、それでけりがついた。ケイトが実家に戻ってぶらぶらしていると、シルマ伯母さんが首をつっこんできて、プリスクールの先生のアシスタントの職に就く段取りを整えてしまった。（シルマ伯母さんはこのプリスクールの理事だった。伯母さんはいろんなところの理事なのだ。）本来なら翌年大学に復学申請をすることもできたのだが、ケイトはそうしなかった。ケイトにはそういう選択肢もあるということが、父の頭からはすっかり抜け落ちてしまったようだった。たしかに、父にしてみればケイトがそばにいていろんなことを取り仕切ってくれたり、小さい妹の面倒をみてくれるほうが好都合だった。バニーは当時まだ五歳だったけれど、すでに年配の家政婦の手にあまっていた。

ケイトがアシスタントを務めているクラスの担任の名前はミセス・チョーンシー。（どの先生もアシスタントに「ミセス」付けで呼ばれている。）ミセス・チョーンシーは気さくでえらく肥った女性で、ケイトが生まれる前から四歳児の世話をしていた。ふだんはぼんやりおっとり子どもたちに接しているが、誰かが悪さをすると「コナー・フィッツジェラルド、あなたが何を企んでいるかちゃーんとわかっていますからね！」とか「エマ・グレイ、エマ・ウィルズ、よそ見しないで！」なんて調子になる。ミセス・チョーンシーはケイトが子どもたちに甘すぎると考えていた。〈しずかにおひるねするじかん〉になっても横になろうとしない子がいれば、ケイトはただ「あっそ、じゃあ好きにしなさい」と言ってぷりぷりしながらその場を立ち去るだけだった。するとミセス・チョーンシーはケイトを咎《とが》めるような目つきでじろっと見てから、その子に言うのだった。「だーれかさんがミス・ケイトの言うことをきかないみたいだわね」そんなときケイトは自分がずるをしているような気分になった。昼寝をするよう命じるなんて、いったい何様なんだろう？　ケイトには威厳というものがこれっぽっちもない。子どもたちもみんなよくわかっている。ケイトのことを、異様に背が高くてもっとたちの悪い四歳児にすぎないと思っている。プリスクールに勤めてかれこれ六年になるけれど、子どもたちの誰ひとりとしてケイトを「ミス」付けで呼んだことはない。

ときどきほかの職を探そうかと考えてみることもあったが、実行に移したことはなかった。

正直なところ、面接が得意ではないのだ。それに、じゃあ自分は何に向いているのかと考えると、なんにも思いつかないのだった。

大学時代に男女共用の寮に住んでいたとき、なりゆきで共有スペースでチェスの試合をしたことがあった。ケイトはチェスがとくに強いというわけではないけれど、無謀で型破りな攻め方をする大胆なプレイヤーだったので、しばらくのあいだ敵を守勢に立たせておくことができた。そのうちまわりに見物にきた学生たちのちょっとした人だかりができたが、ケイトは気にかけなかった。が、すぐうしろに立っていた男子学生が隣の誰かにささやく声が耳に入ってきてはっとした。「彼女、いきあたりばったりだな」図星だった。ケイトはそれからまもなく試合に負けた。

いまだにちょくちょくその言葉を思い出す。プリスクールに歩いて通勤しているとき、子どもたちが長靴を脱ぐのを手伝っているとき、子どもたちの爪にこびりついた色つき粘土をこすり落としているとき、膝に絆創膏《ばんそうこう》を貼ってやっているとき。子どもたちがまた長靴を履くのを手伝っているとき。

彼女は、い、き、あ、た、り、ば、っ、た、り。

昼食はトマトソースのスパゲッティだった。ランチルームではいつものようにクラスの子どもたちが二つのグループに分かれ、一方のテーブルの上座にケイト、食堂の向こう側にあるもう一方のテーブルの上座にミセス・チョーンシーが腰を下ろした。子どもたちは席につく前に、ケイトかミセス・チョーンシーに手の甲と手のひらを順番に見せて点検してもらう。みんなが着席すると、ミセス・チョーンシーがフォークで牛乳の入ったグラスをチンと鳴らしてから大きな声で言う。「さあ、〈おいのりのじかん〉ですよ！」子どもたちはいっせいに首をすくめる。

「神さま」ミセス・チョーンシーの甲高い声が響く。「おいしい食事をありがとうございます。きょうも元気に過ごさせてくれてありがとうございます。アーメン」

　ケイトのテーブルの子どもたちはすぐに顔を上げた。「ケイトが目を開いたままだったよ」クロエがまわりの子たちに言った。

　ケイトは言った。「だから？　それがどうしたの、聖者さん？」サムソン家の双子がくすくす笑った。「聖者さん」デイヴィッドがぼそっとくりかえした。いつか自分で使う日にそなえて暗記するみたいに。

「おいのりのあいだに目を開けたままでいると」とクロエ。「神さまに感謝してないって思われちゃうんだよ」

「まあね、感謝してないから」とケイト。「スパゲッティ、好きじゃないもの」

　みんなびっくりして黙りこんだ。

「スパゲッティが嫌いだなんて、どうして？」とうとうジェイソンが訊ねた。

「濡《ぬ》れた犬みたいなにおいがするから」ケイトは答えた。「気づかなかった？」

「オエッ」みんなが言った。

顔を皿に近づけて鼻をくんくんさせる。

「ね？」とケイト。

子どもたちは顔を見合わせる。

「ほんとだ」とジェイソン。

「ぼくんちの犬のフリッツをおっきなおんぼろの蟹獲《かにと》り籠《かご》に入れてぐつぐつ煮たみたいだ」とアントワン。

「オエッー！」

「でもニンジンは大丈夫みたいよ」ケイトは言った。こんな騒ぎを招いてしまったことを後悔しはじめていた。「ほら、食べなさい、みんな」

何人かの子がフォークを取り上げた。でもだいたいの子は手を伸ばそうとしなかった。

ケイトはジーンズのポケットに手をつっこんで、ビーフジャーキーをひと切れ取り出した。ランチがはずれだったときに備えて持ち歩いているものだ。ケイトは好き嫌いが多い。ビーフジャーキーを歯でちぎりとって噛《か》みはじめた。さいわい、子どもたちはみんなビーフジャーキーが好きではなかった。エマ・Ｗは例外だったけれど、がんばってスパゲッティに取り組んでいたので、誰にもわけてやらずに済んだ。

「みなさん、楽しい月曜日、ごきげんよう！」ミセス・ダーリンがアルミ製の杖をつきながらケイトたちのテーブルのほうにやってきた。ミセス・ダーリンは各クラスの食事の最中にかならずランチルームにやってきて、かならず曜日を取り入れた挨拶をした。

「ごきげんよう、ミセス・ダーリン」子どもたちはもごもご挨拶を返し、ケイトはひそかに口のなかのビーフジャーキーを左頰の内側に押しこんだ。

「どうして食べてる人がこんなに少ないのかしら？」（ミセス・ダーリンはどんな些細なことも見逃さない。）

「スパゲッティは濡れた犬みたいなにおいがするから」とクロエが言った。

「何みたいですって？　あらまあ！」ミセス・ダーリンは皺《しわ》がよってしみだらけの手を垂れた胸に押し当てた。「あなたがた、どうやら〈なにかいいこと〉ルールを忘れてしまったようね？」とミセス・ダーリン。「みんな？　誰か〈なにかいいこと〉ルールを教えてくれる人は？」

誰も口を開かない。

「ジェイソン？」

「『なにかいいことが言えないなら』」ジェイソンが口ごもりながら答える。「『なにも言わないでおかないこと』」

「『なにも言わないでおくこと』、ね。そのとおり。今日のランチについて〈なにかいいこと〉が言える人は？」

沈黙。

「ミス・ケイト？　あなたがなにかいいことを言ってみてくれる？」

「その、ほんとに……つやつやしてます」とケイト。

ミセス・ダーリンはしばらくじっとケイトを見つめていた。が、「さあ、みなさん。では楽しいランチを」とだけ言って、杖をつきつきミセス・チョーンシーのテーブルのほうに歩きはじめた。

「濡れた犬みたいにつやつや」ケイトは子どもたちにひそひそ声で言った。

みんなはきゃあきゃあ笑いはじめた。ミセス・ダーリンがふと立ち止まり、杖を支えにしてくるっと振り返った。

「そうだ、ところでミス・ケイト」とミセス・ダーリンは言った。「〈しずかにおひるねするじかん〉になったら、ちょっとわたしの部屋にきてくれる？」

「はい」ケイトは言った。

口のなかのビーフジャーキーをごくんと呑みこんだ。

子どもたちが目をまんまるくしてケイトのほうを向いた。四歳児でも校長室に呼び出されるのはよくないことだとわかるのだ。

「ぼくたちはきみのことが好きだからね」ややあってジェイソンが言った。

「ありがと、ジェイソン」

「ぼくと弟が大きくなったら」デイヴィッド・サムソンが言った。「ぼくたち、きみと結婚するんだ」

「そう、ありがと」

それからケイトは手を叩いて言った。「ね、知ってる？　今日のデザートはクッキー生地入りアイスクリームだよ」

子どもたちは「んー！」とうれしそうな声をもらしたけれど、まだ心配そうな顔をしていた。

みんながアイスクリームを食べ終わるか終わらないかというとき、五歳児たちがランチルームの入口に姿をあらわした。落ち着きなく押しあいながら列をみだしている。図体《ずうたい》のでかい、威圧的な巨人たち。この小さな世界ではそんなふうに思えたが、彼らだって去年まではケイトの四歳児クラスの子どもだったのだ。「さあ、行きましょう」ミセス・チョーンシーが声をあげ、椅子から重たげに体を起こして立ち上がった。「あとがつかえてますよ。ミセス・ワシントンにごちそうさまを言って」

「ミセス・ワシントン、ごちそーさまでしたー」子どもたちは声をそろえて言った。ミセス・ワシントンは厨房のドアの近くで笑みを浮かべてゆったりとうなずき、両手をエプロンで包んだ。(〈チャールズ・ヴィレッジ・リトル・ピープルズ・スクール〉は、礼儀をやたらと大事にしている。)四歳児クラスの子どもたちがわらわら集まって列らしきものを作り、身をすくめてうやうやしく五歳児たちの脇を通りすぎて部屋を出た。ケイトは子どもたちの列のいちばんうしろについて歩いていた。五歳児クラスのアシスタントのジョージーナとすれちがったとき、ケイトは「校長室に呼び出されちゃった」と耳打ちした。

「うわっ!」ジョージーナは言った。「まあ、がんばって」ジョージーナはピンク色の頬をした感じのいい顔立ちの若い娘で、目下第一子を妊娠中で大きなおなかをしている。そういう彼女は呼び出しなんかいちどもされたことないんだろうな、とケイトは思った。

〈ルーム4〉に戻ると、ケイトは物置の鍵を開けて、子どもたちが昼寝に使うアルミ製のベッドを取り出した。積み重なった子ども用ベッドを下ろして部屋じゅうに広げ、子どもたちが自分の用具入れにしまっている毛布と小さな枕をひとつひとつに置いてまわった。クラスでいちばん騒がしい女の子四人組は部屋の一角にかたまって寝ようとするのだが、いつも先手を打ってその計画を阻止しているのだ。ふだんミセス・チョーンシーは〈しずかにおひるねするじかん〉には教員用ラウンジで過ごしているが、今日はランチのあとにクラスの部屋に引き返してきた。デスクに腰を下ろし、ボルティモア・サン紙をトートバッグからひっぱりだしている。ミセス・ダーリンがケイトを部屋に呼びつけるのを聞いていたに違いない。

リーアム・Dが眠たくないと言った。毎度のことだけれど、結局〈おそとあそびのじかん〉になっても死んだように眠りこけて、ケイトの手をわずらわせるのはリーアムだった。ケイトはリーアムの毛布のはじっこをぜんぶ彼の体の下にたくしこんでやった。リーアムはそうされるのが好きなのだ。白いフランネル地に黄色の二本線が入った毛布《ブランケット》のことを、リーアムは「ブランキー」と赤ちゃん言葉で呼んでいた。まわりにクラスの男の子たちがいないときだけだけれど。それからケイトはジリーのポニーテールをほどく手伝いをした。そうしないと横になったときに髪留めが頭に刺さってしまう。ケイトはジリーの枕の下に髪留めをしまいこんで言った。「どこにしまったかちゃんと覚えておいて。起きたとき見つけられるように」子どもたちが起きる時間までには校長室から戻っているだろうけど、もしも戻ってこられなかったら？　持ち物をまとめていますぐ出てけなんて言われたら？　ケイトはジリーの髪を指先でとかしてやった——絹みたいにすべすべした薄茶色の髪は、ベビーシャンプーとクレヨンのにおいがした。アントワンのちょっとしたいじめの問題を解決するのを手助けしてやることもできないのだろう。エマ・Bが六月に中国からやってくる養子の妹にどう接するのか知ることもないのだろう。

ケイトが子どもぎらいというのは真実ではない。少なくとも、何人かはまあまあ好きだ。子どもはシダ植物のちっちゃな葉っぱじゃないんだから、十把一《じっぱひと》からげで好きとは言えないというだけだ。

だけど、ケイトはミセス・チョーンシーにあえてさわやかな口調で言った。「すぐ戻ります!」

ミセス・チョーンシーは何も言わずほほえみを浮かべて(能天気な笑み? 憐れみの笑み?)、新聞をめくった。

校長室は〈ルーム2〉の隣にある。二歳児は小さいのでベッドではなく床に敷いたマットに寝ている。それなら転がり落ちる心配がないからだ。部屋は薄暗く、ドアのガラスごしに室内が見え、そこから強い意志がこもった静けさが漂ってくるような感じがした。

校長室のドアのガラスの向こうには、ミセス・ダーリンがデスクに腰を下ろし、書類に目を通しながら電話をしている姿が見えた。だが、ケイトがノックをするとそそくさと挨拶をして受話器を置いた。「お入りなさい」ミセス・ダーリンは言った。

ケイトはなかに入って、デスクの前にある背もたれがまっすぐの椅子に腰を下ろした。

「あのしみのついたカーペットの交換の見積もりがやっと出たのよ」ミセス・ダーリンは言った。

「はあ」とケイト。

「でも、問題はどうしてしみがついたかってことね。どこかから何か漏れているのはあきらかだもの。だとしたら、どこから何が漏れているのか突き止めないことには新しいカーペットを敷いてもむだになるだけでしょう」

その問題については何も言うことが思いつかなかったので、ケイトは黙っていた。

「まあ」とミセス・ダーリン。「それは置いといて」

書類をてきぱきと整理してフォルダに入れた。それからべつのフォルダに手を伸ばした。

(もしかしてわたしのフォルダ？　わたし専用フォルダなんてのがあるの？　いったい何が入ってるの？)ミセス・ダーリンはフォルダを開くといちばん上にある書類をしばらくじっと見つめ、それから眼鏡の縁ごしにケイトをちらっと見た。「では」ミセス・ダーリンが言った。「ケイト。どうなのかしら。ここでのあなたの仕事ぶりを、あなた自身はどう評価していますか？」

「わたしの何ですか？」

「このスクールでのあなたの仕事ぶりです。教員としての能力よ」

「えっと」とケイト。「わたしにはわかりません」

どうかこれで答になっていますようにと願ったけれど、ミセス・ダーリンはまだ何か待っているようにこちらを見ていたので、さらに言った。「つまりその、わたしは教員とは言えないんで。ただのアシスタントですから」

「それで？」

「補助《アシスト》するだけです」

ミセス・ダーリンの視線はまだ動かない。

「でもまあ、それはまずまずうまくやっていると思います」ケイトはようやく言った。

「ええ」とミセス・ダーリン。「そうだわね、だいたいのところは」

ケイトはびっくりしたけれど、それを表情に出すまいとこらえた。

「まあ実際、子どもたちはあなたのことがとっても好きみたいだし」

〝なぜだかさっぱりわからないけれど〟という付け足しの言葉が、静まりかえった部屋のなかに宙ぶらりんになっているようだった。

「残念だけれど、保護者のほうは子どもたちとおなじようには考えていないようなの」

「そうですか」とケイト。

「前にもこの問題が持ち上がったことがあったでしょう、ケイト。覚えてる？」

「ええ、覚えてます」

「あなたとわたしで話し合ったわよね。とても真剣な話し合いでした」

「ですね」

「今度はクロズビーさんよ。ジャミーシャのお父さん」

「クロズビーさんがどうかしたんですか？」ケイトが訊ねた。

「木曜日にあなたと話したそうよ」ミセス・ダーリンは書類の束の一枚目の紙を取り上げ、眼鏡をしっかりかけ直して目を通した。「木曜日の朝。クロズビーさんはジャミーシャをスクールに送りにきた。そのときあなたに、ジャミーシャの親指しゃぶりの癖について相談したいと言った」

「親指じゃなくて指しゃぶりですね」ケイトは訂正した。ジャミーシャは人さし指と小指を口の脇に立てたまま中指と薬指をしゃぶる癖がある。手話の「アイ・ラヴ・ユー」のような形になるのだ。ケイトはそういうタイプの指しゃぶりを以前にも何度か見たことがある。去年受け持ったベニー・メイヨーがそうだった。

「指しゃぶり、ね。クロズビーさんはジャミーシャがそれをやっているのを見かけたらやめさせてくれとあなたに頼んだ」

「覚えてます」

「それで、あなたがなんて答えたか覚えてる？」

「心配いらない、と言いました」

「それだけ?」

「時間がたてば自然にやらないようになるから、と」

「あなたはね……」そこでミセス・ダーリンは書類の文章を読み上げた。「あなたはこう言った。『たぶんもうじきやめますよ。いずれ、しゃぶったら目玉をつついちゃうくらい指が長くなれば』」

ケイトは笑った。自分がそんな気のきいたことを言っていたとは気づかなかった。

ミセス・ダーリンが言った。「クロズビーさんはそう言われてどう思ったかしらね?」

「わたしにクロズビーさんがどう思ったかわかるわけないですよ」

「でも、推測できるでしょ」ミセス・ダーリンは言った。「いいわ、わたしの口から言いましょう。クロズビーさんはそう言われて、あなたが……」また書類を読み上げる。「『不真面目で失礼』だと感じた」

「そんな」

ミセス・ダーリンは書類をデスクにおろした。「いつか」ケイトに向かって言った。「あなたは一人前の教員になる、わたしにはその姿が目に浮かぶの」

「ほんとですか?」

ケイトはこの職場に昇進なんて道があることに気がつかなかった。今日の今日までそんな兆候はまったくなかった。

「あなたが一人前になってクラスの担任になる姿が目に浮かぶ」ミセス・ダーリンは続けた。「でもね、『一人前』っていうのはただ年を取るという意味ではないのよ」

「はい。もちろん」

「つまり、あなたは社会性というものをいくらか身につける必要があるんです。機転と、自制と、如才なさというものを」

「わかりました」

「わたしの言ってること、ちゃんと理解してるの？」

「機転。自制。如才なさ」

ミセス・ダーリンはしばらくケイトを見つめていた。「さもなくば」やがて口を開いた。「あなたがこの小さなコミュニティで働きつづける姿が思い描けないから。わたしはぜひ思い描きたいんです。あなたの伯母さんのためにもずっといてほしいと思っているんだけれど、あなたは薄氷を踏むようなあやうい立場にいるのよ。それをわかっていてほしいの」

「わかりました」ケイトは言った。

ミセス・ダーリンはほっとしたようには見えなかったが、ちょっと間をおいてから言った。

「よかったわ、ケイト。出ていくときはドアを開けたままにしておいてちょうだい」

「了解、ミセス・D」ケイトは言った。

「保護観察中ってことになったみたい」ケイトは三歳児クラスのアシスタントのナタリーに言った。二人は並んで屋外の遊び場に立って、シーソー遊びをしている子どもが死んだりしないように見張っていた。

ナタリーが言った。「前々から保護観察中だったんじゃない？」

「あっ」とケイト。「そうかも」

「今度は何をしでかしたの？」

「保護者を侮辱したんだって」

ナタリーが顔をしかめた。保護者について思うところはみんなおなじなのだ。

「例のコントロール・フリークのおかしなおやじ」ケイトが言った。「まだ小さな娘を〝ミス・パーフェクト〟にしたがってる」

と、そのときアダム・バーンズが二歳児を何人か連れてこちらにやってきたので、ケイトは話をやめた。（アダムが近くにいるときはいつも実際より感じのいい人間のふりをする癖がついている。）「何かあったの？」アダムが訊くと、ナタリーが答えた。「ううん、たいしたことじゃない」一方のケイトは、両手をジーンズのポケットに突っこんで、ばかみたいにただにやにやしていた。

「グレゴリーがシーソーに乗りたいって言うんで」アダムが言った。「だから、お兄さんたちの誰かが代わってくれるかもしれないよって言ったんだけど」

「もちろん！」とナタリー。「ねえ、ドニー」と声をかける。「ちょっと交代してグレゴリーをシーソーで遊ばせてあげてくれる？」

ナタリーがこんなことをするのは相手がアダムだからだ。子どもたちは順番を守るということを学ばなければいけない。たとえ二歳児であろうとも。ケイトはナタリーのほうに意味ありげな視線を送り、ドニーはこう答えた。「でもぼくの順番がきたばっかりなのに！」

「そうか、じゃあ」アダムがすぐに言った。「交代するのはずるいよね。ドニーにずるはしたくないだろ、グレゴリー？」

グレゴリーはずるをしたいようだった。目に涙をためて、顎を震わせはじめた。

「じゃあ、こうしましょ！」ナタリーがうわずった声で言った。「グレゴリー、ドニーと一緒にシーソーに乗ればいいよ！　ドニーはお兄さんなんだから、きっと一緒に乗ってくれるよ！」

見てると虫唾《むしず》が走るようだった。ケイトはもう少しで喉に指をつっこむ真似をしそうになったが、思いとどまった。さいわい、アダムはこちらを見ていなかった。目下、グレゴリーを抱き上げてドニーの前に坐らせているところだ。ドニーはどうやらそういうことで折り合いをつけたらしい。アダムはシーソーの反対側にいるジェイソンの背後に歩いていって、重みを足した。

アダムはスクールで唯一の男性アシスタントだ。ひょろっとして優しげな顔立ちの英文学専攻タイプの若者で、くしゃくしゃの黒髪にカールした顎ひげを生やしている。ミセス・ダーリンはアダムを雇ったことで特別な英断を下した気になっているようだったが、実際のところ、ほかのプリスクールにはすでに何人かの男性職員がいた。ミセス・ダーリンは最初、アダムを五歳児クラスの担当にした。「プレK」とも呼ばれているクラスにいるのは、だいたいが男の子で、幼稚園に通える年齢には達しているものの、社会性を学ばせるためにもう一年の通学が必要とみなされた子どもたちだ。男性なら規律や統率を仕込んでくれるもの、と見込んでのことだった。が、蓋を開けてみればアダムは繊細で几帳面な、あまりに温厚な男だったので、半年でジョージーナと担当を交代することになった。というわけで、今では嬉々として二歳児たちの面倒を引き受け、洟《はな》を拭いてやったり、誰かが突然ホームシックにかかればなだめてやったりしていた。〈しずかにおひるねするじかん〉の前になると、アダムが眠たくなるような旋律をギターで爪弾きながら、くぐもったささやき声で子守唄をうたう声が聞こえてきた。たいていの男と違ってアダムはケイトよりかなり背が高いのに、彼といるとケイトはなぜだか自分はばかみたいに大きくて、あまりにぶざまだという気分になった。もっと柔和で、優雅で、女らしくなりたいと心の底から願い、自分のがさつさを思って恥ずかしくなった。

母親がいたらよかったのかもしれない。まあ、ケイトにだって母親はいることにはいた。でも、世界でうまくやっていく方法を教えてくれるような母親がいたら。

「〈しずかにおひるねするじかん〉に教室の前を通りかかったね」アダムがシーソーを操りながらケイトに言った。「ミセス・ダーリンと何かトラブルでもあった?」

「ううん……」とケイト。「ほら、あれよ。ちょっと心配な子がいて、そのことを話し合ってただけ」

ナタリーがぷっと鼻を鳴らした。ケイトが睨みつけると、ナタリーは、あーら、ごめんなさい、という表情を作ってみせた。ナタリーはほんとうにわかりやすい。彼女がアダムに首ったけだということは、みんなが知っている。

先週、アダムがソフィア・ワトソンに手作りのドリームキャッチャーをプレゼントしたという噂がスクールじゅうに広まった。「ヒューーッ!」とみんなは声をあげたけれど、アダムがそんなことをしたのは、ソフィアが一緒に二歳児クラスを受け持つ仲だからというだけじゃないか、とケイトは思っていた。

機転、自制、如才なさ。「機転」と「如才なさ」は何が違うんだろう? たぶん、「機転」は失礼のないように口をきくことで、「如才なさ」はあえてなんにも言わないこと、なのかもしれない。ただ、それじゃ「自制」とかぶっている。というか、「自制」はほかぜんぶとかぶっているのでは？

人は言葉についてはとても浪費的になる、とケイトは気づいていた。みんな必要以上の言葉を使いたがるのだ。

天気がよかったので帰り道はゆっくり歩いた。朝はすごく寒かったけれど、日中の陽射しで気温が上がっていたから、ケイトはジャケットを着ないで片方の肩にひっかけた。ケイトの前を若いカップルがのんびりと歩いていて、女の子のほうがリンディという名前の女の子について長々と話をしていた。でもケイトは追い抜こうとしなかった。

どこかの家の飾り壺で見た斑《ふ》のない水色のパンジーはうちの裏庭で育つだろうか、とケイトは考えていた。ケイトの裏庭は日当たりがとても悪いのだ。

うしろで自分の名前が呼ばれるのが聞こえた。振り返ってみると、明るい髪色の男が片手をあげてこちらに駆け寄ってくるところだった。まるでタクシーでも止めようとしてるみたいだ。最初は相手がどこの誰だかさっぱりわからなかったが、やがて父の研究助手だということに気づいた。白衣を着ていなかったからわからなかったのだ。男はジーンズに無地のグレーのジャージという姿だった。「やあ《ハイ》！」ケイトのそばにくると男は言った。（実際には「カイ」と聞こえた。）

「ピーター」

「ピョートルだ」

「元気？」とケイトは訊いた。

「風邪をひいたかもしれない」ピョートルは答えた。「洟がずるずるするし大きなくしゃみも出る。昨日の晩から」

「あらま」とケイト。

ふたたび歩きはじめると、ピョートルも並んで一緒に歩きはじめた。「スクールは順調だった？」

「まあまあ」

二人は前方のカップルのすぐうしろに迫っていた。リンディはあの男と手を切るべきだ、と女の子は話していた。あいつのせいでリンディは不幸になってる。すると、男の子のほうが言った。「さあ、それはどうかな。彼女、問題ないように見えるけど」

「あんた、どこに目つけてんのよ？」女の子が男の子に向かって言った。「一緒にいるあいだじゅうずっと、リンディがあいつの顔を何度ものぞきこむのに、そのたびあいつが顔をそむけてってありさまだったじゃない。みんな気づいてるよ――パッツィもポーラもジェーン・アンも——とうとううちの姉さんがリンディにずばっとこう言ったのよ」

ピョートルがふとケイトの二の腕をつかんでカップルを追い越させた。一瞬、ケイトはびっくりした。ピョートルはケイトよりかろうじて背が高いだけなのに、彼の歩調に合わせるのには苦労した。そのうちどうして合わせなきゃいけないんだろうと思い直して、足取りをゆるめた。するとピョートルもゆっくり歩きはじめた。「仕事中じゃないの?」ケイトは訊いた。

「そう! いま向かってる」

研究室は道の反対方向の二ブロック先にあるんだから、それじゃ辻褄《つじつま》が合わない。でもまあ知ったことではない。ケイトは時計に目をやった。バニーより先に家に帰りたかった。バニーは家に一人でいるときは男の子を呼んで遊んではいけないことになっているのに、ときどきそのルールを破ることがある。

「ぼくの国にはことわざがある」ピョートルが言った。

そりゃあるでしょうね、とケイトは思った。

「『仕事は一括しておこなうより分割しておこなうほうが、費やす時間が短くて済む』って」

「キャッチーだね」

「どれくらい伸ばしてる、髪?」

急に話題が変わったのでケイトは面食らった。「は?」ケイトは言った。「ああ。たしか中学二年生のときから、かな。よくわかんないけど。もうチャッティ・キャシー〔おしゃべりする人形〕ごっこみたいなことするのがいやになっちゃったってだけ」

「チャッティ・キャシー？」

「美容院でね。とにかくおしゃべり、おしゃべり、おしゃべり。ああいうとこっておしゃべりばっかりなんだ。席に坐る前から始まってるわけ——ボーイフレンドのこと、夫のこと、姑のこと。ルームメイトにやっかみ屋の女友達のこと。いがみあいに行き違いにロマンスに離婚の話。なんでそんなにしゃべることがあるんだろ？　わたしなんてなんにも話題を思いつかないのに。美容師をがっかりさせてばっかりだった。だから決めたの——『もうたくさん。髪の毛切るのはやーめた』って」

「きみの髪、すごくすてきだ」ピョートルが言った。

「どうも」とケイト。「あ、ここ曲がらないと。研究室は反対方向だって気づいてた？」

「おお！　あっちか！」ピョートルはそう言ったけれど、とくに焦っているようには見えなかった。「じゃあ、ケイト！　また近いうちに！　話せて楽しかった」

　ケイトはすでに角を曲がって歩きはじめていた。うしろを振り返りもしないで、片手だけ上げてみせた。

玄関に入るが早いか、ケイトははっきりと男の声を聞き取った。「バニー！」できるかぎり厳しい口調で妹の名前を呼んだ。

「ここにいるー！」バニーの甲高い声が返ってきた。

ケイトは上着を玄関のベンチに放り投げるとリビングに入った。バニーはカウチに坐っていた。ふわふわしたブロンドの巻き毛に、どこまでも無邪気な顔、着ているのはこの季節には薄手すぎるオフショルダーのブラウスだ。バニーの横にはお隣のミンツさん家の息子が坐っている。

これは新たな展開だ。エドワード・ミンツはバニーより四つか五つ年上の不健康そうな男の子で、顎にまばらに生えたベージュ色のひげを見ると、ケイトは地衣植物を思い出した。エドワードは二年前の六月に高校を卒業したものの、大学進学に失敗した。彼の母親は、息子は「例の日本の病気」にかかっているのだと言っていた。「どんな病気です？」とケイトが訊ねると、ミンツ夫人は「若者が自室にひきこもって人生を生きることを拒否する病気よ」と言った。ただし、エドワードは自室よりもバティスタ家のダイニングの窓に面しているガラス張りのポーチのほうがお気に入りのようで、毎日のようにそこの寝椅子に膝を抱えて坐っては、煙草にしては妙に短い何かを吸っていた。

まあいい。少なくとも色恋沙汰の危険はなさそうだ。（バニーの好みはフットボール選手タイプだから。）それでも、ルールはルールだ。ケイトは言った。「バニー、一人で家にいるときは人を呼んで遊んじゃいけないってわかってるでしょう」

「遊ぶだなんて！」バニーは声をあげ、目をまんまるくしてうろたえた顔をしてみせた。リングノートを膝から取り上げて言った。「スペイン語の授業を受けてたのに！」

「授業？」

「パパに頼んだの、忘れちゃった？　スペイン語のクラスのマギリカディ先生があたしには家庭教師が必要だって言って？　それでパパに頼んだらいいよって言われた？」

「そう、でも……」ケイトは口を開いた。

そう、でも父はマリファナ常習者の隣の男の子を雇っていいと言ったわけではない。しかしケイトはあえて口にしなかった。（「如才なさ」だ。）そしてエドワードのほうを向いて訊いた。「スペイン語が堪能なわけ、エドワード？」

「はい、マダム。五学期分の授業を受けましたから」とエドワードは答えた。「マダム」というのはおちょくりで言っているのか真剣に言っているのか、ケイトにはわからなかった。ともかく、うれしいものではない。第一、そんなふうに呼ばれるほど年じゃない。エドワードは続けた。「ときどき、スペイン語で考えごとをすることもあります」

それを聞いてバニーがくすくす笑った。この子は何かにつけてくすくす笑う。「エドワードはもうずいぶんいろんなこと教えてくれた?」とバニー。

これもまたバニーのうっとうしい癖だ。ふつうの文章なのに語尾を上げて疑問文にしてしまうのだ。ケイトはほんとうに質問されたと思いこんだふりをしてバニーをからかってやるのが好きだったので、こう言った。「そんなのわかるわけないじゃない、一緒に家にいたわけじゃないんだから」

エドワードが言った。「はあ?」するとバニーが彼に言った。「いいから無視して?」

「毎学期、スペイン語の成績はAかAマイナスでした」とエドワード。「三年生のときをのぞいて。でもそれはぼくのせいじゃないんです。ちょっとしたストレスを抱えていて」

「ふうん、でもとにかく」とケイト。「バニーは家に誰もいないときに男性のお客さまを迎えてはいけないことになってるから」

「もう! そんなのってばかにしてる!」バニーが叫んだ。

「おあいにくさま」ケイトはバニーに言った。「どうぞ続けて。近くにいるから」そう言うとリビングを出た。

うしろでバニーがつぶやくのが聞こえた。「やな女《ウン・ビッチヨ》」

「ウナ・ビッチャだ」エドワードはいかにも教師っぽい口調で言い直した。

二人は声をひそめて笑いくずれた。

みんなバニーは優《スウイート》しいというけれど、ぜんぜんそんなことない。

そもそもバニーが存在していること自体、ケイトには理解できなかった。姉妹の母親――かよわくて口数が少なくて、ピンクがかったブロンドの髪にバニーとおなじように長い睫毛《まつげ》にかこまれた目の母親は、ケイトが生まれてから十四歳になるまでずっといろいろな〝療養施設〟とやらに出たり入ったりをくりかえしていた。そして突然バニーが生まれた。どうして両親がそれをいい考えだと思ったのか、ケイトには理解できなかった。たぶん、二人とも考えなんかもっていなかったのだろう。見境のない情熱の結果だったのかもしれない。でも、そっちのほうが想像しにくい。いずれにしても、二度目の妊娠によってシーア・バティスタの心臓に欠陥があることがわかった。あるいは、妊娠のせいで欠陥が生じた。シーアはバニーの一歳の誕生日を待たずに亡くなってしまった。ケイトにしてみれば、生まれてこのかた母親はほとんど不在だったのだから、さして変わりなかった。バニーには母親の記憶すらなかった。それなのに、バニーはときどき不気味なほど母親そっくりのしぐさをすることがあった――たとえば、きゅっと顎を引いてみせたり、かわいらしく人さし指の先を齧《かじ》ってみたり。まるで子宮のなかから母親をじっくり観察してきたみたいだ。シーアの姉であるシルマ伯母さんはいつも言った。

「ああ、バニー、あなたを見てると泣けてきちゃう。だってあなたのかわいそうなお母さんそっくりなんだもの！」

一方のケイトは、母親にこれっぽっちも似ていなかった。ケイトは色黒だし骨格もしっかりしているし大柄だ。指なんか齧ったら、ばかみたいに見えるだろう。それに誰からも〝スウィート〟だなんて言われたことはない。

ケイトは、ウナ・ビッチャなのだ。

「いとしいキャサリン！」

ケイトはキッチンでコンロに向かっていたが、びっくりしてうしろを振り返った。ドアのところに父がいて、にこにこ笑っている。「今日はどうだった？」と父が訊ねた。

「ふつうだけど」

「何もかもうまくいったか？」

「ほぼほぼ」

「そりゃすばらしい！」父はその場を動こうとしない。いつもなら父は沈んだ面持ちのまま研究室から戻り、目下取り組んでいる問題にまだ頭を悩ませているといったようすなのに、どうやら今日は突破口らしきものが見つかったらしい。「仕事には歩いていったらしいな」と父が言う。

「まあ、そうだけど」ケイトが答える。よほどの悪天でないかぎり、ケイトはいつも歩いて通勤している。

「帰り道もいい散策だったかい？」

「うん」とケイト。「そういえば、お父さんの助手に会ったよ」

「会ったか！」

「うん」

「そりゃすごい！　どんなようすだった？」

「どんなようすだったかって？」ケイトはくりかえした。「あの人がどんなようすだったか、お父さんが知らないわけないでしょ」

「そのつまり、彼とどんな話をしたんだい？」

ケイトは思い出してみた。「髪の毛の話？」

「ほう」父は笑みを浮かべたまま待った。「ほかには？」とうとう口を開く。

「それだけ、だったと思う」

ケイトはコンロのほうに向き直った。毎晩夕食にとっているスープを温めなおしているところだった。ミートマッシュと呼んでいるそのスープは、乾燥豆と青物とじゃがいもがおもな材料だ。毎週土曜日の午後になるとケイトがそれらの材料と少量の煮込み用牛肉を煮て、裏ごしして灰色っぽいペーストにする。それを一週間ずっと夕食に出すのだ。ミートマッシュの考案者は父だ。父はどうしてみんながこのシステムを採用しないのか不思議がっていた。こうすれば必要な栄養素をすべて摂《と》ることができるし、献立を考える手間ひまも省ける、というのだ。

「お父さん」ケイトはコンロを弱火にしながら言った。「バニーがエドワード・ミンツをスペイン語の家庭教師にしたって、知ってた？」

「エドワード・ミンツって誰だ？」

「お隣のミンツさんちのエドワードだってば、お父さん。今日仕事から戻ったら彼がいたんだよね。家のなかに。ちなみに、覚えてるだろうけどそれってルール違反だから。それにエドワードが家庭教師としてふさわしいかどうかわからないじゃない。バニーが彼にいくら払うって約束したのかもわからないし。このこと、ちゃんと相談されてた？」

「うーん、たぶん……そうだ、そういえばスペイン語があまり得意じゃないって話はあの子から聞いてたような気がするよ」

「そう、それでお父さんは家庭教師を探していいって許可を出した。でもあの子ったらどうして数学や英語の家庭教師を見つけたところに連絡しなかったんだろ？　なんで隣の家の男の子なんか雇うわけ？」

「何かちゃんとした理由があるんだろう」

「どうしてそう思えるかわかんないな」ケイトは父に言った。鍋の縁にスプーンを叩きつけて、こびりついていたミートマッシュのかたまりを落とした。

毎度のことながら、父が日常生活のこととなるとてんで無知であることにケイトは驚かされた。まるでまわりといっさい関わりのない真空状態で暮らしているようだ。むかし雇っていた家政婦はよく、それは頭がよすぎるせいだと言っていた。「重要なことで頭がいっぱいなんですよ」と家政婦は言った。「世界にはびこる病を撲滅するとか、そんなことで」

「でも、だからってわたしたちのことは脇に置いといていいわけじゃないでしょ」ケイトはそう反論したものだ。「お父さんにとっては研究室のマウスのほうがずっと大事だって言ってるみたい。わたしたちなんかどうでもいいみたいじゃない！」

「まあ、そんなことはないですよ！　大事に思ってますって。お父さんはうまく示せないだけで。なんていうか……あの方は言葉のやりとりとかそういうものをよく知らないんです。ほかの惑星から来たようなところがあって。でもちゃんとあなたがたのことを大事に思ってますよ、きっとそうです」

あの家政婦だったらきっとミセス・ダーリンの〈なにかいいこと〉ルールを大絶賛しただろう。

「いつかピョーダーのビザの話をしたよな」父が言う。「おまえは問題をちゃんと理解してないんじゃないかと思って。ビザは三年間有効なんだ。彼はここに来て二年と十カ月になる」

とごめん」

「あらま」とケイト。コンロの火を消すと両脇の取っ手をつかんで鍋を持ち上げた。「ちょっとごめん」

父はあとずさりしてドアの外に出た。ケイトは父の前を通りすぎてダイニングに歩いていくと、テーブルの中央に置きっぱなしにしてある鍋置き台に鍋をのせた。

ダイニングルームは母方の祖先から受け継いだ風格ある調度品がしつらえてあったが、母が亡くなると、でたらめな見栄えになった。サイドボードにのった銀食器の上にはビタミン剤のボトルや開封済みの封書やいろんな文具がひしめいている。クロスを敷いていないほうのテーブルの一端には領収書や電卓や帳簿や所得税の申告用紙がところせましと置いてある。税金関係の処理をやらなきゃいけないとずっと心にひっかかっていたので、ケイトは自分のあとをついてきた父親のほうを申し訳なさそうにちらっと見た。（申告期限までもうほとんど日にちがない。）しかし父は父で何かひっかかっている問題があるようだ。「そこが難しいところなんだよ」そう言いながらまたキッチンまでケイトのあとをついてきた。ケイトは冷蔵庫からヨーグルトの箱を取り出した。「ちょっとごめん」もういちどそう言った。父はまたしてもダイニングまでついてきた。両手を握りしめてつなぎ服のポケットにつっこんでいるので、防寒用のマフでも抱えているみたいに見える。「あと二カ月で国外に退去させられてしまうんだ」

「ビザを更新してあげればいいんじゃないの？」

「理論的には、できないことはない。だが問題は彼のためにそれをするのがどんな人物かってことだ――つまり、そのプロジェクトにそれ相応の重要性があるか否か。同僚のなかにはわたしの研究を無謀だと思っている連中もいるからな。まったく、やつらに何がわかるっていうんだ？　わたしにはわかる。感じるんだ。もう少しで自己免疫疾患の諸問題を解く唯一の鍵が発見できるんだ。しかしだ、移民局はそれならピョーダーなしでやれと言うだろう。九・一一以来、移民局はむちゃくちゃなことを言うようになったからな」

「ふうん」ケイトは言った。二人はまたキッチンに戻ってきていた。ケイトはカウンターの上のボウルからリンゴを三つ選んだ。「じゃあ、代わりに誰を雇うの？」

「代わりだなんて！」父が言った。こちらをじっと見つめている。「ケイト、彼はピョーダー・チェーバコヴなんだぞ！　ピョーダー・チェーバコヴとともに研究に携わってきて、いまさらほかの誰かなんぞと働けるか」

「でも、話を聞くかぎりじゃ誰か代わりの人が必要みたいだけど」とケイト。「ちょっとごめん」また断りを入れてダイニングに戻った。父はまたしてもあとをついてくる。ケイトはそれぞれの皿の向こうにリンゴを置いてまわった。

「まいったよ」父は言った。「運の尽きだ。研究なんて放り出したほうがましだ」

「またあ、お父さんったら」

「ただし、ひょっとしてピョーダーがその……身分変更できれば話は違う」

「そう、よかった。身分変更してあげて」

ケイトは父の脇をすり抜けて廊下に出た。「バニー！」階段の上に向かって叫んだ。「夕飯だよ！」

「彼に『アメリカ人の配偶者』という身分をやればだな」

「ピョートルはアメリカ人と結婚するんだ？」

「うむ、それはまだだ」父は言った。ケイトのあとについてダイニングに戻ってきた。「しかしあの男はじつにハンサムだと思うし。おまえもそう思うだろう？　あの建物で働いている女の子たちは、何かと口実を見つけては彼と話しにきているようなんだ」

「じゃあ、あの建物で働いてる女の子と結婚するんだ？」ケイトは訊いた。自分の席に腰を下ろすとナプキンを振って広げた。

「そうはなるまい」と父。「あの男は……会話がうまく発展しないんだよ、残念ながら」

「じゃ、誰と？」

父はテーブルの上座に腰を下ろすと、咳払いをしてから口を開いた。「おまえとか？」

「笑える」ケイトは言った。「まったく、あの子ったらどこ行っちゃったんだろ？　バーニス・バティスタ！」ケイトは大声で叫んだ。「すぐに降りてきなさい！」

「降りてますって」バニーが入口に姿をあらわした。「そんな大声で呼ばなくてもいいのに。鼓膜が破れるかと思った」

バニーはケイトの向かいの席にどすんと腰を下ろした。「ハァイ、パパ」

長い沈黙があった。バティスタ博士は何やら深いところから必死で這い上がろうとしているようだった。とうとう口を開いた。「やあ、バニー」重苦しく、うつろな声だ。

バニーはケイトに向かって眉を上げてみせた。ケイトは肩をすくめ、取り分け用のスプーンをつかんだ。

第3章

「みなさん、すてきな火曜日、ごきげんよう」ミセス・ダーリンはそう挨拶すると、ケイトをまた自分の部屋に呼び出した。

今日はミセス・チョーンシーが病気で休んでいたので、〈しずかにおひるねするじかん〉に抜け出すわけにはいかなかった。それに火曜日はスクールが終わっても延長保育の担当をすることになっている。だから昼休みから夕方五時半まで、ずっとどきどきしていなければいけなかった。

ケイトはミセス・ダーリンに呼び出される理由がこれっぽっちも思いつかなかった。思いつけるはずもない。ここのエチケットはほんとうに謎だらけなんだから！　あるいは、習わしというかしきたりというか……たとえば、知らない人に足の裏を見せるなとか、そんな感じのもの。ケイトは自分が何か間違ったことをしただろうかと思い返してみた。でも昨日の午後から今日の正午までのあいだに、そんなに間違ったことなんてできるものだろうか？　保護者とはなるべくやりとりをしないように心がけていたし、今朝アントワンの上着のジッパーを外すのにてこずったときにちょっとした癇癪《かんしゃく》を起こしはしたけれど、まさかそのことをミセス・ダーリンが知っているとも思えなかった。「ったく、現代生活ってのはほんといまいましいったらないわ」とケイトは毒づいたのだが、相手は生活であって、アントワンではなかった。アントワンだってよくわかってるはずだ。それにあの子は万一そんな機会があったとしても、人に告げ口をするようなタイプではない。

　問題のジッパーはいわゆるダブルジップというもので、上のほうを閉めたまま下のほうから開けられるという今風の作りだった。ケイトはしばらくすったもんだしたあと、結局、上着を頭からすっぽり脱がせた。あの手のジッパーはほんとうに大嫌いだ。頼んでもないのにこちらのあらゆるニーズに先回りして応えようとしてくる、でしゃばりなジッパー。

　昨日話したとき、ミセス・ダーリンが脅しめいたことをどう表現したのか思い出そうとした。たしか、「あと一度でも粗相をしたら辞めてもらう」なんてことは言わなかったような？　そう、もっと遠まわしな言い方だった。「さもないとひどいことになるわよ」をぼやかした表現。大人はよくそう言って子どもを脅しつけるけれど、子どもはやがてその言葉の響きほど恐ろしいことは起こらないと悟るのだ。

そうだ、「薄氷」という表現が含まれていた。ケイトはだんだん思い出してきた。仕事がなくなったら、毎日どうやって過ごそうか？　ケイトの人生にはほかになんにもなかった――なんのために毎朝ベッドから起き上がればいいのか、一つも思いつかなかった。

昨日〈みんなにみせよう・はなそう〉の時間に、クロエ・スミスが週末に動物とふれあうことのできる農場に行った話をした。そこで赤ちゃんヤギを見たと聞いたとき、ケイトは言った。「いいな！」（ケイトはヤギに目がない。）それから訊ねた。「やっぱり、うれしいときにはぴょんぴょん跳ねまわるの？」

「うん。何匹かのヤギさんはやっとお空を飛びはじめたところだったよ」とクロエは言った。それが具体的に平然と事実を報告するような言い方だったので、ケイトは純粋なよろこびにうち震えた。

失うことを考えはじめたときにありがたみに気づくなんて、おかしなものだ。

五時四十分に最後の子どもの母親が迎えにきた――ミセス・アマーストは、五歳児クラスの息子のスクールにおける全キャリアを通して、いつでも遅れてやってくる母親だった――ケイトは最後の作り笑いを浮かべ、失言をもらさないようにくちびるを固く結んでアマーストさんに対応した。それから姿勢を正し、深呼吸をして校長室に向かった。

ミセス・ダーリンは観葉植物に水やりをしていた。おそらく時間を潰す方法を使いはたしたのだろう。ケイトは退屈がいらだちに変わっていないといいが、と願った。ケイト自身が待たされる立場になったとき、しばしばそういうことが起こる。だからこう口火を切った。「遅くなってほんとうに、ほんとうにすみません。アマーストさんのせいなんです」

ミセス・ダーリンはアマーストさんには興味がないようだった。「お坐りなさい」そう言うと、自分もスカートの皺を伸ばしてデスクの向こうの椅子に腰を下ろした。

ケイトは坐った。

「エマ・グレイのことです」とミセス・ダーリンは言った。どうやら今日は単刀直入にいくことにしたらしい。

エマ・グレイ？　ケイトは頭を高速回転させて何があったのか思い出そうとした。自分にわかるかぎりではなんにもない。エマ・グレイが問題になったことなんて一つもない。

「エマは〈ルーム4〉でいちばんお絵描きがじょうずなのは誰かと訊きました」ミセス・ダーリンは電話の脇に置いてあるメモ帳を取り上げて言った。「するとあなたは答えました――」そこでメモにある文章を読み上げた。「『――ジェイソンだと思う』」

「そうです」ケイトは言った。

話のおちを待ったが、ミセス・ダーリンはこれでぜんぶだというようにメモ帳をデスクに戻した。両手の指を絡みあわせ、「これでどうだ！」という表情でケイトをじっと見つめた。

「おっしゃるとおりです」ケイトはもう一度ちゃんと言った。

「エマのお母さんはとてもお怒りよ」とミセス・ダーリン。「あなたがエマに自分は劣っていると思わせたと言っているの」

「あの子は実際、劣ってますから」とケイト。「エマ・Gはろくなものが描けないんです。あの子はわたしに率直な意見を求めたので、わたしは率直に答えたんです」

「ケイト」ミセス・ダーリンは言った。「これについては話し合わなきゃいけないことがたくさんあるわね。どこから話したらいいかわからないくらい」

「何がいけないんですか？　わかりません」

「そうね、まず第一に、あなたはこう答えるべきだった。『あら、エマ、芸術は競争するものじゃないのよ。わたしはみんなが創造的であることがとてもうれしいわ！』とか、『みんながそれぞれ全力で取り組んでいるのはすばらしいことよ』とか」

　ケイトは自分がそんなことを言うところを思い描こうとしてみた。が、うまくいかなかった。

「でもエマは気にしてませんでした。ほんとです。それを聞いても『ああ、そう、ジェイソンか』って言って、戻っていきましたもん」

「母親に報告するくらいですから気にしてたのよ」ミセス・ダーリンは言った。

「ただのおしゃべりで言ったんだと思いますけど」

「子どもはただのおしゃべりなんてしませんよ、ケイト」

ケイトの経験上、ただのおしゃべりは子どもが大好きな活動の一つだった。だが、ケイトはこう答えた。「まあ、いずれにしても、それは先週の話ですし」

「何が言いたいの?」

その質問をされたときのケイトのお決まりの返しは「あら残念。聞き逃しちゃったね」だったけれど、今回はぐっとこらえた。(「自制」のもどかしいところは、それを実行しても誰にも気づいてもらえないことだ。)

「その、今だったらそんなことはしない、ということが言いたいんです」とケイトは言った。

「ジャミーシャのお父さんの件よりも前に起こったことです。あの件のあと、わたしは自分のおこないに気をつけると約束しました。ほんとうに、約束したことは忘れてませんし、ちゃんと実行しています。如才なさと機転を発揮しています」

「それはよかった」ミセス・ダーリンは言った。

納得してくれたようには見えなかった。でもケイトをくびにするとも言わなかった。ミセス・ダーリンはただ首を横に振って、話は終わったようね、と言った。

ケイトが家に着くと、バニーがキッチンをしっちゃかめっちゃかにしていた。何か白いものを熱しすぎた油で揚げているところで、高温の油と醤油の香りがまじりあって、家じゅうに中華料理店のようなにおいがたちこめていた。「なんなのそれ？」ケイトは問いつめるような口調で言い、急いでバニーの脇をすり抜けてコンロの火を弱めた。

バニーはあとずさった。「そんなに怒らないでよ、お願いだから」そう言ってフライ返しをハエ叩きみたいに振りかざした。「これはトーフ？」

「豆腐！」

「あたしヴェジタリアンになったの？」

「冗談でしょ」とケイトは言った。

「この国では毎日一時間ごとに六十六万もの罪のない動物が人間のために殺されてるの」

「そんなことどこで覚えてきたのよ？」

「エドワードが教えてくれた」

「エドワード・ミンツが？」

「エドワードは顔のある生き物は食べないんだって？　だから、来週からミートマッシュには牛肉を入れないでほしいの」

「肉《ミート》なしでミートマッシュを作れっていうの」

「そのほうがヘルシーだし。どれだけの毒素を体内に取りこんでるか知らないでしょ」

「新興宗教にでも入信しちゃえば？」ケイトは言った。

「どうせわかってくれないと思った！」

「ほら、テーブルをセットしてきて」ケイトはうんざりしたように言うと、冷蔵庫の扉を開けてミートマッシュの鍋を取り出した。

バニーはむかしはこんなに愚かな子じゃなかった。十二歳くらいから浅はかな女の子になってしまった。髪型までその変化を映し出している。むかしはきっちり結んだ二本のおさげ髪にしていたのに、今では短い金色の巻き毛を頭の上でふわふわさせていた。ちょうどいい角度に立つと、巻き毛のあいだからもれてくる陽射しがみえた。いつもくちびるを半開きにして、目をぱっちり開いてあどけない表情を浮かべているし、年のわりに妙に子どもっぽい服を着ている。スカートのウエストを腋の下までひっぱりあげて、短すぎる裾を太ももにまとわりつかせている。何もかも男の子のせいだ、とケイトは考えていた——男の子の気を引くため。だけど、子どもっぽさなんかで思春期の男の子の気を引けるものなのだろうか？（ところが、どうやら引けるらしい。バニーは男の子たちにひっぱりだこだった。）みんながいるところだと、バニーは内股で歩いて、だいたい例の指齧りをしていた。いかにも内気そうに見えるけれど、それはとんだ思い違いだ。他人の目がないときは、たった今キッチンでそうしているように、ふつうの足取りで歩いた。バニーは足をどすんどすんと踏み鳴らし、皿を腕に抱えてダイニングに向かうと、テーブルの上に乱暴に並べてまわった。

ケイトがカウンターの上のボウルからリンゴを選んでいると、玄関のほうから父の声が聞こえてきた。「ケイトに到着したって知らせてくるから」父が言った。それから「おーい、ケイト?」と声がした。

「何よ」

「わたしたちだ、今帰った」

ケイトはバニーと顔を見合わせた。バニーは豆腐のかたまりを皿に移しているところだった。

「わたしたちって?」ケイトが訊いた。

バティスタ博士がキッチンのドアのところに姿を現した。隣にピョートル・スシェルバコフが立っている。

「あ。ピョートル」ケイトは言った。

「こんにちは《ケロー》」ピョートルが言った。昨日とおなじグレーのジャージ姿で、片手に小さな紙袋を持っている。

「それで、こっちがもう一人の娘のバニーだ」父が言った。「バン・バンズ、こちらピョーダーだ」

「ようこそ! ご機嫌いかが?」バニーはえくぼを作ってピョートルに笑いかけた。

「かれこれ二日、咳とくしゃみが止まらない」とピョートル。「それに鼻水も出る。細菌性の何かじゃないかと思っている」

「まあ、気の毒に！」

「ピョーダーを夕食に誘ったんだ」父は言った。

ケイトが言った。「夕食に？」

そういうことは事前に料理人に伝えるのがルールだ、そう父に言ってやろうとしたが、じつのところこの家にはルールなんてなかった。だいたい、こういう状況になったことはこれまでいちどもなかった。ケイトの覚えているかぎり、バティスタ家は夕食に客など招いたことはなかった。だがバニーはすでに歓声をあげている。「すてき！」（バニーは人が多ければ多いほど楽しいと考えるタイプだ。）さっそく食器洗い機からきれいな皿とフォークやスプーンを取り出した。一方、ピョートルはケイトのほうに紙袋を差し出して言った。「お土産だ。デザートに」

ケイトは紙袋を受け取って中身をのぞきこんだ。チョコレートバーが四本入っている。「あら、どうもありがとう」

「カカオ九十パーセント。フラボノイド。ポリフェノール」

「ピョーダーはダーク・チョコレートの信奉者なんだ」バティスタ博士が言った。

「きゃあ、チョコレート大好き！」バニーがピョートルに言った。「あたし中毒っていうか？　いくら食べても食べ足りない？」

バニーがおしゃべりモードに入ってくれて助かった。ケイトはおもてなしをする気分にまったくなれなかったから。四つめのリンゴをボウルから取り上げるとダイニングに向かい、父とすれ違うときに不機嫌そうな視線を投げかけた。父は両手を揉みあわせてにこにこした。「ちょっとしたお付き合いってやつさ！」打ち明けるような口ぶりでケイトに言った。

「ふん」

キッチンに戻ると、バニーがピョートルに故郷の何がいちばん恋しいかと訊ねていた。皿と銀のフォークやスプーンを持ったまま目をきらきらさせてじっとピョートルの顔を見上げ、小首をかしげて答を待つ姿は、さながら〝今月のミスもてなし上手〟だ。

「ピクルスだ」ピョートルは即答した。

「そんなに美味しいの？」

「早くテーブルをセットしなさいよ」ケイトはバニーに言った。「食事の用意ができたから、さあ」

「なんだって？　ちょっと待った」バティスタ博士が言った。「先に乾杯じゃないのか」

「乾杯って！」

「リビングでちょっと飲《や》ろうじゃないか」

「そうしよ！」バニーが言った。「あたしも飲んでいい、パパ？　ワインをちょこっとだけ？」

「だめです、あんたはだめ」ケイトが言った。「今でさえ脳の発達が止まっちゃってるんだから」

ピョートルがホーウッと例の奇声をあげた。バニーが言った。「パパ！　お姉ちゃんがなんて言ったか聞いた？」

「まじめに言ってるんです」とケイト。「もうこれ以上家庭教師を雇う余裕はないから。それにお父さん、あたし腹ぺこ。いつもより帰りが遅かったじゃない」

「わかったわかった」父は言った。「すまんな、ピョーダー。コックの言うことを聞かないといけないみたいだ」

「問題ないです」ピョートルが言った。

そう言ってくれてよかった。というのも、ケイトの知るかぎり、この家には新年に開けたキャンティしかアルコール類はなかったから。

ケイトはミートマッシュの鍋をダイニングに運んでテーブルの上の鍋置き台にのせた。そのあいだにバニーはピョートルの隣に陣取っていた。テーブルの端に四人で肩を寄せ合って坐るような恰好になった。もう一方の端には税金の書類が積み上げてあったから。「ピョーダー、家族はどうなの？」席につくとバニーが訊いた。（まったくタフな子だ。）「家族が恋しくならない？」

「家族はいないんで」とピョートル。

「一人も？」

「孤児院で育った」

「わあ！　あたし孤児院で育った人に会ったのって初めて！」

「ピョートルのお水を忘れてるじゃない」ケイトはバニーに言った。ミートマッシュをつぎつぎに皿に盛り付けているところだった。

バニーは椅子を引いて立ち上がりかけたが、ピョートルが片手をあげて言った。「いいんです」

「ピョーダーは水を飲むと酵素が薄まると思ってるんだ」とバティスタ博士。

バニーは言った。「はあ？」

「消化酵素だよ」

「氷の入った水はなおさらです」とピョートル。「酵素を管のなかで冷やして固めてしまう」

「そんな理論、聞いたことあるかね？」バティスタ博士は娘たちに言った。うれしそうに顔を輝かせている。

そんなにピョートルの身分変更を気にかけているなら、いっそ父自身がピョートルと結婚できればいいのに、とケイトは同情した。二人が一緒になれば何もかも丸く収まりそうなのに。

毎週火曜はメニューに変化をつけるため、テーブルにトルティーヤとサルサの瓶を出して、ミートマッシュ・ブリトーを作れるようにしていた。だがピョートルはトルティーヤには手をつけなかった。彼は皿に盛り付けられたミートマッシュに直接サルサソースをたっぷりかけてスプーンですくって食べはじめ、バティスタ博士がなぜ自己免疫疾患は男性より女性に多く見られるのかについて考えを述べるのを、熱心にうなずきながら聞いていた。ケイトは皿の上でミートマッシュをつつきまわした。思っていたほどお腹が空いていなかった。一方、テーブルの向こうのバニーは、豆腐に夢中になれないようすだった。フォークで片隅を切り取っておそるおそる口に入れ、前歯だけで噛んでいる。青野菜は——セロリの青白い軸が二本——今のところ手つかずのままだ。ケイトはバニーの肉なし生活は三日坊主で終わるだろうと踏んだ。

バティスタ博士はピョートルに、女性は男性にくらべてたんに……無防備にできているだけのように思えることがある、と話していた。そこではたと言葉を止めると、バニーの皿に目をやった。「それはなんだ?」

「豆腐?」

「豆腐だって!」

「あたし、肉食をやめた？」

「それは得策かね」父が言った。

「ばからしい」とピョートル。

「ほらね」ケイトはバニーに言った。

「ビタミンB－12はどうやって摂取するんです？」ピョートルはバティスタ博士に訊いた。

「そうだな、朝食のシリアルで摂るんじゃないか」バティスタ博士は考えながら答えた。「栄養強化されたシリアルだ、もちろん」

「それでもばかげてる」ピョートルが言った。「食事を差し引くという考え方、とてもアメリカ人らしい！　ほかの国では健康になりたかったら食べ物を付け足すんです。でもアメリカ人は差し引こうとする」

バニーが言った。「缶詰のツナとかはどう？　それ自体《パー・セイ》は顔がないし。ビタミンB－12が摂れないかな？」

ケイトはバニーが「パー・セイ」なんてラテン語をくりだしたのでびっくりして、しばらく父がツナの缶詰に過剰反応していることに気づかなかった。父は両手で頭を抱えて前後にゆすっていた。「ダメだダメだダメだ！」と、うめき声をもらしている。

全員が父に視線を向けた。

父が頭を上げて言った。「水銀が含まれてる」

「なるほど」ピョートルが言った。

バニーが口を開いた。「そんなの気にしない。だって、生まれてすぐに檻《おり》のなかに入れられて、地面を踏むこともなく殺されちゃう牛の赤ちゃんの肉を食べるのだけはごめんだもん」

「的外れもいいとこ」ケイトはバニーに言った。「それって子牛肉のことでしょ！　ミートマッシュに子牛肉なんか使ったことないってば！」

「子牛肉でも牛肉でも、ふわふわの子羊の肉でも……」とバニー。「とにかく食べない。残酷だもの。ねえ、ピョーダー」バニーは彼のほうに向き直った。「小さなネズちゃんたちを苦しめて、よく平気でいられるね？」

「ネズちゃん？」

「なんにしても、研究室であなたが拷問している動物たちのこと」

「おお、バン・バンズ」バティスタ博士が悲しそうな声で言った。

「ネズミに拷問なんてしていない」ピョートルが毅然として言った。「彼らはきみのお父さんの研究室でとてもすばらしい生活を送っている。娯楽あり！　仲間あり！　なかには名前までついているものもいる。野外で暮らすよりずっといい生活を送っている」

「ただし、注射されるんでしょ」バニーが言った。

「ああ、でも――」

「その注射で具合が悪くなったりするんでしょ」

「まさか。いまどきは具合が悪くなるようなことをしたりしない。というのはだ、興味深いんだけど――」

そこで電話のベルが響いた。バニーが言った。「あたし、出る！」

バニーは椅子をうしろに押しのけて飛び上がるようにしてキッチンに駆けこんでいき、口を開きかけたままのピョートルを置き去りにした。

「もしもし？」とバニー。「あら、ハァイ！　うん、あたし！」

ケイトは電話の相手が男の子だと悟った。バニーが吐息まじりのうわずった声で話しはじめたからだ。驚いたことに、父もそれを感じとったようだ。父は眉をひそめて言った。「誰からだ？」振り返って声をあげた。「バニー？　誰から電話だ？」

バニーは無視した。「ああん」バニーがそんな声をあげるのが聞こえてきた。「ああ、優しいのね！　そんなこと言ってくれるなんて優しい！」

「誰と話してるんだ？」父はケイトに訊いた。

ケイトはただ肩をすくめてみせた。

「あの子が食事中にずっとほら……インスタントメッセージを打ってたのにもまいったが」と

父は言った。「今度は電話をかけてくるようになったのか？」

「わたしに訊かないでよ」ケイトは言った。

電話であんな話し方をするなんて、自分だったら喉が詰まってしまうだろう。自尊心も何もあったものじゃない。ケイトは想像してみた。誰かから電話がかかってきて、そう、たとえばアダム・バーンズとか、そして、なんだか知らないけどとにかくそう言ってくれるなんて優しいのね、なんて言うところを。考えただけでぞっとする。

「ミンツさんちの息子のこと、あの子に話してくれた？」ケイトは父に訊ねた。

「ミンツさんちの息子？」

「あの子の家庭教師だってば、お父さん」

「ああ。まだだ」

ケイトはため息をついて、ピョートルにミートマッシュのお代わりをすすめた。

ピョートルとバティスタ博士はリンパ増殖をめぐって議論しはじめた。電話を終えて戻ってきたバニーは、ふくれっ面《つら》で二人のあいだに坐り、豆腐を小さなサイコロ状に切っていた。（バニーは無視されるのに慣れていない。）食事の終わりにケイトは立ち上がってキッチンに行き、チョコレートバーを持ってきた。ケイトが皿を片付けないでそのままにしておいたので、みんなは破った包装紙を残り物の上に落とした。

ケイトはチョコレートをひとくち齧って顔をしかめた。カカオ九十パーセントは三十パーセントほど度が過ぎている。ピョートルはおもしろがっているようだった。「ぼくの国にはことわざがある」彼はケイトに言った。「『薬は苦くなければ治療の効果はない』って」

「デザートで治療しようなんて思ったことないから」ケイトは言った。

「いやあ、わたしは美味しぃと思うぞ」バティスタ博士が言った。〈ルーム4〉の子どもたちが描くしかめっ面並みに、くちびるの両端が下がっていることに気づいていないようだ。バニーも大満足とはいかないようだったが、やがて椅子から飛び上がってキッチンに入っていくと、蜂蜜の瓶を持って戻ってきた。

「これをつけて食べてみて」バニーがケイトに言った。

ケイトはいらないというように手をひらひらさせ、皿の向こうに置かれたリンゴに手を伸ばした。

「パパは？　これつけて食べてみて」

「おお、ありがとう、バニキンズ」父はそう言ってチョコレートバーの端っこを瓶に浸した。

「バニーからの蜂蜜《ハニー》だ」

ケイトは目をぐるっとまわした。

「蜂蜜はわたしのお気に入りの栄養補助食品でね」父はピョートルに言った。

バニーはピョートルにも瓶を差し出した。「ピョーダー？」

「ぼくは結構」

ピョートルはなぜかケイトをじっと見つめていた。瞼《まぶた》を半開きにしていたので、こちらを観察しながら胸のなかで何か結論を下しているような感じに見えた。

と、カシャッと大きな音が響いた。ケイトがびくっとして父のほうを見ると、父が携帯電話を振ってみせた。「こいつの使い方のコツをつかんだようだ」父は言った。

「もう、よしてよ」

「ちょっと練習したいだけだよ」

「あたしも撮って」バニーがせがんだ。チョコレートバーを置くと急いでナプキンで口もとを拭った。「撮ったらあたしの携帯に送って」

「そのやり方はまだ覚えてないんだ」父はそう言ったが、ともかくバニーの写真を撮った。

「ピョーダー、きみがバニーのうしろに隠れてしまったよ。向こうにまわってケイトの隣に坐って、二人の写真をもう一枚撮らせてくれ」

ピョートルはすぐに席を移動したが、ケイトは言った。「いったいどうしたの、お父さん？携帯を持って一年半になるけど、今の今まで目もくれなかったくせに」

「そろそろこのわたしも現代社会の仲間入りをしようと思ってな」父はそう言うと、また携帯をフィルムカメラみたいに目の前に構えた。ケイトは写真に収まらないよう椅子を引いて立ち上がったが、ふたたびシャッター音が響いた。父は携帯を下ろして結果をたしかめた。

「お皿を洗うのを手伝う」ピョートルがケイトに言い、立ち上がった。

「気にしないで。それはバニーの仕事だから」

「なあ、今夜はピョーダーに頼んだらどうだ」バティスタ博士が言った。「ほら、バニーは宿題があるだろうし」

「ないよ」とバニー。

バニーには宿題というものがあったためしがない。いったいどういうことなんだか。

「でもほら、おまえの数学の家庭教師について話をしなきゃいけないから」

「彼女がどうかした?」

「スペイン語の家庭教師だってば」とケイト。

「おまえのスペイン語の家庭教師について話をしなきゃいけないから。一緒に来なさい」父はそう言って立ち上がった。

「彼のことで何を話し合う必要があるのかさっぱりわかんない」バニーは父に言ったが、席を立って一緒に部屋を出ていった。

ピョートルは早くも皿を重ねはじめていた。ケイトは言った。「ほんとうに、ピョートル、手伝ってもらわなくて大丈夫だから。ありがとう」

「ぼくが外国人だからそう言うんだろう」ピョートルが言った。「でもアメリカでは男も皿洗いをする、ちゃんとわかってる」

「この家では違うから。皿洗いなんて男でも女でもしないの。食器洗い機に入れておいて、満杯になったらスイッチを入れるだけ。つぎに食事をとるときに使う分を取り出して、使い終わったらまた食器洗い機に入れて、満杯になったらスイッチを入れる」

ピョートルはしばらく考えこんでいた。「それだと、二回続けて洗うことになる皿もあるようだけど」ピョートルは言った。「使われていないのに」

「二回か、あるいは六回か。そのとおり」

「それに、誤って使用済みの皿をもういちど使ってしまうこともありそうだけど」

「誰かがすっごくきれいになるまで皿を舐めでもしたらね」ケイトは笑った。「システムだから。父が考案したシステム」

「ああ、そう」とピョートル。「システムか」

ピョートルは流しの蛇口をひねると皿をすすぎはじめた。父のシステムには、事前のすすぎ洗いという段階はない。汚れが落ちていない皿があれば、食器洗い機に戻して二度目の洗いにかけろ、というのが父の指示だった。それに二度洗いしないまでも、少なくとも消毒されているることはわかっているわけだし。でもケイトはピョートルがすでにこのシステムに反感を覚えていることを感じとっていたので、好きなようにさせておいた。

しかもピョートルはお湯を出していた。父がいたら環境に多大な悪影響を及ぼすといって大騒ぎになるところだ。

「家政婦はいない？」ピョートルがしばらくしてから訊いた。

「今はもういないの」ケイトが答えた。冷蔵庫にミートマッシュの鍋をしまっているところだった。「だから父のシステムに従ってるわけ」

「お母さんは亡くなったんだね」

「死んだの」ケイトは言った。「うん」

「ご逝去にお悔やみを申し上げます」ピョートルはまるで一言一句を暗記してきたみたいに言った。

「あら、いいの」とケイト。「どうせ母のことはよく知らなかったし」

「どうして知らなかった？」

「母はわたしが生まれてすぐ鬱みたいなものを患ったから」ケイトはダイニングでテーブルを拭いていた。キッチンに戻ってくると言った。「わたしをひと目見て、絶望しちゃったの」そして笑った。

だがピョートルは笑わなかった。そういえば彼は孤児院で育ったと言っていた。「あなたもお母さんを知らないんだよね」ケイトは言った。

「そうだ」ピョートルは食器洗い機のなかに皿をしまいこんでいた。皿はすぐ使えそうなほどきれいになっていた。「捨てられてた」

「捨て子？」

「そう。ポーチに置き去り。桃の缶詰用の箱に入れられて。『生後二日目』、書き置き、それだけ」

ピョートルは父と仕事の話をしているときはそれなりに知的な感じがする——考え深そうでさえある——のに、話題が科学からそれると、とたんに言葉がたどたどしくなる。たとえば、冠詞をつけたりつけなかったりするのに法則はなさそうだし、そもそも冠詞ってどれくらい難しいものなのだろうか？

ケイトは布巾をパントリーのなかの洗濯かごに放った。（父は綿百パーセントの布巾の支持者で、一度使ったら漂白剤を入れて洗濯することになっていた。スポンジのことは迷信的なほど恐れていた。）

「さあ、ぜんぶ済んだ」ケイトはピョートルに言った。「手伝ってくれてありがとう。父はリビングにいると思う」

ピョートルはじっとこちらを見つめていた。たぶん、ケイトが案内してくれるのを待っているのだろう。でもケイトは流しにもたれて胸の前で腕組みをした。やがてピョートルはまわれ右をしてキッチンを出ていき、ケイトはダイニングに行って所得税の計算に取りかかった。

「うまくいったな、だろ?」父がケイトに訊ねた。

父はピョートルの見送りが済むと、ふらっとダイニングに入ってきた。ケイトは縦の列の合計を出すと顔を上げた。「バニーに話してくれた?」

「バニーか」と父。

「エドワード・ミンツのこと、話してくれた?」

「話したよ」

「あの子、なんて?」

「なんてって、何がだ?」

ケイトはため息をついた。「しっかりしてよ」ケイトは言った。「どうして家庭教師をいつもの斡旋所で見つけなかったのかって、訊いてくれなかったの? ミンツさんちの息子をいくらで雇ったのか訊かなかったの?」

「金はいらんとさ」

「やだ、それはよくないよ」

「どうして？」

「プロの仕事としてやってもらわなきゃ。もしエドワードが役に立たないってわかったら、くびにできるようにしたいもの」

「おまえ、ピョーダーと結婚する気はないか？」父が言った。

「は？」

ケイトは背もたれに寄りかかり、口をぽかんと開けて父を見た。左手に電卓、右手にボールペンを握りしめたまま。しばらくすると父の質問の意味がはっきりしてきて、ケイトを打ちのめした——みぞおちにパンチを食らったような気分だった。

父は質問をくりかえさなかった。両手の拳をつなぎ服のポケットにつっこんだまま、じっと答を待っていた。

「本気じゃないって言って」とケイト。

「いや、可能性だけでも考えてくれんかね、ケイト」父が言った。「結論を急ぐことはない。ちょっと考えてみてくれてからでいい」

「つまり、研究助手を引き止めておきたいばっかりに、わたしによく知りもしない人間と結婚しろって、そう言ってるわけだ」

「彼はそんじょそこらの研究助手じゃない。ピョーダー・チェーバコヴだ。それにおまえは彼とちょっとは知り合いになっただろ。わたしの話からも彼を知ることができただろうし」

「ここのところずっとそれをにおわせてたんだ?」ケイトは訊いた。自分の声が震えているのを聞いて悔しくなった。父が気づいていないといいけど。「最初っからあの人をわたしに押しつけるつもりで、わたしはばかみたいにそのことに気づかなかったってわけだ。だって、自分の父親がそんなことを企んでいるなんて思いもしないもの」

「いいか、ケイト、ちょっとおおげさに考えすぎだよ」父が言った。「おまえだって遅かれ早かれ誰かと結婚するだろう? その点、彼は非常に抜きん出た存在だし、とても才能がある。彼がわたしの研究に関われないのは、人類にとって多大な損失なんだよ。それにわたしはあの男が好きなんだ! 彼はいいやつだ! おまえだって、彼のことを知ればきっとそう思うはずだ」

「バニーにはこんなこと頼まないくせに」ケイトは吐き捨てるように言った。「大事な宝物のバニー・プーには」

「そうだな、バニーはまだ高校生だから」と父。

「中退させちゃえばいいじゃない。そうなっても学問の世界はいかなる損失もこうむらないはずだよ」

「ケイト！　あんまりだぞ」と父がたしなめた。「それにだ」ちょっと間をおいてから続けた。「バニーには追っかけの若い男がやまほどいる」

「そしてわたしにはいない、というわけか」ケイトは言った。

父はこの点に取り合わなかった。黙って期待するようにケイトを見つめ、くちびるをきゅっとすぼめていたので、黒い口ひげがまんまるに見えた。

平然としたそぶりを装っていれば、まばたきもせず、ひと言も口をきかないでいれば、なんとか涙をせきとめておけるかもしれない。だからケイトは何も言わなかった。何かにぶつからないように気をつけながらそろそろと椅子から立ち上がり、電卓をテーブルに置いて体の向きを変えると、顎を上げてダイニングを出た。

「キャサリン？」父がうしろから呼びかけた。

廊下にたどり着くと階段に向かい、階段を上りはじめると待ってましたとばかりに涙が流れてきて、頰をつたって飛び散った。踊り場に着いて手すりの支柱を曲がると、ちょうど階段を下りてきたバニーに正面からぶつかった。「どしたの？」バニーがびっくりしたように顔をのぞきこんでくる。

ケイトはバニーの顔めがけてボールペンを投げつけると、自分の部屋に駆けこんでドアをバタンと閉めた。

第4章

誰かに気持ちをひどく傷つけられると、体までほんとうに傷ついたように痛むものだ。それから数日のあいだにケイトはそう悟った。これまでも何度かそれに気づいたことはあったけれど、今回は初めての経験みたいに、まるで胸に鋭いナイフを突き立てられたような痛みを覚えた。もちろん非論理的なことだ。だいたいなんで胸が？　心臓なんてつまるところただのポンプにすぎないのに。それでもケイトの心臓は傷つき、縮こまりながら腫れあがっていた。もし矛盾しているように聞こえるとしても、それならそれでしかたない。

毎朝徒歩で通勤しながら、これでもかというほどの孤独を感じていた。自分をのぞいて通りの人びとにはみんな、一緒にいる相手、笑いかけたり何かを打ち明けたり脇腹をつついたりする相手がいるような気がした。若い女の子の群れは、おたがいにすっかり気心が知れている。頭を寄せ合ってささやきあっているカップルは、固い絆で結ばれている。近所の女たちは仕事に出かける前に車の脇でゴシップに夢中になっている。変わり者の夫、手に負えないティーネイジャー、不幸な友達の噂ばなしに花を咲かせ、ふと話をやめて「おはよう」とケイトに声をかける――こちらのことを知らない女性までもが挨拶をする。そんなときケイトは聞こえないふりをして通りすぎた。頭を低くかがめていれば、髪の毛が垂れ下がって横顔をすっかり隠してくれた。

陽気はますます春めいてきて、水仙の蕾《つぼみ》がほころびはじめ、鳥たちの声が騒がしくなってきた。もし時間を自由に使えるなら、裏庭でガーデニングに励むところだ。庭仕事はいつも心を慰めてくれるから。でもそうはいかない。朝がくればスクールに行かなければいけないし、正面玄関に着いたら作り笑いを浮かべなければいけない。保護者たちがそこで子どもを車から降ろしているからだ。学期もずいぶん進んだというのに、小さい子どものなかにはまだ親と離れたがらない子がいて、親の膝にしがみついて顔をうずめている。親のほうはケイトに向かって困った顔をしてみせ、ケイトは同情するような表情をでっちあげて、その子が誰であろうと声をかける。「手をつないで一緒になかに入ろうか?」というのも、ミセス・ダーリンが入口に立ってケイトをくびにする口実はないかと目を光らせているから。でも、くびになったらどうだっていうんだろう? そんなことどうでもいいんじゃないだろうか?

〈ルーム4〉に向かう途中、廊下で教員やアシスタントがおしゃべりをしていたが、ケイトは会釈しかしなかった。ミセス・チョーンシーに挨拶をすると、備品用クローゼットに荷物を押しこんだ。子どもたちは教室に入ってくるやいなや、我先にとケイトのほうに駆けよってきて緊急ニュースを伝えた——ペットが新しい芸当を覚えた、怖い夢を見た、おばあちゃんからプレゼントをもらった——だいたい数人がいっせいにしゃべり出す。ケイトは子どもの群れのまんなかに木のように突っ立って答えた。「へえ、ほんとに。ふうん。まさか」とてつもない大仕事をこなしているように思えるけれど、子どもたちは誰ひとりとしてそのことに気づかない。

ケイトは心ここにあらずのまま、〈みんなにみせよう・はなそう〉と〈かつどうのじかん〉をやり過ごした。休憩するために教員用のラウンジに行くと、ミセス・バウアーが白内障の手術について話していたり、ミセス・フェアウェザーが誰か滑液包炎にかかったことのある人はいないかと訊ねたりしている。やがてその場のみんながいっせいに話をやめて、ケイトに挨拶をした。ケイトはもごもごと言葉にならない言葉をつぶやき、髪の毛のカーテンを下ろして化粧室に入っていった。

〈ルーム4〉は争いの絶えない時期に入っているようで、女の子全員がリーアム・Mに話しかけるのをやめるという事態が起きていた。ケイトが「あの子たちに何をしたの？」と訊くと、リーアムは「何をしたのかわからないんだ」と答え、ケイトもその言葉を信じた。このクラスの女の子たちはときどきひどく複雑なことを企む。ケイトはリーアム・Mに言った。「まあ、気にしないで。あの子たち、そのうち忘れちゃうから」リーアムはうなずいて大きなため息をもらしてから、勇ましく胸を張ってみせた。

ランチの時間になると、ケイトは皿の上の食べ物を力なくつつきまわした。何もかもがパラフィン紙みたいなにおいがする。金曜日にはビーフジャーキーを持ってくるのを忘れたので——というか、家の引き出しのなかに見当たらなかったのだ。まだいくらか残っていたはずなのに——ブドウを二、三粒食べて終わりだった。でもそれでも構わなかった。食欲がないのもそうだけれど、なんだか喉が詰まっていたから。まるで心臓が腫れ上がって喉元までこみあげてきているような感じだった。

〈しずかにおひるねするじかん〉になると、ケイトはミセス・チョーンシーのデスクに坐って宙を見つめた。いつもならミセス・チョーンシーが捨てた新聞をぱらぱらめくってみたり、散らかりがちな遊び場——レゴのあるスペースや工作用のテーブル——を片付けたりするのだが、今日は虚空を見つめながら、父への反感を募らせていった。

父はケイトには価値がないと考えたに違いない。自分がひたむきに探究している科学の奇跡のための駒くらいにしか考えていなかったんだ。いったいこの子の人生には目的らしい目的があるのだろうか？　この子は自分で愛する人を見つけて結婚することすらできないだろう。そう考えたに違いない。だから、ちょっと騙して自分にとって役立つ男に嫁がせるくらいどうってことないと思ったんだ。

　ケイトはこれまで一人もボーイフレンドがいなかったわけではない。高校生のときの男の子はみんなケイトのことを恐れているような感じだったけれど、大学ではたくさんボーイフレンドがいた。まあ、少なくとも一回目のデートはたくさん経験した。ときどき二回目まで進展することだってあった。こんなふうに父に見切りをつけられる筋合いはない。

　それにケイトはまだ二十九歳だ。夫を見つける時間ならまだまだたくさんあるっていうのに！　まあ、夫を望んでいればの話だけれど。実際に望んでいるのかどうかは、自分でもよくわからなかった。

　金曜の午後、ケイトは屋外の遊び場の固い地面の上でボトルのキャップをあてもなく蹴り転がしながら、父に言われたことを一から思い返して苦々しさを噛みしめていた。わたしはあの男が好きなんだ、父はそう言った。まるでそれだけで娘を嫁がせるのに十分な理由だっていうみたいに！　それから、ピョートルが研究を離れるのは人類にとって多大な損失だとも言った。人類のことなんてこれっぽっちも気にかけていないくせに。父は研究そのものが目的になってしまっているのだ。どんな意図や目的があろうと、いっこうに終わりが見えない。ただ延々と続いて、寄り道や遠まわりや後戻りを生み出すばかり。科学者仲間をのぞけば、誰もその研究がなんなのかを正確には理解できない。ケイトは最近、科学者仲間でさえも理解していないのではないだろうかと疑いはじめていた。スポンサーにさえ存在を忘れられていて、ただの惰性で援助がとぎれずにいるだけなのではないだろうか。父はずいぶん前に教壇から離れて（どんな教師だったか容易に想像がつく）研究一筋の生活に入ったが、研究室はあちこちを転々としながらどんどん手狭になっていった。ジョンズ・ホプキンス大学が自己免疫疾患専用の研究センターを立ち上げたとき、父はそこに招かれなかった。あるいは、父のほうからそこに属するのを辞退したのか。どちらなのか、ケイトにはわからなかった。いずれにしても、父は誰かに進捗を監視されたりしないで、独立して研究をしつづけてきた。でもどうなんだろう？　もしかしたら父の研究は順調に成果をあげているのかもしれない。ただし、今この瞬間のケイトには、第一子を犠牲にしてもしかたがないほどの成果なんて考えつかなかった。

ケイトがキャップを空振りして草を蹴散らすと、ブランコの順番待ちをしていた子どもがびっくりした顔をした。

ナタリーはアダムの愛情を勝ち取ることに成功しかけているのかもしれない。ずいぶん可憐でロマンチックな雰囲気で、肘をすりむいた女の子のそばにしゃがみこんで慰めている。アダムはすぐそばに立って、心配そうに見守っている。「なかに連れていって絆創膏を貼ってあげたら？」アダムが言った。「シーソー遊びはぼくが見張ってるから」するとナタリーが言った。「え、ほんとに？　ありがとう、アダム」そして優雅なしぐさで立ち上がって、怪我をした子どもを建物のほうに連れていった。今日はアシスタントにはめずらしいワンピース姿だ。スカートの裾がふくらはぎの上でさらさらと衣《きぬ》ずれの音をたて、アダムはナタリーのうしろ姿をずいぶんと長く見送っていた、とケイトには思えた。

ケイトも何カ月か前にいちど、スカートで出勤してみたことがあった。とはいっても、鋲《びょう》やら前面ジッパーがついているデニムのスカートで、衣ずれなんかには無縁だった。それでもケイトはいくらか……柔らかい感じに見えるかもしれないと思った。年配の教師たちは目ざとく気づいて色めきたった。「だーれかさんが今日はずいぶんおめかししてるみたいね！」ミセス・バウアーがそう言うと、ケイトは言った。「え、これのことですか？　洗ってあるのがこれだけだったってだけですよ」けれどアダムはその存在に気づいていないようすだった。いずれにしても、スカートはこの仕事にひどく不向きなことがわかった——ジャングルジムにのぼれないのだ——それに化粧室の姿見に映った自分の姿が頭から離れなかった。ひと目見て浮かんだ言葉は「若作りの年増」。でももちろん自分は年増というほどの年ではない。今のところはまだ。翌日には、またいつものとおりリーバイスを穿《は》いて出勤した。

アダムがぶらぶらとこちらに歩いてきて言った。「〝怪我の日〟があるって、気づいてた？」

「怪我の日？」

「いま、肘をすりむいた子がいたろ。それに今朝、うちのクラスの男の子が人さし指を鉛筆削りで削っちゃって――」

「やだっ」ケイトは顔をしかめて言った。

「――ランチの前にはトミー・バスが前歯を折っちゃって、母親に迎えにくるよう連絡したし」

「やだっ。たしかに怪我の日だ」ケイトが言った。「折れた歯、ミルクに浸した？」

「ミルクにって」

「コップにミルクを入れて歯を浸しとくと、もとどおり移植できるかもしれない？」

「しまった、それはやらなかった」アダムが言った。「ティッシュにくるんでおいただけだったよ。歯の妖精のおまじないをやるかもしれないと思って」

「まあ、心配いらないけど。どうせ乳歯だし」

「ミルクのトリックはどこで知ったの？」アダムが訊いた。

「ああ、どこでってことはないんだけど」

ケイトは手をどこに置いておいたらいいかわからなかったので、腕を前後にぶらぶら振りはじめた。でもそのうちバニーにそうやっていると男の子みたいに見えると言われたことを思い出した。（こういうことにかけてはバニーは信頼できる。）だからぶらぶらさせるのをやめて、両手をお尻のポケットに突っこんだ。「九歳のとき、野球のボールが当たって永久歯を折っちゃって」そう言ってからなんて女らしくないんだろうと気づいたので、つけくわえた。「家に帰る途中で、野球の試合をしてるところに通りがかっただけなんだけど？　それで、そんな目に遭っちゃって。でも家政婦が歯をミルクに浸すといいって知ってたの」

「なるほど、うまくいったみたいだね」アダムはそう言ってケイトをじっと見た。「きれいな歯をしてる」

「あら、あなたって……そんなふうに言ってくれるなんて優しい？」

ケイトはスニーカーのつま先で地面に半円を描きはじめた。やがてソフィアがこちらにやってきて、アダムと生地を練らないパン作りの話をしはじめた。

〈ごごのかつどうのじかん〉に、バレリーナの人形と水兵の人形がまた別ればなしを始めた。(二人がよりを戻していたとは知らなかった。）今回は水兵が「不適切な」ことをしたというのが原因だった。「お願いだ、コーデリア」水兵役のエマ・Gが言った。「もう二度と不適切なことはしないから、約束する」しかしバレリーナははねつけた。「残念ね、でもこれまで何度もチャンスをあげてきたけど、もうがまんの限界なの」そうこうしているうちにジャミーシャが脚立式の椅子から転げ落ちておでこに大きなたんこぶを作り、アダムの〝怪我の日〟説を裏付けた。ケイトがジャミーシャをなだめていると、クロエとエマ・Wが大声で喧嘩をしはじめた。「こらこら！」ミセス・チョーンシーが言った。ミセス・チョーンシーはケイトより仲違いへの許容度が低い。するとクロエが言った。「ずるいよ！　エマ・Wは子どものお人形さんをぜんぶひとりじめしてるんだもん！　ミルク飲み人形も音が鳴る赤ちゃん人形もリアル赤ちゃん人形もぜんぶとっちゃって。あたしはおんぼろのピノッキオ人形だけなのに！」ミセス・チョーンシーがケイトのほうを見た。仲裁するのを期待していたのだろうが、ケイトはこう言っただけだった。「まあまあ、仲直りして」そして男の子たちが何をしているのか見にいった。男の子の一人は人形を持っていて（子どもの人形だった）、顔を床に伏せて滑らせていた。「ブルーンブルーン」と、まるでトラックでも走らせているみたいで、今日は子どもの人形の需要がこんなに高いというのにずいぶんと無駄な使い方に思えたけれど、ケイトは放っておいた。傷ついた気分が胸から左肩にまで広がってきていて、心臓発作でも起こしかけているんじゃないだろうかと思った。だとしたら大歓迎だ。

仕事を終えて歩いて家に向かいながら、ケイトはアダムとの会話を思い返した。「やだっ！」なんて一度ならず二度も言ってしまった。しかもいつも嫌っている、わざとらしいかわい子ぶった口調で。声だってふだんより甲高かったし、語尾は尻上がりだった。ばか、ばか、ばか。「そんなふうに言ってくれるなんて優しい？」だって。通りまで伸びていたミセス・ゴードンのイロハモミジがちょうど顔を撫でたので、ケイトはそれをぴしゃっと叩いた。ミンツさんの家にさしかかると、玄関の扉が開いているのが見えた。ケイトは誰とも話さなくて済むように足取りを速めた。

バニーはまだ帰っていなかった。よかった。ケイトは玄関のベンチめがけて鞄を放ると食べ物を探しにキッチンへ向かった。胃袋が昼ごはんを飛ばしたことに気づきはじめていた。チェダーチーズを切ってもぐもぐ食べながらキッチンを歩きまわり、明日の買い出しで調達してこなければいけないものを把握した。もし来週のミートマッシュを肉抜きにするなら（バニーのはったりに対抗するためにそうするつもりでいた）、何か代わりになる材料を見繕わなければいけない――レンズ豆か、それとも挽き割りの黄色エンドウ豆か。父のレシピは金曜の夜ですべてを食べきる量に計算されていた。でも今週は例外だった。バニーがヴェジタリアンになって手をつけなくなったからだ。火曜日にピョートルが盛大に食べてくれたけれど、それでも埋め合わせにはならなかった。明日、残り物を出すことになる。父はがっかりすることだろう。

ケイトはしぶしぶ買い物リストから「煮込み用牛肉」を消した。リストはコンピューターで作成されていた――父の手になるもので、生活必需品がスーパーマーケットの商品棚の順番に並んでいた――週ごとに必要ないものにバツ印をつければいいだけになっている。今日はバニーがいつも食べているサラミ・スティックを消し、ビーフジャーキーはそのまま残し、シャンプーをつけくわえた。父が作ったリストの原型にシャンプーは含まれていなかった。ふつうの石鹸ならおなじ効果があってもっと安価だ、というのが父の持論だった。

むかし、まだ家政婦がいたころにはこんなに厳密に管理されていなかった。バティスタ博士が試してみなかったわけではなく、家政婦のミセス・ラーキンののんきな応対が父のやる気を削いでいたのだ。「どうして必要なものに気づいたときに書き留めていくだけじゃだめなんです？」父が手製のリストを使うように言うと、ミセス・ラーキンは反論した。「そんなに難しいことじゃないですよ。ニンジンに、豆に、鶏肉……」（ミセス・ラーキンはとてもおいしいチキンポットパイをこしらえてくれたものだ。）父に聞こえないところで、ミセス・ラーキンはケイトに言った。男が家のことに口を挟むのを許すな、と。「図に乗りはじめますからね。気がついたときには、自分の生活なんてものがなくなっているのがおちです」

ケイトの数少ない母の思い出の一つは、父と母が口論しているというものだった。食器洗い機への食器の入れ方が間違っていると、父が母を諭そうとしたのが発端だった。「スプーンは持ち手を下に、ナイフとフォークは持ち手を上にして入れるんだ」父は言った。「そうすればだな、食器洗い機を空にするときにナイフとフォークで怪我をすることもないし、銀製品のバスケットの仕分けもずっと早くできる」どうやら食器洗い機をけっして空にしない方式を確立する前のことだったようだ。ケイトはそれを聞いて賢いやり方だと思ったが、母はしまいには涙を浮かべて寝室に閉じこもってしまった。

カウンターの上のボウルのなかに、二月に箱ごと買ったマンダリンの残りが入っていた。ちょっとしなびていたけれど、ケイトは皮をむいて食べた。流しの前に立って窓の外に目をやり、先週からハナミズキの木に吊るしている赤い巣箱を眺めた。いまのところまだ、興味をもってくれる鳥は一羽もいないようだ。もちろん、巣箱を自分に重ね合わせて考えるなんてばかげている。

ピョートルは父が何を企てているか知っていたのだろうか？ 知らなかったはずはない。（なんという辱めだろう。）彼は彼で自分の役割を演じなければいけなかったわけだから——帰り道で〝ばったり〟会ったり、ケイトの髪のことをほめそやしてみたり、そして夕食に訪ねてきたり。それでも、ビザの期限が切れることを気にしているようには見えなかった。たぶん、当然父の策略によって救われるものとたかをくくっていたのだろう。

まあいい、こうなった以上、たかなんてくくっていられなくなったわけだ。ざまあみろ！ ケイトが協力を拒んだことはもう耳に入っているはずだ。そのことを知ったときにピョートルがどんな顔をしたか、見られたらよかったのに。

ケイト・バティスタを出し抜こうったって、そう簡単にはいかないんだから。

ケイトは洗濯かごを持って二階に上がり、バニーの部屋のバスケットから服を取り出して詰めこんだ。父によれば、洗濯でいちばん時間を費やすのは、仕上がった洗濯物が誰のものか仕分けをするときだそうだ。だからそれぞれの日を決めて、べつべつに洗濯をするように命じられていた。金曜日はバニーの日だった。とはいっても、洗濯をするのはやっぱりケイトだった。バニーの寝室は傷んだ果物みたいなにおいがした。衣装簞笥の上にところせましと置かれている化粧品のせいだ。床にはたくさんの服が散らばっていた。本来ならバスケットに入れておくべきなのに。でもケイトはそのままにしておいた。いちいち拾い上げるのは自分の仕事ではない。

地下に降りて埃っぽい薄暗がりのなかに入ると、急に手脚が重たく、疼くように感じられた。ケイトは洗濯かごを下ろすと、片手を額にしっかり当てて、その場に立ちすくんだ。しばらくしてから背筋を伸ばし、洗濯機の蓋を開けた。

バニーが帰ってきたとき、ケイトはガーデニングの最中だった。ガレージ脇に植えてあるクレマチスの伸びすぎて枯れた蔓《つる》を取り除いていると、バニーが勝手口を開けて言った。「そこにいる?」

ケイトは袖で額を拭いながら振り返った。

「何か食べるものある?」とバニー。「おなかぺこぺこ」

「あんた、わたしのビーフジャーキーを食べちゃったでしょ?」

「まさか、あたしが？　あたしがヴィーガンになったって、忘れちゃったの？」

「ヴィーガンになったの？」ケイトはくりかえした。「ちょっと、あんたヴィーガンになったわけ？」

「ヴィーガンでもヴェジタリアンでもなんでもいいじゃん」

ケイトは言った。「もしその区別さえついていないんだとしたら――」

「あたしの洗濯まだ？」

「いま乾燥機にかけてるとこ」

「オフショルダーのブラウス、一緒に洗ってないよね？」

「バスケットに入ってたんなら一緒に洗ってると思うけど」

「ケイト！　んもう！　白い生地のはシーツを洗う日に取っておいてるって知ってるでしょ」

「べつにしてほしいならちゃんと見張ってればいいのに」とケイト。

「チアリーディングの練習があったんだもん！　あっちこっちに同時にいられるわけないじゃない！」

ケイトはガーデニングに戻った。

「うちの家族ってほんとにださい」とバニー。「よそんちじゃ色分けして洗濯してるのに」

ケイトはもつれた蔓をゴミ入れに詰めた。

「よそんちの人の服は何もかもグレーじゃないしね」

ケイトは暗めの色かチェック柄の服しか着ない。この件について話し合う意味があるとは思えなかった。

夕食の席で、父はつぎつぎとお世辞をくりだした。「今夜は特製のカレーパウダーを挽いたのかな?」父は言った。（毎週金曜にはミートマッシュがカレーに変身する。）「じつに本格的な味がする」

「いいえ」ケイトは答えた。

「じゃあ、匙《さじ》加減がよかったんだろうな。スパイスの効き方が絶妙だ」

ここ三日ほど父はこんな調子だ。まったく痛々しいこと。

バニーはトーストしたチーズサンドと、副菜がわりにグリーンオニオン味のポテトチップスを食べていた。ポテトチップスは野菜がわりだと言い張るのだ。勝手にすればいい。壊血病で死んじゃうから。ケイトはどうでもよかった。

ダイニングはしんとして、ポテトチップスを齧る音と、皿にフォークがあたる音だけが響いていた。そのうち父が咳払いをした。「それで」おずおずと話しはじめた。「それでだな、まだ税金関係の書類がそこにあるみたいだが」

「ええ」とケイト。

「あ、わかってたか。ただ言ってみたんだ、ほら……締め切りのことが頭をよぎったもんだから」

「そうなんだ?」ケイトは驚いたように眉を上げてみせた。「締め切りか! すごーい!」

「その……いや、おまえさんがちゃんと覚えているとは思ったが」

ケイトは言った。「あのね、お父さん。今年は自分で申告をやったほうがいいと思うよ」

父がぽかんと口を開けて、こちらを見つめた。

「お父さんは自分の申告をして。わたしは自分のをやる」ケイトの分の所得税申告なんてたかが知れたものだった。じつのところ、すでに済ませて投函していた。

父は言った。「そんな、どうして……でも、おまえは得意だろう、キャサリン」

「お父さんだってできるよ」とケイト。

父はバニーのほうを見た。バニーは父に向かって愛想のいい笑みを浮かべてみせた。と、テーブルごしにケイトのほうを見て、天井に拳を突き上げて叫んだ。「行け、行け、キャサリン!」

おっと。そうくるとは思っていなかった。

バニーの友達の母親が運転する車がバニーを迎えにきた。ティーネイジャーの女の子がいっぱい乗っていて、甲高い声や笑い声をあげながら、窓ごしに大きく手を振っていた。ドラムのビートがラジオから大音量で響いている。「携帯電話は持った?」ケイトは妹に言った。そして今さらながら訊いた。「どこに行くの?」

バニーは「バーイ!」とだけ言って玄関を出ていってしまった。

明日の分の父のランチを作りおえると、ケイトはキッチンとダイニングの明かりを消した。父はリビングで何かを読んでいた。革張りの肘掛け椅子に坐って、ランプの黄色い明かりのなかで学会誌に没頭しているようにみえた。でもケイトが廊下をよこぎると、父の姿勢がわずかに固くなった。気づいているのだ。ケイトは父が話しかけてくる前に急いで左に曲がり、階段を一段飛ばしでのぼっていった。背後で革がきしむ音がしたが、父はケイトを呼び止めようとしなかった。

まだ日が暮れたばかりだったが、ケイトはパジャマに着替えた。(一日じゅう体を引きずるように動いていたのでくたくただった。)バスルームで歯を磨きおえると、鏡に映る自分の顔をしげしげと眺めた。鏡面におでこがつくまで頭を前に傾けて、目をのぞきこんだ。この角度から見ると、目の下のたるみが瞳孔とおなじくらい黒く見える。寝室に戻るとベッドによじ登った。枕をヘッドボードに立てかけて、ランプの向きを調整し、サイドテーブルから本を取り上げて読みはじめた。

むかし読んだスティーヴン・ジェイ・グールドを読み直しているところだった。スティーヴン・ジェイ・グールドはお気に入りの作家だ。ケイトはノンフィクションが好きだ——自然史や進化についての本。小説の類いはあまりぴんとこなかった。でも、おもしろいタイムトラベルものの小説はときどき読む。眠れないときはいつも、カンブリア紀にタイムトラベルすることを想像した。カンブリア紀はおよそ四億九千年前。当時の生物はすべて無脊椎動物で、乾いた土地に棲んでいたものは一匹もいなかった。

第5章

去年の秋、ケイトは裏庭にあるアメリカハナズオウの木の根元にクロッカスの球根を寄せ植えした。ここ何週間か注意して見ていたが、芽が出てくる気配はまったくなかった。おかしい。土曜日の朝、食料品の買い出しから帰るともういちどたしかめて、スコップで土をほじくってまでみたけれど、球根は一つも見当たらなかった。モグラか野ネズミか、何かべつの害獣のしわざだろうか？

ケイトが立ち上がって髪をうしろに払いのけたとき、キッチンから電話のベルが聞こえてきた。バニーはもう起きている——さっきシャワーの音がしたからたしかだ——でもベルがまた鳴って、さらにもういちど鳴った。ケイトが家に入ったときには留守電が例の「ハァーイィ！」を再生しはじめていて、父の声が聞こえてきた。「電話を取ってくれ、ケイト。父さんだ」

そのときにはすでに父のランチがカウンターに置きっぱなしになっているのに気づいていた。

なんでもっと早く気づかなかったのだろう。ケイトは勝手口を入ったところで立ち止まって、ランチの袋を憎々しげに睨んだ。

「ケイト？　いるんだろ？　ランチを忘れてきてしまったよ」

「あっそう。それはお気の毒さま」ケイトは誰もいないキッチンに話しかけた。

「頼むから持ってきてくれないか？」

ケイトはまわれ右して外に出た。スコップを庭仕事の道具入れのバケツに戻し、草抜き器を取り上げた。

また電話のベルが鳴った。

今度は留守電に切り替わる前に家のなかに入った。受話器をひったくるように持ち上げると言った。「何度もおなじ手に引っかかるわけないでしょ、お父さん」

「おお、ケイト！　キャサリン。またランチを忘れてきてしまったようなんだよ」

ケイトは黙ったままだ。

「もしもし？」

「じゃ、腹ぺこのまま過ごすしかないでしょうね」

「なんだって？　お願いだ、ケイト。そんなにたいした頼みごとじゃないだろ」

「ずいぶんなことを頼んでるじゃない」ケイトは父に言った。

「ランチを持ってきてほしいだけだよ。昨日の晩から何も食べてないんだ」

ケイトは考えた。やがて答えた。「わかった」そう言うと、父の返事も聞かず受話器を乱暴に戻した。

廊下に出ると階段の上に向かって声を張り上げた。「バニー？」

「なぁに」思っていたよりもずいぶん近くから返事が聞こえてきた。

ケイトは階段に背を向けてリビングに行った。バニーとエドワード・ミンツがカウチに寄りそうようにして坐っていた。バニーは膝の上に本を開いている。「やあ、どうも、ケイト！」エドワードが弾んだ声で挨拶をした。びりびりに破けたジーンズを穿いていて、毛深い膝小僧が顔をのぞかせていた。

ケイトはエドワードを無視した。「お父さんがランチを持ってきてほしいって」とバニーに向かって言った。

「持ってくって、どこに？」

「どこだと思うわけ？　だいたい、なんで電話が鳴ってるのに取らないのよ？」

「スペイン語の授業中だったから？」バニーはぷりぷりしながら言うと、手を広げて本を指し示した。

「じゃあ、ちょっと休憩して研究室まで行ってきて」

「きみのお父さんは土曜日も研究室に行ってるの?」エドワードがバニーに訊ねた。

「年がら年じゅう研究室にいる?」とバニー。「一週間に七日働いてる?」

「えっ、てことは日曜日もか?」

「どうして自分で行かないの」バニーがエドワードと同時に口を開いてケイトに訊いた。

「庭仕事があるからです」とケイト。

「車で送っていくよ」エドワードがバニーに言った。「研究室はどこにあるんだ?」

ケイトが言った。「悪いけど。バニーは一人で男の子の車に乗ってはいけない決まりなの」

「エドワードは男の子じゃない!」バニーが言い返した。「あたしの家庭教師?」

「お父さんが決めたルールでしょ。十六歳になるまではだめです」

「でも、ぼくは運転にかけては信頼できますよ」エドワードがケイトに言った。

「悪いけど。ルールなんで」

バニーは本をばたんと閉じてカウチに放り投げた。「学校じゃあたしより年下でも毎晩のように男の子の車に乗ってる子だっているのに」

「お父さんに言いなさい。わたしが決めたルールじゃないんだから」

「おなじようなもんじゃない。お姉ちゃんはパパにそっくりだもん。瓜ふたつ」

「わたしがなんだって? ちょっと、取り消しなさいよ!」とケイト。「わたしはお父さんになんてこれっぽっちも似てなんかない！」

「あーら、それは失礼しました。あたしの勘違い」バニーは顔を輝かせ、くちびるの端をきゅっと上げて笑みを浮かべた。（中学一年生のときの人気者グループの意地悪な女の子たちはみんなこういう笑い方をした。）バニーは腰を上げると言った。「一緒に来て、エドワード」

エドワードは立ち上がってバニーのあとを追った。「あたし、この家でたった一人のまともな人間なんだ」バニーがエドワードに言った。ケイトは二人に続いて廊下を進んだ。キッチンに入ろうとしたが、バニーがランチの袋を片手にぶんぶんさせて大股ですぐに引き返してきたので、脇にどかなければいけなかった。「ほかの二人はイカれた人間なの」またエドワードに言った。エドワードはペットの犬みたいにバニーのあとをつけて玄関に向かった。

ケイトは冷蔵庫を開けるとローストビーフのサンドウィッチを取り出した。今朝、デリのカウンターで買っておいたものだ。ヴェジタリアン・ミートマッシュはまだ作っていなかったけれど、すでに肉不足のような気がしていた。

包装紙を破りながら、なんとなく窓のほうに目をやると、グレーのミニバンがミンツ家のガレージからバックで出てくるのが見えた。バニーは助手席に乗って王族みたいに背筋を伸ばし、前方をじっと見ていた。

まあいい。勝手にどうぞ。父が自分の大切なルールのことをそんなに気にかけているなら、自分で取り締まればいいだけのことだ。

「男の子の車に乗っちゃいけないって、わたしは禁じられた覚えがないけどな」ケイトは父がそのルールを決めたときに言った。

「おまえを車に乗せようとした男の子がいた覚えなんてない」と父は言った。

ケイトはちょっとした妄想に耽《ふけ》った。いつかバニーが年を取って、ブロンドが往々にしてそうなるように、みじめな老け方をしたところを。髪は藁《わら》みたいになって、肌はリンゴみたいに皺くちゃになって、そのうえくちびるよりもさらに赤みがかった色になるところ。あの子には結局がっかりさせられたな、と父が自分にこっそり打ち明けるところを。

裏庭の奥にはコンクリート製のベンチがある。しみだらけででこぼこしていて緑っぽく変色している。誰もそれに坐ったりしないけれど、ケイトは今日はキッチンではなくそこでサンドウィッチを食べようと思い立った。ベンチの片端に腰を下ろしてサンドウィッチを載せた皿を隣に置き、頭をのけぞらせて頭上の木の枝を見上げた。下のほうの枝で一羽のコマドリが興奮したように騒ぎたてていて、あちこちの枝に跳びうつりながら、ケイトを威嚇するようにチュンチュン鳴いていた。たぶん、ここからは見えないけれど上のほうに巣があるのだろう。路地の向こうの大きな樫の木では、べつの二羽の鳥が会話をしているようだった。「デューイ？

デューイ？　デューイ？」と片方が鳴くと、「ヒュー！　ヒュー！　ヒュー！　ヒュー！」ともう片方が応じる。二番目の鳥は最初の鳥に挨拶をしているのだろうか、それとも相手の誤解をといているのだろうか。

庭仕事が終わったら、ミートマッシュの材料をそろえて電気鍋に入れて、それから家じゅうのベッドのシーツの洗濯に取りかかろう。

それが終わったら、どうする？

ケイトにはもう友達がいなかった。みんなそれぞれの人生を生きていた——大学を卒業して、遠くの街で仕事を見つけて、なかにはもう結婚している子もいた。クリスマスにはみんなボルティモアに帰省するけれど、ケイトに電話をよこすことはほとんどなかった。何を話題にすればいいというのだろう？　近頃じゃインスタントメッセージが来るのは放課後に居残りをさせられていたバニーが、車で迎えにきてほしいという連絡をよこすときくらいのものだった。

デューイとヒューーの鳴き声が聞こえなくなり、コマドリはどこかに飛び去っていた。ケイトはコマドリが自分を信用してくれたのだと思ってみた。サンドウィッチをひと口食べて、わざとらしく近くのヒヤシンスの寄せ植えに目をやって、あんたの巣なんて盗む気はありませんよ、というそぶりをしてみせた。ヒヤシンスのカールした白い花弁は、ラムチョップについてくる白い紙のフリルに似ていた。

「ケロー?」

ケイトは噛むのをやめた。

ピョートルが勝手口から出てきた。ステップを降りてくる。今日は白衣姿だ。草地をよこぎってこちらに向かってくるとき、白衣の前がはだけてなかのTシャツが見えた。

ケイトは信じられなかった。この男には神経というものがないんだろうか。

「どうやって家のなかに入ったわけ?」ケイトはピョートルが近寄ってくると問いつめた。

「玄関のドアが開けっ放しになっていた」ピョートルは言った。

バニー、あの大ばか娘。

ピョートルはすぐそばまで来ると、そこに立ったままケイトのほうを見下ろした。少なくとも、ぺらぺらおしゃべりを始めようとしないだけのわきまえはあるようだ。

いったいピョートルがどうしてここにいるのか、ケイトには理由が思いつかなかった。こっちが関わりあいになりたくないと思っていることはわかっているだろうに。もしも何かのいきさつで父からまだ事情を聞いていないとしてもだ。だいたい、たしかに父は話しているはずだ。ケイトはそれを感じ取っていた。いつかピョートルとばったり会ったときは、真正面に躍り出てきて(と、あとになって気づいた)、妙に弾んだ「さあさあ来ましたよ」みたいな雰囲気だったのに、今日はえらくまじめでしおらしい態度だし、軍人みたいに直立したまま動かない。

「何かご用?」ケイトは訊いた。

「謝りに来た」

「あら」

「バティスタ博士とぼくは、きみを傷つけてしまった」

ピョートルがこの企てを承知していたと知って、ケイトはやっぱりなと思うと同時に屈辱を覚えた。

「政府を騙すようきみに頼むなんて、ぼくらは思いやりに欠けていた」とピョートル。「アメリカ人はそういうことに罪の意識を感じるものだから」

「思いやりに欠けてたどころじゃない」ケイトは言った。「強欲だし、自己中だし、人をばかにしてるし……卑劣だよ」

「あは!　じゃじゃ馬《シュリュー》だ」

「え、トガリネズミ《シュリュー》?　どこどこ?」ケイトはくるっと振り返ってうしろの茂みを見た。

ピョートルが笑った。「すごくおもしろい」ケイトに向かって言った。

「は?」

ケイトが向き直ると、ピョートルがポケットに両手をつっこんで、踵《かかと》と爪先のあいだで重心を移動させながら体を揺らし、こちらに笑いかけていた。どうやら仲直りができたと思いこんでいるようだ。ケイトはサンドウィッチをつかみあげて開き直ったようにかぶりつき、口をもぐもぐさせた。ピョートルはただこっちを見てにこにこしているだけだった。まるで時間ならたっぷりあると思っているみたいだ。

「逮捕されてもおかしくないんだよ」サンドウィッチを呑み下すと、ケイトは言った。「グリーンカードのために結婚するのは立派な犯罪なんだから」

ピョートルはたいして気にしていないようだ。

「でも、謝罪は受け入れる」とケイト。「というわけで。またね」

また会うつもりがあるわけじゃない。

ピョートルはふうっと息をもらすとポケットから手を出し、足を踏み出してケイトの隣に腰かけた。この展開は予想していなかった。二人のあいだに置かれた皿が割れやしないかと心配になって取り上げようとしたが、そんなことをしたら相手はもっと近くに寄れという意味だと勘違いするかもしれない。だから皿は放っておいた。

「どっちにしても愚かな考えだった」ピョートルは芝生のほうを見ながら言った。「きみは自分が望むような夫を自分で選ぶことができるって、わかりきっているのに。きみはとても自立した女の子だから」

「女性」

「とても自立した女性だから。それに、美容院ぎらいの髪の持ち主。きみはまるでダンサーみたいだ」

「なんの話よ」ケイトは言った。

「フラミンゴダンサーみたい」

「あ」とケイト。「フラメンコね」

床を踏み鳴らすから。なるほど。

「わかったよ、ピョートル」ケイトは言った。「立ち寄ってくれてありがと」

「きみはぼくの名前を正しく発音してくれる唯一の人だ」ピョートルは悲しそうに言った。

ケイトはもうひと口サンドウィッチを齧って食べはじめ、ピョートルとおなじように芝生のほうを眺めた。でも一抹の同情を感じずにはいられなかった。

「それとバティスタ博士！」ピョートルが突然こちらを向いて言った。「どうしてきみはバティスタ博士のことを『お父さん』と呼ぶのに、妹は『パパ』と呼ぶ？」

「『お父さん』っていうのは父がそう呼ぶように言ったから」ケイトは答えた。「でもわかるでしょ、あのバニキンズのことだもん」

「ああ」とピョートル。

「それを言うなら」ケイトは言った。「あなたはどうして『バティスタ博士』って呼ぶわけ？

あっちはあなたを『ピョートル』って呼んでるのに」

「まさか博士のことを『ルイス』とは呼べない」ピョートルは驚いたような声で言った。（彼の発音は「ルーヴ・ウィス」と聞こえた。）「あんな高名な人のこと」

「そうなの？」

「ぼくの国ではそうだ。ずっと博士の噂は知っていた。博士の助手としてアメリカに行くと知らせたとき、ぼくがいた研究所が大騒ぎになったほどだ」

「ほんとかな」とケイト。

「博士の評判を知らない？　なんたること！　ぼくの国にはことわざがあるんだ。『世界で尊敬されている男は、一方で――』」

「わかった。言いたいことはわかったから」ケイトは急いで言った。

「たしかに、博士は独りよがりなところもある。でも偉い人でもっと横暴なふるまいの人を見てきた。博士は怒鳴ったりしない！　それにほら、きみの妹に対しても寛大だ」

「妹？」

「あの子は頭が空いてる、だっけ？　わかるだろう」

「頭が空っぽ」ケイトは間違いを正した。「まさにね」

なんだか急にいい気分になってきた。ケイトの顔がほころびはじめた。

「髪をふわふわさせて目をぱちぱちさせて動物性蛋白質を拒否する。それなのに博士はそれを黙って見ているだけ。なんて優しい人なのだろう」

「優しいんじゃないと思う」とケイト。「ありがちな話なんじゃないかな。そんな話ざらにある。ああいう狂気と紙一重の天才肌の科学者って、決まってブロンドに夢中になるの。頭が軽ければ軽いほうがいい。お約束みたいなもの。それで、ブロンドのほうも彼らにぞっこんになるわけ。女はたいていそう。シルマ伯母さんのクリスマス・パーティでのお父さんを観察してみるといいよ！　お父さんのまわりに女の人が群れをなしちゃって。何考えてるかわかんないし、手が届かなそうな感じがするし、ミステリアスな男って思うらしいんだ。この男の暗号を解けるのは自分しかいないって思うのね」

英語を完璧には理解していない相手に話していると、なんとなく開放的な気分になるものだ。こっちが言いたいことをなんでも言ってしまっても、相手にとって半分はちんぷんかんぷん。まくしたてるように早口で話せばなおさらだ。「バニーがなんであんなふうになっちゃったのかわからないんだよね」ケイトはピョートルに言った。「妹が生まれたときは、多少なりともあの子はわたしのものだって気がしてたのに。ちょうど、赤ちゃんの面倒を見たがるような年頃だったの。あの子のほうだって、ちっちゃいときはわたしのことを尊敬してた。わたしみたいにふるまおうとしてたし、わたしみたいに話そうとしてた。あの子が泣いたら、なだめてやれるのはわたしだけだった。でも十代になったころから、なんていうかな、わたしを置き去りにして。それまでとまったくべつの人間になっちゃった、社交的な人間に。ていうか、社交的で積極的な人間に。そしてどういうわけだかわたしのことを毒舌の気難しい行き遅れに変身させちゃったんだ。まだ二十九歳だっていうのに。なんでこんなことになっちゃったんだろ！」

　ピョートルは言った。「すべての科学者がそうではない」

「は？」

「すべての科学者がブロンド好きなわけではない」そう言うと突然、例の半開きの目でケイトのほうをちらっと見た。どうやらケイトがまくしたてたことは頭に入っていないらしい。ケイトはなんとなく罪を逃れた感じがした。

「ねえ」とケイトは言った。「よかったらサンドウィッチ、半分食べない？」

「ありがとう」ピョートルはそう言って、ためらうことなく皿からサンドウィッチを取り上げてかぶりついた。口をもぐもぐさせていると、顎のところに丸い瘤《こぶ》のようなものが出っぱって見えた。「きみのこと、『カーチャ』って呼ぼうと思う」口のなかをいっぱいにしたままピョートルが言った。

「カーチャ」なんて呼ばれたくないけれど、もう二度と会わなくていいわけだから、わざわざそう言ってやることもない。「あー、まあ、いいけど」ケイトはてきとうに答えた。

ピョートルが訊ねた。「どうしてアメリカ人は何かを言うときに少しずつ始める?」

「はい?」

「かならず文章を『あー』とか『まあ』とか『うーん』とか『どっちにしても』から始める。何かの結論につながるような原因になんて触れていないのに『それで』で話を始めるし、くりかえしてはっきりさせなければいけないことなんて話していないときでも『つまり』で始める。ずっと沈黙が続いてたのに、いきなり『つまり』だ! どうしてそうなる?」

ケイトは「あー、まあ、うーん」と、ゆっくり引き伸ばして言った。ピョートルはしばらくきょとんとしていたが、やがて短い笑い声をあげた。ピョートルの笑い声を聞くのは初めてだ。思わず頬がゆるんだ。

「それを言うなら」とケイト。「どうしてあなたはそんなに単刀直入なわけ? いきなり文章を始めるじゃない! なんの前置きもなく『これが』って切り出したり。いきなりハンマーを振り下ろすみたいに『あれは』って始めたり。断定的で身も蓋もない。あなたが言うことは何もかも……政府の宣言みたい」

「なるほど」ピョートルが言った。それから言い直すみたいにつけくわえた。「あー、なるほど」

今度はケイトもちょっと笑った。サンドウィッチをもうひと口齧ると、ピョートルも自分の分を齧った。しばらくするとケイトは言った。「ときどき外国人って違う感じで話すのが好きなんじゃないかなって思うことがあるな。そうじゃない？　外国人がアメリカのポップソングを歌ったり、南部訛りとかカウボーイの鼻にかかった話し方を真似してみせるのを聞いてみてよ。アクセントをそっくりに発音するんだ！　そういうときは完璧にアメリカ人の物真似ができる。だから、ほんとは完璧な英語を話したくないんじゃないかって思うの。訛りに誇りをもってるんじゃないかって」

「誇りなんてもってない」ピョートルが言った。「できれば訛りはなくしたい」

そう言いながらピョートルはサンドウィッチを見下ろした——両手で持ったサンドウィッチを見つめるように半開きの目を伏せたので、ケイトは相手が何を考えているのかわからなかった。ケイトははっとした。彼は考えているんだ——外向きにはthの発音をしくじったり、子音のあいだを十分に伸ばさなかったりするけれど、内面ではこっちとおなじくらい複雑で入りくんだ思考を組み立てているのだ。

まあ、そう、当たり前のことだけど。でもなんとなく大発見のように思えた。頭のなかで何かが組み立て直されていくような気がした——物の見方が微調整されていくような。

ケイトはサンドウィッチのパンの耳を皿に置くと、ジーンズで手を拭った。「これからどうするつもり？」

ピョートルは顔を上げた。「どうするって?」

「ビザのこと」

「わからない」

「力になれなくてごめんね」

「いいんだ」ピョートルは言った。「ほんとうに。慰めてくれてありがとう。でもどうにかなるような気がするから」

どうにかなるような気はまったくしなかったが、ケイトは「自制」を実行して何も言わないでおくことにした。

ピョートルは自分のサンドウィッチを耳まで平らげると、パン屑を手のひらから払い落とした。でもその場を動こうとはしなかった。「すてきな庭だ」あたりを見渡しながら言った。

「ありがと」

「庭仕事が好き?」

「まあね」

「ぼくもだ」

ケイトは言った。「前はね、その、植物学者かなんかになりたいと思ってたんだ。大学を中退するまでは」

「どうして中退した？」

だが、もうたくさんだった。相手がこっちの態度が和らいだことを感じ取っているのがわかった。どんどんつけあがってきているようだ。ケイトは唐突に立ち上がると言った。「車まで見送るから」

ピョートルも立ち上がって、驚いたような顔をした。「見送りなんていい」

でもケイトは聞こえなかったふりをしてすたすたと前庭のほうに歩きはじめた。しばらくするとピョートルもあとをついてきた。

家の外周に沿って歩いていると、ミニバンがミンツ家の車道に入っていくのが見えた。バニーが助手席のウィンドウから片手を出して振っている。エドワードと一緒に車に乗っているところを見られたからといって、まずいともなんとも思っていないようだ。「こんにちは、ピョーダー」バニーが言った。

ピョートルは何も言わずバニーに向かって片手を上げてみせた。ケイトはまわれ右をして庭仕事に戻った。今日はほんとうにうららかないい天気だ。まだ父にはすごく腹を立てていたけれど、少なくとも父が自分にあてがおうとしていた男は正真正銘の卑劣漢というわけではなかった、そう自分に言い聞かせると、ほんの少しだけ心が慰められた。

第6章

「キャサリン、愛しい娘！」父の声がした。「かわいいケイト！　自慢の娘！」

ケイトは本から目を上げた。「はあ？」

「肩から重たい荷を降ろしたような気分だよ」父は言った。「祝おうじゃないか。バニーはどこだ？　まだワインのボトルがあったかな？」

「バニーはお泊まり会」ケイトはページの角を折って、坐っていたカウチの上に本を置いた。「何を祝うわけ？」

「またまた、とぼけて！　キッチンに行こうじゃないか」

ケイトはカウチから立ち上がった。なんだか不安になってきた。

「ピョーダーのやつもなかなか抜け目ないな、そうだろ？」父はケイトの先に立ってキッチンに向かいながら言った。「バニーとあの子の家庭教師が来たと思ったら研究室を抜け出して。

ひと言もいわずにな。やつからニュースを聞くまで、どこに行っていたのか見当もつかなかったよ」

「ニュースって何？」

父は答えない。冷蔵庫を開け、前かがみになって奥のほうをがさごそ探っている。

「ニュースってなんのことよ？」ケイトは訊いた。

「あった！」父は身を起こすと、注ぎ口にコルクを浅く差した飲みかけのキャンティのボトルを持ち上げてみせた。

「開けてからもう何カ月もたってるよ、お父さん」

「ああ、でもずっと冷蔵庫に入れていた。わたしのシステム、知っているだろう。グラスを持ってきておくれ」

ケイトは食器棚のいちばん上に手を伸ばした。「なんのお祝いなのか教えてってば」ケイトはそう言いながら曇ったワイングラスを二つ、父に手渡した。

「うん、ピョーダーがおまえに気に入られたって話してくれたんだ」

「そんなこと言ったの？」

「一緒に裏庭に坐って、おまえにおいしいランチをご馳走してもらったって。そしておしゃべりに花を咲かせたって」

「まあ、そんなようなことがあったといえばあったけど」とケイト。「それで？　だから何？」

「だからあいつは希望をもったんだ！　うまくいきそうだって！」

「そんなこと思ってるなんて！　ふざけんな、あの男！　頭がどうかしてるんじゃないの！」

「まあまあ」父はにこにこしながら言った。ワインをグラスに注ぐと、口ひげをすぼめてうしろに下がり、量を見定めた。「五オンス」まるで独り言のように言った。「十六秒、頼んだ」

ケイトはグラスを電子レンジに入れて扉を閉め、てきぱきといくつかのボタンを押した。

「これでよくわかった」ケイトは言った。「人に優しくしてやってもなんの報いもないんだってことが。まったくもう！　呼んでもないのにやってきて、招いてもないのにずかずか入ってきて。たしかにドアは開けっ放しになってたかもしれないけどね。バニーがやりそうなこと——あの子の無頓着のせいで空き巣に入られててもおかしくなかったんだからね——にしたって、それをいいことに上がりこんでくるなんて無作法もいいとこだよ。わたしがせっかく静かにランチを楽しんでいるところを邪魔して、ローストビーフのサンドウィッチを半分食べちゃって。まあ、たしかにわたしがあげたんだけど、それにしたって、遠慮するってことを知らないんだね。あんなふうに飛びつくのは外国人だけ——」

「もういいんじゃないか？」父が言った。電子レンジのことだ。ちょっと前にチンという音が聞こえていた。父はレンジのほうに顎をしゃくってみせた。

「――それをよ、あの男がどんなふうに物事をねじまげちゃってるかわかるでしょ!」ケイトは最初のグラスを取り出して二つめのグラスを電子レンジに入れ、またボタンを押した。「どうすればよかったわけ? ひと言も口をきかないで坐ってればよかったの? 当然わたしは話しかけたよ、最小限の会話をした。それをあいつは、ぬけぬけと自分は気に入られたと言ってははばからないだなんて!」

「でもあの男はいいやつだ、だろ?」父が言った。

「いいやつかどうかだけの話をしてるんじゃないの」とケイト。「お父さんはあいつと結婚しろってわたしに言ってるんだから」

「いやいやいや! すぐにとは言ってない」と父。「先走りするな。わたしが頼んでるのは、結論に飛びつく前にちょっと時間をおいてみてくれってことだ。わたしの計画について考えてみてほしいんだ。あんまりじっくり考えている暇はないけどな、もう四月だし。でも――」

「お父さん」ケイトは語気を荒らげた。

「ワインは?」父はまた電子レンジのほうに頭を傾けた。

ケイトが二つめのグラスを取り出すと、父は最初のグラスを宙に掲げた。「乾杯!」と声をあげる。「ええと――」

ケイトは父が「おまえとピョーダーに」と言うのだろうと思っていたが、父は「つねに広い心をもつことに」と言った。

父はワインをひと口飲んだ。ケイトは口をつけなかった。グラスをカウンターに置いた。

「うまい」父が言った。「わたしのシステムを《ワイン・マニア・マガジン》に教えてやるべきだな」

父はもうひと口ぐいっと飲んだ。最近陽気がよくなってきたので、冬のあいだじゅう着こんでいたワッフル地の長袖のシャツを着ていなかった。つなぎ服の袖をまくって腕を出していたが、黒い毛が生えた細い腕は妙にかよわそうに見えた。ケイトは腹立たしさに加えて、思わず父に憐れみを覚えた。なんて場違いに見えるんだろう。自分を取り囲む世界にぜんぜん適応できていない。

ケイトはなかばいたわるような声で言った。「お父さん。現実と向き合ってよ。わたしが愛してもいない人と結婚しろって言われて、うんって答えるはずがないでしょう」

「ほかの文化圏では」父が言った。「見合い結婚というのは――」

「ここはほかの文化圏じゃないし、こんなのは見合い結婚じゃない。れっきとした人身売買だよ」

「なんだって？」

父がぎょっとした表情を浮かべた。

「そうじゃない？　わたしの意志に反して嫁がせようとしてるんだから。お父さんはわたしに見知らぬ男と一緒に暮らして、そいつと寝るように命令してるの。自分の個人的な利益のために。それが人身売買じゃなくてなんなの？」

「なんてことだ！」父が言った。「キャサリン。まったくもう。おまえがあいつと寝るなんてこれっぽっちも思ってないさ」

「そうなの？」

「どうりでおまえの気が進まないわけだ！」

「じゃ、どうしようと思ってたの？」

「どうって、わたしはただ……つまり、ああもう！　そんなことをする必要はないんだよ」父はそう言ってワインをもうひと口飲み、咳払いをした。「わたしの計画ではだな、わたしたちは多かれ少なかれ今までとおなじように暮らしていくつもりなんだ。ただし、ピョーダーはここに越してくることになるが。それくらいはやむをえんだろう。でもむかしラーキンさんが使っていた部屋を使わせるつもりだった。おまえはこれまでどおり自分の部屋で暮らすんだ。てっきりおまえはわかってると思ってたよ。まったくな！」

「移民局に怪しまれると思わなかったわけ？」ケイトが訊いた。

「なんで怪しむんだ？　寝室をべつにしている夫婦なんてごまんといるだろ。移民局だってそれくらいわかってる。ピョーダーのいびきがひどいと言っとけばいい。たぶん、いびきくらいかくはずだ。いいか……」父はつなぎ服のポケットのなかを探りはじめた。やがて携帯を取り出した。「いいか、調べていたんだ」と父。「移民局が何を探るかはわかってる。やつらに結婚までのいきさつを提出しなきゃいけないんだ。証明してやる必要があるんだ……」父は目を細めて携帯を見下ろし、ボタンを押して、またべつのボタンを押すと、もういちど目を細めた。「写真だよ」父はケイトに携帯を差し出した。「ある程度の期間をかけて撮影した写真。二人の付き合いの歴史を記録した写真だ」

画面にはケイトとピョートルが写っていて、父の研究室でテーブルのはす向かいに坐っている。ケイトが高いスツールに腰かけ、ピョートルは折りたたみ椅子に坐っている。ケイトが着ているのはバックスキンの上着で、ピョートルは白衣姿。二人とも驚いて困惑したような表情でこちらを見ている。

ケイトはつぎの写真を選んだ。おなじ姿勢だが、今度はケイトが撮影者に何かを言っているところで、喉元に二本の筋が浮き上がっている。こんな筋があるなんて今まで気づかなかった。

つぎの写真は、歩道に立ち止まっているケイトのうしろ姿を遠くからぼんやりと捉えていた。追ってきた男のほうを振り向きかけたところで、男はこちらに背を向けているので誰だかはっきりとはわからない。

そのつぎの写真で、男がケイトの腕をつかんでカップルの脇をすり抜けている。

どうやら父はケイトのあとをつけまわしていたらしい。

今度はケイトとピョートルがバティスタ家のダイニングでテーブルを挟んで坐っているところだ。でも手前にバニーが写りこんでいて、彼女が持ち上げている蜂蜜の瓶のせいでピョートルの横顔の一部が隠れている。

つぎの写真でピョートルはケイトの隣に移動していたが、ケイトの姿はほとんど写っていなくて、首から上が切れている。これで全部だ。

「やり方を覚えたらおまえの携帯に送るつもりだ」父が言った。「彼とインスタントメッセージのやりとりも始めてもらわないとな」

「はあ?」

「新聞で読んだんだが、移民局はカップルに携帯の提出を求めることもあるそうなんだ。インスタントメッセージのやりとりを調べて、ほんとうに付き合ってるのかを確認するんだと」

ケイトは携帯を父に返そうと差し出したが、父はワインのお代わりを注ぐのに忙しかった。いつのまにかグラスを飲み干していたらしく、今度はボトルを空にしようとしていた。ケイトにグラスを渡して言った。「十四秒」

「十四秒でいいの?」

「ああ、もうぬるくなってきたから」

父は携帯を受け取るとポケットに突っこんだ。ケイトは振り向いて父のグラスを電子レンジに入れた。

「いいか、このことはまだ話したくはないんだが」父が言った。「わたしはいま、何かをつかみかけているんだ。突破口に近づきかけているんだよ。まさにそのタイミングで、お偉方がわたしの研究への信頼を失いはじめている。そしてもしピョーダーが研究室にとどまることができたら、もしわれわれがこれを成し遂げられたら……それがわたしにとってどんなことを意味するか、わかるかい？　長い道のりだったんだ、ケイト。長く、険しい、心細い道のりだった。聞いてくれ、わたしはそのことしか頭にないように見えていたかもしれんな。きみの母さんが思っていたように――」

父は話を止めて電子レンジのほうに顎を傾けた。ケイトはグラスを取り出して父に渡した。父はグラスの半分ほどを一気に飲んだ。ケイトは大丈夫なんだろうかと思った。父はアルコールに慣れていないのに。でも、たぶんそのおかげで父はいつになく饒舌になっていた。「お母さんがどうしたって？」ケイトは先をうながした。

「母さんはわたしが週末には休むべきだと考えていた。長期休暇さえとるべきだと！　母さんは理解していなかったんだ。その点、おまえは理解している。おまえはわたし似だからな。ずっと思慮深いし、実際的だ。でも母さん、彼女はとても……弱かった、というかな。母さんは一人でいるのが苦手だった。想像できるか？　それにすごく些細なことで絶望した。一度なら言われたものだよ、人生の意味がわからない、って」

ケイトは胸の前で腕を組んだ。

「わたしは母さんにこう言った。『そうだな、それも無理はない。意味があると言ったら嘘になるから。意味があると思ってたのか？』だがその答は母さんの慰めにはならなかったようでな」

「そうなんだ」ケイトは言った。

ケイトは自分のグラスを取り上げるとワインをぐいっと飲んだ。「だいたいの女性は、赤ちゃんを産んだあと、幸せで満ち足りた気持ちになるものでしょ」ワインを飲み下すと言った。「人生を生きる価値がないなんて突然決めつけたりしない」

「ん？」父はむっつりした顔でグラスに残った澱《おり》を見つめていた。やがて顔を上げて言った。「いやいや」父は言った。「おまえとはなんの関係もないからな、ケイト。そんなこと考えてたのか？　母さんはおまえが生まれるずっと前から塞ぎがちだったんだ。ある意味では、わたしの責任だったのかもしれない。わたしたちが結婚したことが、母さんに悪影響を及ぼしたのかもしれない。母さんはわたしの言うことをことごとく誤解して受け取ってるようだった。わたしが母さんのことを軽んじている、何かにつけ母さんよりも自分のほうが賢いかのようにふるまっている、と思っていた。まったくナンセンスだ。つまりだ、間違いなくわたしのほうが賢いわけだから。でも結婚を決める材料になるのは知性だけじゃない。いずれにしても、母さんは塞ぎこんだ状態から抜け出すことはできないようだった。まるで沼の縁に立って母さんが沈んでくのを見ているような気分だったよ。いろんなセラピーをためしてみたが、いつだって結局は役に立たなかった。薬も試した。あらゆる種類の抗鬱剤――SSRI、その他もろもろ。どれも効かなかったし、なかには副作用が出るものもあった。あるときわたしの同僚でイギリス人の男が、自分が開発した薬を紹介してくれたんだ。ヨーロッパではもう出まわりはじめていたが、アメリカではまだ認可が下りていないという話だった。しかしその薬は奇跡のような効き目があることがわかっていると。彼はそれを送ってくれて、母さんは試しに飲んでみることにした。そしたらどうだ、まったくべつの人間になったじゃないか。陽気！　活発！　エネルギッシュ！　おまえはそのころ中学二年生だったんだが、母さんは突如として関心をもちはじめて、ＰＴＡの会合なんかに顔を出したり、野外授業の付き添い役まで買って出たりもした。わたしはむかしのシーアを取り戻した、出会ったころのシーアを。やがて母さんはもう一人子どもが欲しいと言い出した。むかしはずっと子どもが六人欲しいと思ってたというんだ。それでわたしは答えた。『うん、それはきみが決めることだ。そういうことはきみに任せているってわかってるだろ』と。すぐに母さんは妊娠して、医者に行ってそれをたしかめた。そのときだ、奇跡の薬が母さんの心臓にダメージを与えているとわかったのは。ヨーロッパではすでにその危険性が疑われていて市場から回収されていたのに、わたしたちはまだその情報を知らなかった」

「それで心臓を悪くしたの？」

「そうだ、全責任はこのわたしにある。わたしがいなければ、母さんはその薬のことを知る由もなかったんだからな。あるいは、おまえの伯母さんがつねづね言ってるように、わたしがいなければ薬を必要ともしなかった」父は最後のワインを飲み干すとグラスを脇のカウンターに置いたが、いくぶん力がこもりすぎていた。「もっとも」ややあってから続けた。「わたしの同僚には貴重なデータを提供したのかもしれないが」

「お母さんはわたしと一緒に野外授業に行ったんだ？」ケイトは訊ねた。そのころの記憶をたぐろうとしてみた。「わたしに関心があったの？　わたしのことが好きだったの？」

「おいおい、もちろんだよ。母さんはおまえを愛していた」

「お母さんの唯一のいい思い出を取り逃がしちゃったんだ！」ケイトは言った。わめき声に近い声だった。「それ、覚えてないもん！」

「よく一緒にショッピングに行ったことなんかも忘れてしまったのか？」

「一緒にショッピングに行ったの？」

「母さんは娘を持って女の子らしいことを一緒にすることができてすごく幸せだって、そう言ってた。おまえをショッピングに連れ出して服をみたりランチを食べたり、いちどなんかマニキュアをさせてたぞ」

なんだか妙にちぐはぐに思えた。一生の宝物になったかもしれない思い出を置き忘れてきただけでなく、ことによるとそれはケイトにとって嫌な体験だったかもしれないからだ。ショッピングなんて耐えられない！　でも、どうやらよろこんでついていったらしいし、楽しんでさえいたようである。まるで子どものケイトは大人のケイトとはまったくべつの存在みたいだ。ケイトは短く切った色のない爪を見下ろした。この爪がプロの手でやすりをかけられ、磨かれ、マニキュアを塗られたことがあるなんてどうしても信じられなかった。

「というわけでバニーが生まれたんだよ」父は言った。ワインのせいかぼんやりした話し方で、眼鏡のレンズが曇っていた。「もちろん、あの子が生まれてきてくれてうれしかった。あの子はかわいらしいし陽気だ。結婚する前の母さんみたいにな。でもあの子はあんまり、言ってみれば……知性的じゃない。それに、おまえのように気骨があるわけでも芯が通っているわけでもない。ケイト、おまえを頼りにしすぎていることはわかってるんだ」父は手を伸ばしてきて指先でケイトの手首に触れた。「わたしは必要以上におまえに期待しすぎている。おまえは妹の面倒を見てくれるし、家のことを切り盛りしてくれる……このままじゃ夫を見つけられないんじゃないかって心配してるんだ」

「へーえ、それはどうも」ケイトはそう言って手をひっこめた。

「いやいや、わたしが言いたいのはだな……まったく、いつもへたな言い方しかできないんだからな。わたしが言いたいのはだ、おまえが夫に出会う機会を逃しているんじゃないかってことだ。家に閉じこもって、庭をちょこちょこ動きまわって、プリスクールで子どもの世話をして、考えてみれば、あんな場所で出会いなんて……わたしは自分勝手だった。大学に戻してやるべきだったのに」

「戻りたくないもん」ケイトは言った。正直な気持ちだった。動揺がわき起こるのを感じた。

「しかし大学はほかにもあるだろ、あそこがおまえに合わなかったのだとしても。そのことに気づいてなかったわけじゃないんだ。なんならジョンズ・ホプキンスで学位を取ってもよかったんだ！　なのに、わたしは自分を甘やかしてしまった。自分に言い聞かせていたんだ。『この子はまだ若い。時間ならたっぷりある。当分は家にいてもらえる。一緒の暮らしを楽しめる』」

「わたしと一緒の暮らしを楽しめるって？」

「たぶん、おまえにピョーダーを押しつけようとしたのには、ほかの理由もあるんだな。『これであの子をまだ手元に置いておける！』どこかでそう考えていたに違いない。『問題ない、書類上だけの結婚だ。あの子はこのままここにいるんだ』って。腹を立てるのも無理はないよ、ケイト。わたしはおまえに謝らなければならない」

「うん、まあ」ケイトは言った。「お父さんの考えはわかったと思う」

ケイトは大学から家に戻ってきた晩のことを思い出した。なんの予告もなく、スーツケースを何個か持って帰宅したのだ——家から持っていった荷物すべてが入ったスーツケース——そして家の前でタクシーを降りたとき、父がキッチンにいるのが見えた。つなぎ服の上にエプロンをかけて。「おまえ、ここで何してるんだ？」父は言った。そしてケイトは答えた。「退学になったの」——必要以上にはっきりと言った。最悪の事態を早く切り抜けたいがために。「なんでだ？」父が訊ね、そしてケイトは教授の中途ハンパな光合成の説明のことを話した。父が「うん、おまえが正しい」と言ってくれたとき、ケイトの胸にこのうえない安堵感がどっと押し寄せてきた。ううん、安堵だけじゃない。それはよろこびだった。純粋なよろこびだ。それまでの人生でいちばん幸せな瞬間だったかもしれない、ケイトは素直にそう思った。

父は窓に向けてボトルをかざしていた。底にあと数滴でも残っていないか期待しているようだ。

ケイトは言った。「『書類上だけ』って言ってたけど……」

父がこちらを見た。

「ほんとに形式だけのものなら」とケイト。「ちょっとした法律上の手続きでピョートルのビザのステータスを変えられて、それが済んだら元に戻せるっていうんなら……」

父はカウンターにボトルを戻した。体をこわばらせ、たぶん息も止めている。

「そこまでたいしたことじゃないのかもしれないね」

「それはイエスってことか？」

「えっと、お父さん。わかんない」ケイトはしぶるように言った。

「でも考えてみる。そういうことか？」

「たぶん」

「わたしのためにやってくれるかもしれないと？」

ケイトはためらい、そしておずおずとうなずいた。と、一秒もたたないうちに、自分は何を考えていたんだろうと思い直した。しかし父はすでにケイトを抱き寄せて、力強くぎこちないハグをしていた。ケイトの体を押しやると、もういちど目をのぞきこんできた。「やってくれるんだな！」父は言った。「ほんとにやってくれる！　それだけわたしのことを思ってくれてるんだ！　ああ、ケイト、愛しい子、どれだけ感謝してるかとても言い表せないよ」

「その、これまでの暮らしとたいして変わりないみたいだから」

「まったく変わりないさ、誓ってもいい。彼がいることに気づきもしないよ。何もかも、これまでとおなじだ。おっと、おまえがやりやすいように手を尽くすつもりだ。これですべてが変わるぞ！　すべてが上向きになる。なんだか研究が成功しそうな気がしてきた。ありがとう、スウィートハート！」

少し間をおいて、ケイトが言った。「どういたしまして」

「それで……」父が言った。「あのな……ケイト？」

「何よ」

「わたしの分の申告を済ませてくれないかな？　自分でやってみたんだが――」父はそこでうしろに下がると、ひょろっとした腕を広げ、おどけたようにへなへなと揺らしてみせた――

「どんなことになったかわかるだろ」

「うん」ケイトは言った。「わかってる、お父さん」

第7章

日曜日　AM11時5分

やあケイト。インスタントメッセージだ！

どうも。

そんな略し方しないで。ティーネイジャーじゃあるまいし。

U《ユー》 r《アー》 ホーム　ナウ？

今、家にいる？

いない。

バレリーナの人形が水兵の人形と結婚することになった。水兵の人形はかわりばえのしない制服姿だったが、バレリーナの人形は白いティッシュでできた真新しいウェディングドレスを身につけていた。前に一枚、うしろに一枚、二枚のティッシュをウエストのところでポニーテール用のシュシュを使って合わせたものだ。下にチュチュを着ているせいで、裾が広がっている。ドレスを作ったのはエマ・Gだが、シュシュを提供したのはジリーで、祭壇の前まで歩いていって新郎に会うという決まりを知っていたのはエマ・Kだった。どうやらエマ・Kはつい最近、誰かの結婚式でフラワーガールを務めたらしい。指輪を運ぶ係とかブーケトスとか「摩天楼みたいなウェディングケーキ」といった概念について長々と説明し、ほかの女の子たちはうっとりとそれに聞き入った。誰もそういったことをケイトに訊いてみようとは思いつかなかったようだ。でもそもそもこの遊びが始まったのは、ケイトの結婚の話がきっかけだった。

ケイトは最初のうち、結婚のことを誰にも言わないでおくつもりだった。土曜日に結婚式を挙げて——五月の第一土曜日、あと三週間もない——週明けの月曜日には何事もなかったように出勤するつもりだった。ところがケイトが結婚の話を広めていないと知ると、父はがっかりした。父に言わせれば、移民局はきっと彼女の職場にも聞きこみに行くだろうということだった。そこで同僚たちがケイトは独身だと思っていたら、きわめて疑わしいと思われてしまうだろうというのだ。「自分からどんどん広めていくべきだ」と父は言った。「明日、にこにこしながら出勤して、指輪を見せてまわって、長くゆるやかな求愛期間の話をして聞かせるんだ。そうすれば移民局が嗅ぎまわりはじめたとき、そういうこまごましたことを耳に入れることができる」

今や移民局は一家にとって恐怖の種みたいなものになっていた。ケイトの想像のなかでは、移民局は「彼」――スーツにネクタイを締めた、印象に残らないハンサムな一人の男だった。ちょうど古い白黒映画に出てくるような個性のない捜査官。声まで白黒映画のようにどことなくざらざらしていて、偉そうな口調でこう言うのだ。「キャサリン・バティスタか？　移民局だ。二、三、訊きたいことがある」

というわけで、ケイトは翌日の火曜日に大伯母さんのダイヤモンドの指輪をはめてスクールに到着した。〈ルーム4〉を見にいく前に教員用のラウンジに立ち寄ると、おおかたの教員と数人のアシスタントがお茶用のやかんを囲んでいた。ケイトはそこに何も言わず左手を差し出してみせた。

ミセス・バウアーが最初に気づいた。「あらま！」と大声を出した。「ケイト！　これは？もしかして婚約指輪？」

ケイトはうなずいた。父に言われた「にこにこして」というパートはどうしても実行できなかった。なぜならミセス・バウアーは二歳児クラスの受け持ち――アダムがアシスタントを務めているクラスの担任だからだ。きっとまっすぐ〈ルーム2〉に戻って、アダムにケイトが婚約したことを話すだろう。

アダムに打ち明けるパートについては、この件に巻きこまれて以来ずっと考えあぐねていた。やがてその場にいた女性たち全員がまわりに集まってきて、叫び声をあげたり質問をしたりしはじめた。ケイトの腰が引けているようにみえたとしても、いつものように無愛想なだけだと片付けてしまうだろう。「まったく隅におけないわね！」ミセス・フェアウェザーが言った。「ボーイフレンドがいることさえ知らなかった！」

「ええ、まあ」ケイトはもごもごと答えた。

「どこの誰なの？　名前は？　何をしてる人？」

「名前はピョーダー・チェーバコヴ」ケイトは答えた。そんなつもりはなかったのに、あまり外国人っぽく聞こえないように、つい父のように発音してしまった。「微生物学者です」

「へえ！　微生物学者！　どこで知り合ったの？」

「父の研究室で働いていて」ケイトは答えた。そしてミセス・チョーンシーのほうをちらっと見てから言った。「いけない、〈ルーム4〉を誰も見てない」と言い訳をして、さらなる質問から逃げようとした。

が、もちろんみんなそう簡単には逃してくれなかった。ピョーダーはどこ出身？（ボルティモアっ子じゃないはず。）お父様は結婚に賛成してくれているの？　結婚式はいつ？「もうすぐじゃないの！」日付を聞くとみんなは言った。

「まあ、彼と縁ができてかれこれ三年になるんで」ケイトは言った。厳密にいえば、それは真実だ。

「でも準備しなきゃいけないことがたくさんあるでしょうに！」

「そうでもないです。すごく地味にやるつもりなんで。近親者だけで」

これを聞いてみんながかっかりしているのがわかった。参列することを期待していたのだ。

「ジョージーナが結婚したときは」ミセス・フェアウェザーが言った。「クラスの子どもたち全員を招待したのよ、覚えてる？」

「そういう感じの結婚式じゃないんです。わたしたち、どっちも着飾ったりするのが苦手だし」ケイトは言った――「わたしたち」という使い慣れない言葉が妙なふうに聞こえた。まるで石ころでも口に放り入れたみたいだ。「伯父が牧師なんで、内輪だけで式をするつもりなんです。父と妹だけが立会人で――伯母さえ呼ばないで。伯母はそのことでぷんぷんしてますけど」

そもそも教会で式をすることだって妥協した結果だった。ケイトは市役所で手早く済ませてしまいたかったが、一方、父は移民局対策の写真を撮るために正装の本格的な式を挙げたがった。どうやら同僚たちも父と同意見らしく、悲しげに顔を見合わせている。「子どもたちはジョージーナの親族のすぐうしろの席に坐って、ひとり一本ずつ黄色いバラを持っていたのよね、覚えてる?」ミセス・フェアウェザーがミセス・リンクに言った。

「そうそう、というのも、ジョージーナのウェディングドレスが黄色だったから。きれいな淡い黄色。旦那さんは黄色のタイをつけてた」ミセス・リンクが応じた。「白いドレスじゃないってことで両家の母親が大騒ぎしたのよね。『人様がどう思うの』って。『純白のドレスを着ない花嫁なんて聞いたことない』ってね」

「ところがジョージーナときたらこうよ。『申し訳ないけど、あたし白を着るとくすんで見えちゃうから』って」ミセス・チョーンシーが言った。

教員用ラウンジにいる女性たちの話を聞いていると、ときどき〈ルーム4〉の女の子たちのおしゃべりを聞いているような気がすることがあって、ケイトはそのたびにびっくりする。

ケイトのクラスの子どもたちに結婚の報告をしたのはミセス・チョーンシーだった。〈おはようございます〉の歌が終わるが早いか、ミセス・チョーンシーはふくよかな手を叩きながら言った。「みなさん! みなさん! すばらしいニュースがあります。誰かさんが結婚しまーす、さて誰でしょう?」

沈黙。やがてリーアム・Mが口を開いた。「もしかして、チョーンシー先生?」

ミセス・チョーンシーは苦虫をかみつぶしたような顔をした。(ミセス・チョーンシーは結婚して三十五年になる。)「ミス・ケイトですよ!」ミセス・チョーンシーは言った。「ミス・ケイトが婚約したんです。ほらみんなに指輪を見せて、ミス・ケイト」

ケイトは手をあげてみせた。何人かの女の子たちがほれぼれするような声をもらした。でもだいたいの子どもたちは困惑していた。「大丈夫なの？」ジェイソンが言った。

「大丈夫って、何が？」

「その、お母さんが許してくれる？」

「えっと……もちろん」ケイトは言った。

サムソン兄弟はあきらかに不機嫌そうだった。教室にいるあいだは何も言わなかったけれど、午前中の外遊びの時間になると二人でケイトのところにやってきて、レイモンドが訊いた。

「じゃあぼくら誰と結婚すればいいんだよ？」

「まあ、誰か見つかるって」ケイトは二人に請けあった。「あんたたちともっと年が近い子が」

「それって誰？」レイモンドが言った。

「そうだなあ……」

「ジャミーシャがいるじゃないか」デイヴィッドが言った。

「あ、そっか」

「それに――」

「いいよ。ぼくジャミーシャにする」

「でもぼくはどうなるの？」デイヴィッドが言った。「ジャミーシャはいつもぼくに怒ってばっかりなんだもん」

ケイトはその議論の行方を最後まで見届けることができなかった。アダムがこちらにやってきたのだ。小さいピンクのフード付きの上着を片手に持って、どんよりした表情を浮かべていた。あるいは、こっちが勝手にそう思いこんでいるだけかもしれない。「それで」ケイトの隣にくると、アダムが言った。ブランコのほうを見つめている。「ニュースを聞いたよ」

「ニュース？」ケイトは言った。（そらぞらしく。）

「結婚するんだってね」

「あ」とケイト。「それね」

「誰かと付き合ってることも知らなかった」

「付き合ってなかったから」ケイトは言った。「そのつまり、そんな感じではあったけど……急に決まったの」

アダムはうなずいた。まだ浮かない顔をしている。睫毛が長くて濃いので、目もとがすすけているように見える。

二人はしばらくブランコで遊んでいる三歳児クラスの女の子をじっと見つめていた。腹ばいで乗ったまま鎖をねじあげている。そのうちブランコがぐるぐる回転しはじめ、女の子は必死で集中するような顔つきでしがみついていた。やがてブランコから降りると、ちっちゃな酔っ払いみたいによろよろと千鳥足で歩きはじめた。

アダムが言った。「それって……賢明なことなのかな。重大な決断をあっさり下しちゃうのって？」

ケイトはアダムのほうをちらっと見た。でもアダムはまだ例の女の子を見つめていたので、表情をうかがうことはできなかった。「たぶん」ケイトは言った。「賢明ではないよね。自分でもわからないけど」

しばらく間があいてから言った。「でもこれはその、一時的なものかもしれないし」

アダムがやっとこちらを向いた。「一時的って！」

「つまりその、結婚がいつまで続くかなんて、誰にもわからないじゃない？」

アダムは目を細め、すすけた目がさらに黒くなった。「だけど、法の下の契約だよ」

「うん、でも……そうだね。法の下の契約。たしかに」

ケイトはまたしても自分がばかでかくて、ふてぶてしくて、がさつな人間のような気分になった。と、ジャングルジムで遊んでいるアントワンがずいぶん高いところまで登っているのが目に入った。ケイトはそそくさとその場を立ち去ってアントワンのもとに向かった。

火曜日　ＰＭ２時46分

やあケイト！　仕事が終わったら歩いて迎えにいこうか？

いい。

どうして？

今日は延長保育の担当だから。

じゃあそのあとは？

いい。

きみは丁寧さが足りない。

それじゃ。

新たな写真。ケイトが玄関前の小径に身を固くして立ち、その横にピョートルが並んで、にこやかな笑みを浮かべている。が、小鼻のまわりがうっすらとピンク色になっている。どうやらピョートルのいう風邪っぽい症状は、屋外にある何かのアレルギーらしいことがわかってきた。

もう一枚。ケイトとピョートルがレストランの壁際の長椅子に腰かけている。ピョートルはおれのものだといわんばかりにケイトの座席のうしろに右腕を伸ばしているが、そのせいで姿勢がゆがんでいるし、全体に無理やり感がにじみ出ている。座席の背もたれが高すぎたのだ。それに暗がりに目を凝らすようにやや眉をひそめている。ピョートルはアメリカのレストランは照明が暗すぎると文句を言っていた。もちろん、ケイトの父親もその場にいた。写真を撮る人が必要だからだ。父とケイトはバーガーを注文した。一方、ピョートルは「子牛の頬肉、セルリアックのピューレ敷き、ザクロの糖蜜がけ」なるものを注文し、バティスタ博士とレシピの「遺伝的アルゴリズム」について議論をはじめた。誰かの話を熱心に聞いているとき、ピョートルは満ち足りたような表情を浮かべる、とケイトは気づいた。額に皺の一本も寄せず、じっと黙って相手の話に集中するのだ。

つぎの一枚では、ケイトとピョートルがリビングのカウチに三十センチほど間をあけて一緒に坐っている。ピョートルはにかっと笑い、例によってケイトのうしろの背もたれに手を伸ばしている。一方のケイトは、顔をひきつらせて左手を撮影者のほうに突き出し、ダイヤモンドの指輪を見せている。あるいは合成石のキュービックジルコニアかもしれないが、ほんとうのところは誰にもわからない。もとの持ち主である大伯母さんは、1ドルショップの店員をしていたから。

さらにもう一枚では、ケイトとピョートルが一緒に洗い物をしている。ピョートルはエプロンをかけ、水ですすいだ皿を揺すってみせている。ケイトは彼の横顔をまじまじと見ている。

得体の知れない人間を見ているみたいだ。バニーがちょっとだけ写っていて、得体の知れない二人組でも見たみたいに、カメラのほうを向いて大きな青い目をぐるっとまわしてみせている。

ケイトとピョートルの携帯に写真を転送するやり方を父に教えたのはバニーだった。父はどうすればいいのかわからなくて途方に暮れていたのだ。バニーはまたしても呆れたように目をぐるっとまわしてから、助け舟を出した。だがバニーは結婚の企てのことを知ると、あからさまにぞっとしてみせた。「なんなのそれ？」バニーはケイトに言った。「お姉ちゃんは動産か何かなわけ？」

「ちょっとのあいだのことだから」ケイトは言った。「あんたは研究室が大変なことになってるのを知らないから」

「そんなの知らないし、どうでもいい。研究室なんてお姉ちゃんに関係ないじゃん」

「でも、お父さんには関係あるでしょ。お父さんの生活の中心なんだから！」

「あ、あ、あたしたちが生活の中心であるべきでしょ」バニーが言った。「パパ、どうしちゃったの？何カ月もずっとあたしたちが存在することすら忘れてたくせに、あたしたちに誰が車に乗っていいか、誰が結婚すべきか命令する権利でもあると思ってるみたい」

「〝誰が〟じゃなくて〝誰と〟」ケイトは反射的に言い直した。

「目を覚ましてよ、お姉ちゃん。パパはお姉ちゃんを生贄《いけにえ》にしようとしてるんだよ、わかってんの？」
「まあ、でも、そんなおおげさなことじゃないから」ケイトは言った。「書類上だけのことなんだってば」
だがバニーはひどく動揺していた。話のあいだじゅう携帯からテイラー・スウィフトの着信音が鳴りっぱなしだったがおかまいなしで、ずいぶんたってからやっと電話に出た。

金曜日　ＰＭ４時16分
やあケイト！　明日一緒に買い出しに行く。
買い物は一人でしたいから。
きみのお父さんとぼくとで夕食を作ることになったから行く。
何それ！
朝８時に車で迎えにいく。
それじゃ。

ピョートルの車はオリジナルのフォルクスワーゲン・ビートルで、ケイトがその車種を見るのは何年かぶりのことだった。車体はピーコック・ブルーだが、かなり傷んでいたので、塗料ではなくチョークで色を塗ったように見えた。しかしそのほかのコンディションは文句なしだった。ピョートルの扱い方をみると、これは奇跡的なことだとケイトは思った。科学者は運転に向いていない、という自然界の法則でもあるのだろうか？　あるいはたぶん、科学者は運転できても、何かしら難解な問題に没頭して、道路をろくすっぽ見ないのだ。ピョートルは難問のかわりにケイトに気をとられて、顔を完全にこちらに向けて話しながら、猛スピードで四十一番街を下っていった。ほかの車が急ブレーキを踏みクラクションを鳴らし、後部座席では本や白衣や空のボトルやファストフードの包装紙があっちこっちに散らばった。「豚ロースを買うんだ」ピョートルは言った。「コーンミールも買う」

「頼むから運転に集中してよ」

「この店、メープルシロップは売ってる？」

「メープルシロップって！　いったい何を作るつもり？」

「豚の蒸し煮《ブレゼ》、ポレンタ敷き、メープルシロップがけ」

「ったくもう」

「きみのお父さんと話し合った」

「レシピの遺伝的アルゴリズムか」ケイトは思い出しながら言った。

「あ、聞いてたんだね。ぼくの話を気にとめていてくれたのか」

「あなたの話なんて気にとめてません」ケイトは言った。「そっちがべらべらしゃべってるから耳に入ってきただけ」

「ぼくのこと、気にとめてくれるんだ。ぼくのことが好きなんだ！　ぼくに夢中なんだ、たぶん」

「ピョートル」ケイトは言った。「はっきりさせておきたいことがあるんだけど」

「なんだよ、このでかいトラック！　狭い道なのに」

「わたしはお父さんを助けるためにこんなことしているにすぎないの。お父さんはあなたがこの国にとどまることが重要だと考えているから。あなたが永住権を獲得したら、わたしたちは別々の道を歩むわけ。つまりこの作戦には誰かが誰かに夢中になったりすることは含まれていないんです」

「でももしかしたら、きみは別々の道を歩まないと決めるかも」ピョートルが言った。

「はあ？　何言ってんの？　わたしの言ったこと聞いてる？」

「うんうん」ピョートルがあわてて言った。「聞いてる。誰かが誰かに夢中になったりしない。そしてぼくらは豚肉を買いにいく」

ピョートルはスーパーの駐車場に車を入れるとエンジンを切った。

「どうして豚肉なの？」ケイトは駐車場をよこぎるピョートルのあとを追いながら訊いた。

「バニーは食べないって知ってるのに」

「バニーのことはあんまり気にしていない」ピョートルが言った。

「そうなの？」

「ぼくの国にはことわざがあるんだ。『優しい人間《スウィート》には気をつけろ。砂糖《シュガー》は栄養がない』って」

それはおもしろい。ケイトは言った。「へえ、わたしの国ではこう言うけど。『蜂蜜《ハニー》のほうが酢《ヴィネガー》より多くの蠅を捕らえられる』」

「そう、そのとおり」ピョートルが謎めかすように言った。ケイトの数歩前を歩いていたが、うしろに戻ってくると、なんの前触れもなく腕を肩にまわし、ケイトを近くに引き寄せた。

「だけど蠅なんか捕らえてなんになる、ん？　答えてみて、ヴィネガー・ガール」

「離してよ」ケイトは言った。でも近くに寄るとピョートルは新鮮な干し草のような匂いがしたし、腕は力強く、なかなか彼女を離そうとしなかった。ケイトはなんとかそれをふりほどいた。「ったくもう」駐車場をよこぎり終えるまで、今度はケイトが先頭に立って歩いた。

スーパーの入口に着くと、ケイトはカートをつかんでなかに入った。ところがピョートルが追いついてきてカートに手を伸ばし、引き受けようとした。もしかしてこの人、男らしさコンプレックスみたいなものを抱えているのだろうか、ケイトはそう思いはじめていた。「どうぞお好きに」ケイトは言った。ピョートルはほほえんでみせただけで、空っぽのカートを押してケイトの横を歩きはじめた。

いつもビタミン類についてうるさく言っているわりに、ピョートルは野菜売り場にはほとんど関心を示さなかった。キャベツを丸ごと一個取り上げて無造作にカートに放りこむと、あたりをきょろきょろ見まわしながら言った。「コーンミールはどこかな?」

「ほんとにそのしゃれこんだメニューを作るつもりなんだね」ケイトは先に立って歩きながら言った。「あなたがレストランで注文したやつみたい、セルリアックのピューレ敷きとかなんとか」

「最後に聞こえたメニューをくりかえしただけなんだ」

「え?」

「ウェイターがさ、ぼくらのテーブルに来た。すごく複雑なことを言うものだから。『今夜のお薦めについてご説明させていただきますと……』って前置きして」ピョートルはウェイターのボルティモア訛りを真似てみせた。不気味なほどそっくりだ。「それから長くてわけのわからないことをまくしたてた。放し飼いのなんだとか、石臼挽きのなんだとか、自家燻製のなんだとか、目がまわりそうだった。だから最後に聞いたメニューをくりかえした。『子牛の頬肉、セルリアックのピューレ敷き、ザクロの糖蜜がけ』って。まだそれが耳に残っていたから」

「そういうことなら、今夜はおなじみのミートマッシュにしてもいいんじゃない」ケイトが言った。

ところがピョートルは言った。「いいや、そうは思わない」そこで話は終わりだった。

今日はコンピューターで作った買い物リストの出る幕がほとんどなかった。一つには、先週の土曜日に作ったミートマッシュがまだたくさん残っていたから。だからケイトは今夜それを出して片付けてしまいたいと思ったのだ。食事に関していえば、今週はいろいろ異例なことが続いた。父のお膳立てで撮影のためにピョートルをともなってディナーに出かけただけでなく、次の晩にはピョートルが一家をレストランに連れていくと言い張った。（いずれもバニー抜きだったが、バニーはもう付き合いきれないと言った。）そして火曜にはピョートルが短い春の雪を祝うためだといって、予告なしにケンタッキーフライドチキンの箱を持って現れた。

それに来週はシルマ伯母さんが来るので、ディナーのメニューを考えなければいけない。バティスタ博士は伯母さんと伯母さんの夫、それから教会の仕事とかちあわなければシーロン伯父さんも招いて、ピョートルに会わせなければいけないと騒いでいた。ぐっとこらえてその段取りをさっさと済ませてしまおうじゃないか、と父は言った。父とシルマ伯母さんはあまり仲が良くないのだが（シルマ伯母さんは妹が鬱を患ったのは父のせいだと思っている）、父に言わせれば、「移民局対策として、できるだけ多くの親族に結婚のことを知らせておくのが賢明だろう」ということだった。「伯母さんを結婚式に参列させないつもりなら、かわりにこの作戦でいこうじゃないか」

ケイトが伯母さんを式に呼ばないのは、伯母さんのことを知り尽くしているからだ。伯母さんなら、六人の花嫁付添人と聖歌隊をまるごと引き連れてやってきかねない。

それにしても、ディナーのメニューはどうしよう？　残り物を片付けてしまう絶好のチャンスとはいえ、肉なしミートマッシュじゃあんまりだろう。シンプルにチキンにしようか。それくらいなら手に負えるだろう。ケイトは棚から丸焼き用の若鶏をいくつか取り上げた。ピョートルは豚肉売り場を眺めていた。ケイトは野菜売り場に戻って、アスパラガスとラセットポテトを選んだ。

肉売り場に戻ってみると、ピョートルは遠くのほうでエプロンをつけた黒人の男と話しこんでいた。ピョートルの伸びきったグレーのジャージと無防備な首筋を見たとたん、ケイトは妙に胸を打たれた。こんなおかしな状況になったのは、あの人のせいなわけじゃない。ケイトはふと想像してみた。自分がひとりぼっちで異国の地にいて、ビザが切れそうで、切れたらどこに行けばいいのか、どうやって生活していけばいいのかもはっきりわからないままでいるところを。それに言葉の問題もある！　ケイトは学生時代、語学に関してはまずまずの成績を修めてきたが、それでもいざ異なる言語圏で暮らすとなったらきっと心細いだろう。ところがピョートルときたら、しっかり立ってのんきに豚肉の部位について話し合い、例によって妖精みたいに上機嫌だ。ケイトは思わず頬をゆるめた。

だが、すぐそばまで行くと、ピョートルが言った。「あ！　ぼくの婚約者《フィアンセ》だ。こちらの親切な紳士《ジエントルマン》がロースじゃなくてモモ肉がいいって教えてくれた」ケイトはたちまち元どおりうんざりした。「フィアンセ」だって。ゲエッ。それにケイトは「ジェントルマン」なんて遠まわしな呼び方が大嫌いだった。

「欲しいものを買えば」ケイトはピョートルに言った。「わたしはどっちでもいい」そう言って野菜をカートに突っこむと、また離れていった。

ピョートルはシルマ伯母さんにローストチキンを出すという考えに賛同していないようだった。ピョートルがシロップや糖蜜類の棚まで追いついてきたとき、ケイトはメニューを教えるという過ちを犯してしまった。するとピョートルはまっさきに訊いた。「チキンは切り分けられるようになっている？」

「どうしてそんなことがしたいの？」

「ケンタッキーみたいにフライにできないのかなと思って。フライドチキンの作り方、知ってる？」

「知らない」

ピョートルは期待をこめたまなざしで待っている。

「でも調べればできる?」やがて口を開いた。

「やろうと思えばできると思うけど」

「それで、やろうと思う?」

「あのね、ピョートル、ケンタッキーフライドチキンがそんなに好きなら、買ってくれば済むことじゃない?」ケイトは実際にそうしたらシルマ伯母さんがどんな顔をするかぜひ見てみたいと思った。

「いやいや、料理しないと」ピョートルは言った。「手の込んだものを。伯母さんに歓迎されていると思わせないと」

ケイトが言った。「シルマ伯母さんに会ってみれば、あんまり歓迎されてるなんて思わせちゃいけないいってことがよくわかるから」

「でも家族《ファミリー》なんだから!」ピョートルが言った。まるで神聖な言葉でも口にするように、その言葉を見えないクッションに載せて発音した。「きみの家族全員を知りたいんだ——きみの伯母さんに、伯母さんの夫、息子、それに牧師の伯父さん。牧師の伯父さんに会うのが楽しみだ! ぼくを改宗させようとするかな?」

「冗談でしょ? シーロン伯父さんは子猫だって改宗させられないよ」

「シーロン」ピョートルがくりかえした。「セーロン」のような発音だった。「ぼくを拷問してるのか?」

「何してるって?」

「thのつく名前ばっかりだ!」

「ああ」ケイトは言った。「そうだね、お母さんの名前はシーアだし」

ピョートルはうめき声をもらした。「苗字はなんていうんだい?」

ちょっと間をおいてから、ケイトが言った。「シウェート」

「なんてことだ!」ピョートルは片手で額をおおった。

ケイトは笑った。「一杯食わせたんだって」そう言うと、ピョートルが手を下ろしてきょとんとした顔でケイトを見た。「冗談を言ったの」ケイトはわかりやすく言い直した。「ほんとの苗字はデル」

「あっ」ピョートルが言った。「冗談だったのか。きみは冗談を言った。きみはぼくをからかったんだ!」そしてふざけてカートのまわりを跳ねまわりはじめた。「ああ、ケイト。ぼくのおもしろいケイト。ああ、ぼくのカーチャ……」

「やめてよ!」ケイトは言った。まわりの客がこちらをじろじろ見ている。「ふざけるのはやめてどのシロップにするのか教えて」

ピョートルは跳ねまわるのをやめ、無造作に瓶を手に取ると、カートに放り入れた。「なんか小さいような気がするけど」ケイトは瓶を見下ろしながら言った。「これで足りる？」

「メープルの風味がしすぎるのはよくない」ピョートルはきっぱりと言った。「バランスがだいじだ。繊細さが必要なんだ。そうだ！　これがうまくいったら、きみの伯母さんにもメープルシロップのメニューを出したらいい！　そうだな、チキンのなんとか敷き……何か意外な材料のメープルシロップがけ。きっと伯母さんはこう言うよ。『なんて美味しい食事でしょう！』って」

「シルマ伯母さんがそんなこと言うなんてまずありえないけどね」ケイトは言った。

「ぼくも〝セルマ伯母さん〟って呼んでもいいのかな？」

「い、い、シルマ伯母さんのことを言ってるなら、あっちがいいって言うまで待ったほうがいいでしょうね。それにしたって、そんな必要ないのに伯母さんって呼びたいだなんて理解できないけど」

「でもぼくは伯母さんがいたことがないんだ！」ピョートルが言った。「ぼくにとって初めての伯母さんなんだ」

「ついてるじゃない」

「でも、むこうが許可を出すまでは呼ばない。約束する。心から敬意をもって接する」

「そんなにがんばらなくていいよ」ケイトは言った。

その後、ピョートルは父のもとに行って、二人がスーパーで「すてきな時間」を過ごしたと報告したらしい。ピョートルと父が午後遅くにキッチンで夕食の支度をしている最中のことだった。ケイトがガーデニングの道具が入ったバケツを手に勝手口から戻ると、父はまるでケイトがたったいまノーベル賞でも獲《と》ったみたいに顔を輝かせていた。「スーパーですてきな時間を過ごしたそうじゃないか！」父は言った。

「わたしが？」

「言っただろう、ピョーダーはいいやつだって！　おまえもそのうちわかると思っていたよ！

仲良く愉快な買い物を楽しんだって、ピョーダーが言ってるぞ」

ケイトはピョートルのほうをぎろっと睨みつけた。ピョートルはしおらしい笑みを浮かべながらモモ肉にスパイスをすりこんでいる。

「食事が終わったら二人で映画にでも行ったらどうだ」父が提案した。

ケイトは言った。「食事が終わったら髪を洗うんだもん」

「食事のあとにか？　食事のあとに髪を洗うのか？　どうしてそんなときに？」

ケイトはため息をついて掃除用具の戸棚にバケツをしまった。

ピョートルが言った。「蒸し煮《ブレゼ》ってどうやるか教えてもらえないかって話してたんだが」

「ブレゼなんて知らないよ」ケイトが答えた。手を洗いに流しのほうに行った。流しには肉を包んでいた血まみれのラップがそのままになっていて、キャベツの芯と外側の葉っぱが散らばっていた。父は「調理しながら片付ける」ルールの狂信者だったから、誰のしわざかは目に見えていた。「このままほったらかしで終わらせたりしないでよ」ケイトは手を拭きながらピョートルに言った。

「ぜんぶちゃんとする！」ピョートルが言った。「エディは夕食を食べてく？」

「エディって誰？」

「きみの妹のボーイフレンド。リビングにいる」

「エドワードでしょ。いいえ、食べていかない。『エディ』だなんて！　ったく！」

「アメリカ人はニックネームで呼ぶのが好きだ」ピョートルが言った。

「いいえ、好きじゃありません」

「いいや、好きだ」

「いいえ、好きじゃありません」

「おいおい！」父が割って入った。「もういいから」父はコンロにかかった鍋の中身をかきまぜていた。悲しげな顔で二人を見つめている。

「それに、あの人はバニーのボーイフレンドじゃないし」ケイトはピョートルに言った。

「いいや、そうだ」

「いいえ、違います。バニーと付き合うには年上すぎる。あの人はただの家庭教師だよ」

「きみの妹は微生物について勉強してるの？」

「は？」

「膝の上に《微生物学ジャーナル》が載ってた」

「ほんとに？」

「ほんとうか！」バティスタ博士が驚きの声をあげた。「あの子が興味を持ってるなんて知らなかったぞ！」

「あー、もうっ」ケイトはぶつぶつ言った。タオルをカウンターに放ると向きを変えてキッチンの出口に向かった。

「ちょうど、こんなことわざがあるんです」ケイトが出ていこうとすると、ピョートルが父に話しかけた。

「勘弁してよ」ケイトはうしろに向かって吐き捨てた。スニーカーを履いているので廊下を歩いても足音が響かなかった。ケイトはリビングに入って言った。「ちょっとバニー――」

「きゃっ！」バニーが声をあげた。バニーとエドワードがぱっと体を離した。

《微生物学ジャーナル》はバニーの膝の上には載っていなかった。カウチの反対側に放り出してあった。それでもケイトはのしのしと大股で部屋をよこぎり、雑誌を取り上げてバニーの顔の前に突きつけた。「あんたが勉強しなきゃいけないのはこれじゃないでしょう」ケイトはバニーに言った。

「今なんて？」

「あんたにスペイン語を教えてもらうためにエドワードにお金を払ってるんです」

「お金なんて払ってないでしょ！」

「それはその……だからお父さんにお金を払わなきゃだめだって言ったのに」

バニーとエドワードはそろってとまどったような顔をした。

「バニーはまだ十五歳なの」ケイトはエドワードに言った。「まだ誰かと付き合うのを許されてないんです」

「はい」エドワードは言った。バニーのようにあつかましくすっとぼけてみせる術《すべ》は身につけていないようだ。顔を真っ赤にして、しゅんとなって膝に視線を落としている。

「男の子と会うときはグループで会うことになってるの」

「はい」

バニーが言った。「でもエドワードは――」

「家庭教師だとは言わせないから。勉強してるんなら、なんで昨日わたしはＤプラスのスペイン語のテストにサインしなきゃいけなかったの？」

「仮定法だから？」バニーが言った。「あたし、仮定法のコツがつかめてないから？」まるでその言い訳に説得力があるかどうか、一か八かためしているみたいだ。

ケイトは踵《きびす》を返してリビングを出た。だが廊下の途中まで来たとき、バニーが急にカウチから立ち上がってケイトのあとを追ってきた。「もう会うなって言ってるの？」バニーが訊いた。「家に訪ねてきてるだけなのに！　デートに出かけたりなんかしてないのに」

「あの人、二十歳なんだよ」ケイトは妹に言った。「あんた、それっておかしいと思わないわけ？」

「だから何？　あたしは十五歳。すごく成熟した十五歳だもん」

「笑わせないで」

「妬《や》いてるんでしょ」バニーが言った。ケイトのあとをついてダイニングまで来た。「自分はピョーダーでがまんしなきゃいけないから――」

「彼の名前はピョートルです」ケイトは歯のあいだから音を出し、正しい発音をしてみせた。「発音法を学んだほうがいいんじゃないの」

「ふん、気取り屋さん。ミス巻き舌。少なくともあたしは父親にボーイフレンドを見つけてもらわなきゃいけなくないもん」

ここまで言ったとき、ちょうど二人はキッチンに入ったところだった。二人の男が驚いた顔でこちらを見ている。「あなたの娘はとんだまぬけよ」バニーは父に言った。

「なんだって？」

「のぞき見趣味でやきもち焼き、おせっかいなまぬけ女、あたしは絶対に――ちょっと見てよ！」

バニーが窓の外の何かに気を取られた。残りの三人がそちらに目をやると、エドワードが肩をすぼめてこそこそ家を出て、アメリカハナズオウの木のところで曲がって自分の家に戻っていくのが見えた。

「さぞうれしいでしょうね」バニーがケイトに言った。

「どうして」バティスタ博士はピョートルに言った。「しばらく女と一緒にいると、最後には『いったい何事だ？』と訊ねるはめになるのかね？」

「それはひどく性差別的です」ピョートルは厳しい口調で答えた。

「わたしを責めるな」バティスタ博士は言った。「純粋な経験的証拠に基づく意見だ」

月曜日　ＰＭ１時13分

やあケイト！　ぼくら、婚姻届をもらいに行ってきた！

ぼくらって?
きみのお父さんとぼく。
あら、どうぞ末長くお幸せに。

第8章

「ご機嫌いかが、ピョーダー？」シルマ伯母さんが訊いた。

「えーっと！」ケイトが割って入った。

が、手遅れだった。「ひどいアレルギーが出ていたんです。でも今はだいぶよくなりました」

ピョートルが答えた。「どうやら茂みの根元に敷きつめてある匂いのする木片みたいなものが原因らしいんです」

「あれはね、〝マルチ〟っていうの」シルマ伯母さんはピョートルに教えた。「M・U・L・C・H。ここの夏は長くて暑いから、あれを敷いて保湿しているわけ。でもマルチがアレルギーを引き起こしてるっていうのは、かなり疑わしいわね」

シルマ伯母さんは誰かの誤解を正すのが大好きだ。ピョートルは伯母さんの顔をまじまじとのぞきこみながらにっこり笑っている。どうやらもうすっかり伯母さんを好きになるつもりでいるらしい——それこそまさに伯母さんが気に入りそうな態度だ。今夜はケイトが思っていたよりもうまく事が運びそうだ。

みんなは玄関ホールに集っていた。ケイトと父とピョートル、そしてシルマ伯母さんと夫のバークレイ伯父さん。シルマ伯母さんは六十代前半の小柄な美人で、まっすぐなブロンドをボブカットにして、あざやかな化粧をしていた。ベージュのシルクのパンツスーツ姿で、いろんな色をまきちらした薄手のスカーフを首に何重かに巻きつけ、端っこを肩のうしろにかけている。（伯母さんはいつもスカーフを巻いているので、ケイトはよくそこに何かが隠されているのではないかと妄想したものだ——むかしの手術の痕とか、あるいは牙の痕とか。）バークレイ伯父さんは細身で銀髪のハンサムな男性で、高そうなグレーのスーツに身を包んでいた。やり手の投資会社の経営者で、バティスタ博士とその娘たちのことを、小さな町の自然史博物館に展示されているような、おもしろい風変わりなものだと思っているふしがある。余裕しゃくしゃくの笑みを浮かべてみんなを見つめながら、戸口に立って両手をズボンのポケットに入れ、そのせいで上着に上品な襞《ひだ》が寄っている。

その日は残りのみんなも、それぞれできる範囲で精いっぱいのおめかしをしていた。ケイトはデニムのスカートに何枚かあるチェックのシャツのうちの一枚を着ていた。ピョートルはジーンズ姿だったが——ベルトの位置がぴったりウエストのところにあって、脚まわりがふくらんでいる外国のジーンズだ――ぱりっとアイロンのきいた白いシャツを着て、いつものランニングシューズではなく、爪先の丸い茶色のオックスフォードを履いていた。バティスタ博士でさえ努力していた。一着しかない黒いスーツを着込んで、白いシャツに細い黒のネクタイを締めていた。愛用のつなぎ服を脱いだ父は、いつもなぜだかすごく細くてかよわそうに見える。「すごく楽しみね」シルマ伯母さんが口を開くと同時に、「リビングへ行きましょう」とケイトが言った。ケイトとシルマ伯母さんの発言がかぶるのはままあることだ。「シーロン伯父さんはもう来てるから」ケイトはみんなをうながしながら言った。

「あら、来てるの」シルマ伯母さんが言った。「きっと時間よりうんと早く来たんでしょ。わたしとバークレイは時間ぴったりに着いたもの」

シーロン伯父さんにはわざわざ早めに来てもらったのだ。結婚式の打ち合わせをするためにそういう手筈にしていたのだが、ケイトは何も言わないでおいた。

シルマ伯母さんはみんなの先頭に立ってリビングに入りながら、バニーを抱きとろうと腕を大きく広げた。バニーはちょうどカウチから立ち上がったところだった。「ああバニー！」シルマ伯母さんは言った。「まあ驚いたわね！　寒くないの？」

その日は今年最初の暑い日だったので、寒いはずはなかった。シルマ伯母さんはバニーが薄っぺらいサンドレスを着ていることをあてこすっただけなのだ。丈がふつうの人のシャツくらいしかなくて、肩のところで蝶々結びをした大きなリボンが天使の羽根のように見えるドレスだ。バニーはさらに、バックストラップのないサンダルを履いていた。掟《おきて》破りだ。

それは伯母さんが何年も姪っ子たちに言い聞かせてきたことの一つだった。「社交の場ではバックストラップのない靴を履かないこと」これが二番目のルールで、一番目は「いかなる状況でも絶対にテーブルで口紅を塗らないこと」だった。伯母さんのルールはケイトの頭にしっかりと刻みつけられていたが、ケイト本人は好みの問題でバックストラップのない靴なんて持っていなかったし、口紅なんかつけたこともなかった。

バニーはだいたいの場合、伯母さんが言外ににおわせていることをくみとらない。「ううん、暑くてまいっちゃう！」バニーはそう言って伯母さんの頬に軽くキスをした。「こんにちは、バークレイ伯父さん」伯父さんにもキスをした。

「シーロン」シルマ伯母さんはまるで神の命《めい》でも授けるように偉そうな声で言った。シーロン伯父さんは椅子から立ち上がって、ブロンドの毛におおわれた肉付きのいい手を股の前で組み合わせた。シーロン伯父さんとシルマ伯母さんは双子だ。妹のシーアはともかく、二人の名前がどちらもthの音で始まるのはそういうわけだ。だがシルマ伯母さんはいつも自分が「先に出てきた」と言っていて、なるほど長子らしい自信がはしばしにみなぎっていた。一方のシーロン伯父さんは内気な男で、結婚はおろか、人生において何かしら真剣な経験をしたことがないようだった。あるいは、もしかしたら経験していたのにそのことに気づかなかっただけなのかもしれない。つねに何かに目をぱちぱちさせて、まるで人間のごくありふれた行動さえも必死に理解しようとしているみたいだった。今夜は祭服ではなく半袖の黄色いシャツを着ていて、皮を剝がれたみたいに無防備に見えた。

「楽しみだと思わない？」伯母さんはシーロン伯父さんに言った。

「楽しみ」伯父さんは困ったようにくりかえした。

「ケイトが結婚するなんて！　あなた、ダークホースだったわね？」伯母さんは肘掛け椅子に腰を下ろしながらケイトに言った。ピョートルは自分が坐っていたロッキングチェアを伯母さんの近くに引きずってきた。まだ伯母さんのほうをじっと見つめ、期待するように顔をのぞきこんでいる。あいかわらず満面に笑みを浮かべたままだ。「恋人がいることすら知らなかったもの」伯母さんがケイトに言った。「バニーが先を越しちゃうんじゃないかってひやひやしてたのよ」

「バニーが？」バティスタ博士が言った。「バニーはまだ十五歳だ」そう言うと口の両端を下げた。まだ坐ろうとしない。暖炉の前に立ったままだ。

「坐って、お父さん」ケイトは言った。「シルマ伯母さん、何か飲み物は？　シーロン伯父さんはジンジャーエールを飲んでるけど」

わざわざジンジャーエールと言ったのは、父がワインを一本しか買ってこなかったからだ——そもそも父にお使いを頼んだのが間違いだった——ケイトはどうか食事まで誰もワインを頼みませんようにと祈っていた。ところが、シルマ伯母さんは言った。「白ワインをお願い」そしてピョートルのほうに向き直った。ピョートルはまだ固唾を呑んで伯母さんの口から金言がこぼれてくるのを待ちかまえていた。「話してちょうだいな」伯母さんは言った。「どうやって——」

「赤ワインしかないの」ケイトが言った。

「なら赤でいいわ、ピョーダー、どうやって——」

「バークレイ伯父さんは?」とケイト。

「ああ、わたしも赤をもらおう」

「どうやってケイトと出会ったの?」シルマ伯母さんはやっと言い終えた。

ピョートルはすかさず答えた。「彼女がバティスタ博士の研究室に来たんです。ぼくは期待していなかったんです。『親元に住んでて、ボーイフレンドもいないのか……』と。ところが彼女が現れた。背が高くて。イタリアの映画スターみたいな髪をした彼女が」

ケイトは部屋を出た。

ワインを持ってリビングに戻ると、ピョートルは今度はケイトの内面の資質について話していて、シルマ伯母さんはほほえみ、うなずきながら聞き入っているようだった。「彼女はなんとなくぼくの国の女の子みたいなところがあるんです」ピョートルが言った。「正直なんです。思ったことを言う」

「同感だわ」シルマ伯母さんがつぶやいた。

「でもほんとうのところは、優しい心の持ち主です。考え深いし」

「まあケイト！」シルマ伯母さんが祝福するような口調で言った。

「面倒見がいい」ピョートルが続けた。「小さな子どもの面倒を見てるんです」

「そうだった。続けるつもりなの？」シルマ伯母さんはワインを受け取りながらケイトに訊いた。

ケイトは言った。「何を？」

「結婚してもプリスクールの仕事を続けるつもりなの？」

「あー」ケイトは言った。いつまでへたな芝居を続けるつもりなのかと訊かれているような気がした。「ええ、もちろん」

「その必要はない」ピョートルが言った。「ぼくが彼女を養います」そしておおげさに片腕を広げてみせたので、あやうくワインのグラスをなぎ倒しそうになった。（残念ながらピョートルもワインを飲みたがった。）「もしそうしたいなら、すぐにでも退職していい。あるいは大学に行くとか！　ホプキンスに行く！　学費はぼくが出します。彼女はこれからぼくの責任になりますから」

「はあ?」ケイトは言った。「わたしはあなたの責任なんかじゃありません! 自分のことくらい自分で責任を持ちます」

シルマ伯母さんは小さく舌打ちをした。ピョートルはただにこにこしてほかのみんなを見渡した。どうです、おもしろいでしょう、というみたいに。

「いい子だ」意外なことにバークレイ伯父さんが言った。

「まあねえ、いずれにしても子どもが生まれたら考えなきゃいけないでしょうね」シルマ伯母さんが言った。「ところでこのワインの銘柄を教えてくれない、ルイス?」

「え?」バティスタ博士は浮かない顔で言った。

「このワイン、とっても美味しいわ」

「そうか」とバティスタ博士。

シルマ伯母さんに褒め言葉をかけてもらったのは初めてかもしれないというのに、父はそれを聞いてもうれしそうにしなかった。

「教えて、ピョーダー」シルマ伯母さんが言った。「結婚式にはご家族はいらっしゃるの?」

「いえ」とピョートル。まだ笑顔で伯母さんを見ている。

「じゃ、むかしのクラスメイトとか? 同僚とか? お友達は?」

「おなじ研究所にいた友人がいますが、彼はカリフォルニアに住んでます」ピョートルが言った。

「あら！　その方とは近しいの？」とシルマ伯母さん。

「カリフォルニアに住んでるんです」

「そのつまり……その方を結婚式に呼ぶつもりなの？」

「いえいえ、それはばかばかしい。結婚式は五分で済むんですから」

「まあ、まさかそんな。もっとかかるわ」

シーロン伯父さんが言った。「彼の言うとおりだよ。シルマ。二人は短縮ヴァージョンで式を挙げてくれって言ってるんだ」

「わたし好みの式だな」バークレイ伯父さんが賛成するように言った。「簡潔にして甘美」

「黙ってて、バークレイ」シルマ伯母さんが夫に言った。「本気じゃないでしょうね。人生の一大イヴェントなのよ！　だからこそわたしは理解できないんです。わたしたちを招待しないなんて」

しばらく気まずい沈黙があった。しかし最後にはシルマ伯母さんの社交的本能が勝って、伯母さんみずからが口を開いた。「教えて、ケイト。何を着るつもりなの？」伯母さんが訊ねた。

「買い物ならよろこんで付き合うわ」

「えっと、準備ならもうできてると思う」とケイト。

「あなたのかわいそうなお母さんが結婚式で着たドレスは入らないと思ったんでしょう……」

ケイトは一度でいいから伯母さんが母のことを「かわいそうな」をつけないで呼んでくれないだろうかと思った。

おそらく父もおなじ気持ちだったのか、話に割って入ってきた。「そろそろテーブルについて食事にしようか？」

「そうだね、お父さん」

ケイトが立ち上がると、シーロン伯父さんがピョートルにきみの国では宗教を信じることが許されているのかと訊いた。「どうしてそんなことしたいわけがあるんです？」ピョートルが心から興味深そうに訊き返した。

ケイトは部屋を離れられてほっと胸を撫でおろした。

午後のうちに父とピョートルが料理を済ませていた――メニューは「チキンのソテー、ヒーカマのすりおろし敷き、ピンクペッパーのソースがけ」だ。というのも、いつかのメープルシロップが成功とは言いがたい結果に終わったからだ。ケイトは大皿をテーブルにセットしてサラダをかきまぜればいいだけだ。キッチンとダイニングを行ったり来たりしているあいだ、リビングの会話がとぎれとぎれに耳に入ってきた。シーロン伯父さんが「結婚前カウンセリング」という言葉を口にしたのが聞こえてきて身を固くしたものの、すぐにピョートルがこう言った。「すごくまぎらわしい。『カウンセル』という言葉が二種類あるでしょう。スペルがごっちゃになってしまうんです」するとシルマ伯母さんが待ってましたといわんばかりに英語のレッスンを始め、話はそれきりになった。ピョートルはわざと話題をすりかえたのだろうか。

ピョートルはときどきはっとするようなことをする。ケイトはそれがわかってきた。どうせニュアンスはくみとれないだろうとたかをくくっていると、思った以上のことを理解していることがある。それに訛りもだんだんなくなってきている。あるいは、こっちが訛りを聞き取らなくなっているのだろうか？　文章の頭に「まあ」とか「あー」をつけることもときどきあった。新しいイディオムを発見するとおおよろこびする。たとえば「早とちりだった《ジャンプト・ザ・ガン》」。ここ数日、ピョートルの話のあちらこちらにこの慣用句がちりばめられていた。（「てっきり夕方のニュースが流れてくると思ったら……」そしてたっぷり間をおいてから「ジャンプト・ザ・ガン！」と勝ち誇ったように締めくくるのだ。）ときどき聞き覚えのある表現を使うこともある。「ったく」とか「へーえ」と言うこともあるし、一度ならず「ほぼほぼ」と言ったこともある。そういうときケイトは思いがけず鏡に映った自分を見てしまったような気分になるのだった。

それでもやっぱり、どこからどう見ても外国人だった。姿勢からして外国風だ。背筋をまっすぐ伸ばしてせかせかと歩く姿は外国人風だし、おおげさで見え透いた褒め言葉を使うところも外国人風だ。ピョートルはまるで死んだネズミをプレゼントに持ってきた猫みたいに、ケイトの足元にそういう言葉をどさっと落とすのだ。「あなたの狙いがなんなのか、ばかでもわかるから」とケイトがそう言うと、とまどった表情を浮かべた。そして今、リビングで冷たい水にひそむ危険性について偉そうに話すのを聞いていると、ケイトはピョートルのせいで、あるいはピョートルの代わりに、恥ずかしいと思った。憐れみといらだちがまじりあったような気持ちでいっぱいになった。

だがそのとき、ダイニングをよこぎる足音がかつかつと聞こえてきた。「ケイト？　何か手伝いましょうか？」シルマ伯母さんのよく通るわざとらしい声が聞こえた。やがて伯母さんがキッチンに入ってきてケイトの腰に腕をまわし、ワインの匂いのする息をもらしながらささやいた。「彼、キュートじゃない！」

どうやらケイトは批判的すぎたようだ。

「肌が金色がかってて、目の端がきゅっとつり上がってて……それにロープみたいな黄色い髪もすてき」伯母さんは言った。「タルタル人の血が入ってるわね、そう思わない？」

「知らない」ケイトは言った。

「『タタール人』だったかしら」

「ほんとに知らないってば、シルマ伯母さん」

食事のあいだに、シルマ伯母さんが披露宴を取り仕切ると言いだした。「披露宴って？」ケイトは訊いた。だが父が目を細めてこちらを睨んだ。父の言いたいことはわかっている。移民局を納得させるのにもってこいだというのだろう。

「これはほんものの結婚だと認めざるをえません」白黒映画の捜査官は上司に報告する。「花嫁の親族が両人のために盛大な宴会《シンディグ》を開いたくらいですから」

ケイトの想像のなかで、移民局はちょくちょく四〇年代のスラングを使う。

「あなたがたの幸せをお友達や親族と分かちあわないなんて、自分勝手すぎるわ」シルマ伯母さんが言った。「うちのリチャードと妻はどうなるのよ？」

リチャードは伯母さん夫婦の一人息子だ。うわべだけ取り繕った自信過剰ぎみの男で、ワシントンでロビイストとして働いている。自分の意見を言う前に、胸を張って深く息を吸って、もったいぶったように鼻から息をもらすのが癖だった。あのリチャードがケイトの幸せを気にしているとは思えない。

「わたしたちを結婚式に呼ぶ呼ばないは、あなたがたが決めることよ」シルマ伯母さんがケイトに言った。「もちろん不満よ。でもわたしがどうこういうことじゃない。それでもね、どういうかたちであれ、この機会に参加させてもらってしかるべきじゃないかしら」

まるで脅迫だ。もしも披露宴を開かせなかったら、伯母さんはプラカードを掲げて教会に乗りこんでくるんじゃないだろうか。ケイトはピョートルのほうを見た。あいかわらず期待にみちた笑みを浮かべている。それからシーロン伯父さんのほうを見ると——わざと父を飛ばして——伯父さんは励ますようにうなずいてみせた。

「えっと」ケイトはとうとう答えた。「じゃ、考えてみる」

「ああよかった。なんて完璧なタイミングでしょう。じつはリビングを改装したばかりなの」シルマ伯母さんは言った。「張り替えたカウチを見たらきっと気に入るわ。ゴージャスなサテンのストライプの生地でね、とっても高かったんだから。でもそれだけの価値はあったわ。それに座席の配置も変えて、四十人は坐れるようにしたの。いざというときには五十人でもいけるわ」

「五十人！」ケイトは言った。これだからシルマ伯母さんを結婚式に呼ばなかったのだ。伯母さんは物事を自分のものにして先走るところがある。「知り合いなんて五十人もいないもの」

「あら、いるでしょう。同級生とか、ご近所さんとか、プリスクールの同僚とか……」

「いないって」

「じゃ、何人いるの？」

ケイトは考えた。「八人かな？」

「ちょっとケイト。〈リトル・ピープルズ・スクール〉だけでも八人以上いるはずよ」

「人がたくさんいるのは苦手だもの」ケイトは伯母さんに言った。「人とまじわるのが嫌いなの。うまく立ちまわれなかったり知らない人と話したりして落ち込みたくない」

「あらそう」シルマ伯母さんは何かを勘定するような顔になった。「じゃ、こぢんまりした着席のディナーだったらどう？」

「こぢんまりって、どのくらい大きいわけ？」ケイトはおそるおそる訊いた。

「そうね、うちのテーブルは十四席しかないから、大きすぎるってことはないわよ」

ケイトには十四人でも多すぎるように思えたが、五十人にくらべたらましだ。「うーん」ケイトが考えあぐねていると、父が言った。「どれどれ、おまえさんとピョーダーのほかに、わたしとバニー、シルマ、バークレイ、シーロン、それにリチャードと奥さん。そうだ、ご近所のシドとローズのゴードン夫妻も呼んだらどうだ。母さんが亡くなってからはずいぶんよくしてもらったからな。それに……あの娘《こ》、なんて名前だった？」

「誰のこと言ってるの？」

「高校のときの親友だよ。名前は？」

「ああ、アリスね。アリスは結婚してる」とケイト。

「そうか。じゃあ旦那を連れてくるな」

「でももう何年も会ってないんだよ！」

「あら、アリスのことは覚えてるわ。とても礼儀正しい子だった」シルマ伯母さんが言った。

「すると、ぜんぶで何人かしら?」指を折って数えはじめた。「九、十……」

「無理に最低ラインを満たそうとしなくてもいいでしょ」ケイトは伯母さんに言った。

「十一、十二……」伯母さんは聞こえないふりをして数えつづけた。「十三。あらたいへん。テーブルに十三人。縁起がよくないわ」

「ミセス・ラーキンを呼んだらどうかね」父が言った。

「ミセス・ラーキンは亡くなったでしょ」ケイトが言った。

「そうだった」

「ミセス・ラーキンって?」とシルマ伯母さん。

「この子たちの面倒を見てくれた家政婦だ」と父。

「ああ、いたわね。亡くなったの?」

「エドワードを呼べばいいよ!」バニーが甲高い声で言った。

「なんで結婚披露宴にあんたのスペイン語の家庭教師を呼ばなきゃいけないのよ?」ケイトが意地悪な声で言った。

バニーが椅子に深く沈みこんだ。

「ルイス」シルマ伯母さんが言った。「あなたのお姉さん、まだご存命?」

「ああ、でも姉はマサチューセッツに住んでる」バティスタ博士は言った。

「それとも……〈リトル・ピープルズ・スクール〉でとくにお気に入りの同僚がいるでしょう」伯母さんはケイトに言った。「特別に仲のいい人、いないの?」

ケイトは想像した。アダム・バーンズのすすけた目元が、シルマ伯母さんのウェッジウッドの陶器ごしにこちらに向けられるところを。「いない」

その場がしんとなった。みんな咎めるような目つきでケイトを見ていた——シーロン伯父さんでさえ。ピョートルでさえも。

「十三人じゃどうしてだめなの?」ケイトは言った。「みんなそんなに迷信を信じてるわけ? わたしは一人もいないほうがいい! どうしてこんなことしなきゃいけないのかわからない! お父さんとバニーとピョートルとわたしだけでシンプルで素朴な式を挙げるつもりだったのに。何もかもめちゃくちゃになっちゃった! どうしてこんなことになったのかわからないよ!」

「まあまあ、ケイト」シルマ伯母さんがテーブルの向こうから手を伸ばしてケイトのテーブルマットを叩いた。そこまでしか届かなかったのだ。「十三人でいいわ」伯母さんは言った。「しきたりを守ろうとしただけ。迷信なんてこれっぽっちも信じてない。あなたが頭を悩ませることはないから。わたしがきっちり仕切ります。あなたからも言ってあげて、ピョーダー」

隣に坐っていたピョートルが、身を寄せて腕を肩にまわしてきた。「心配しないで、ぼくのカーチャ」ピョートルはピンクペッパーのにおいの息を吐きながら言った。

「優しいのねえ」シルマ伯母さんが甘ったるい声で言った。

ケイトは腕をふりほどいて水の入ったグラスに手を伸ばした。「大騒ぎするのが嫌いなだけ」

ケイトはみんなに向かって言うと、水を飲んだ。

「もちろんですとも」シルマ伯母さんはなだめるような口調で言った。「大騒ぎになんてならないから、見てて。ルイス、あのワインは？　ケイトに一杯あげてちょうだい」

「残念だけど、飲み終わってしまったよ」

「ストレスよ、ただそれだけ。結婚前の不安というやつね。それでね、ケイト、もう一つだけ些細な質問をさせてほしいんだけど。それだけ訊いたら口を閉ざすから。式の当日に発《た》つの？」

「発つって？」ケイトが言った。

「新婚旅行へよ」

「いいえ」

新婚旅行になんて行かない、とわざわざ説明することもないだろう。

「よかったわ」シルマ伯母さんは言った。「つねづね間違ってると思っていたのよね。式が終わってすぐに、いろいろ骨の折れる長旅に発つなんて。ということは、わたしたちのささやかなパーティを夕方に始められるってことね。すてきだわ。早めに始めましょう、たいへんな一日なんだから。五時か五時半には飲み物を出して。さてと。わたしが言いたいのは以上よ。話題を変えましょうか。このチキン、おもしろい味がするわね！　男性陣が作ったの？　感心しちゃう。バニー、あなた食べないの？」

「あたし、ヴェジタリアンになったの？」

「あらそう。うちのリチャードにもそういう時期があったわ」

「そういうんじゃなく――？」

「ありがとう、シルマ伯母さん」ケイトは言った。

　このときばかりは本心から感謝していた。ケイトはなぜだか伯母さんがぴくりとも動じないのを見て、心が慰められるような気がした。


　それは「結婚前の不安」なんかじゃなかった。

「どうしてみんなそろって賛成するの？　どうしてこんなこと許すの？　どうして誰もわたしを止めてくれないの？」という気持ちの表れだった。

　この前の火曜日――延長保育の担当日だった――ケイトが最後の子どもを最後の親の車に追いやって〈ルーム4〉に戻ると、すべての教員とアシスタントが子ども用の椅子のうしろから飛び出してきて、「サプライズ！　サプライズ！」と声をあげた。ケイトが教室を離れたほんのわずかな時間のあいだに、みんながそれぞれ隠れていた場所から出てきて、ミセス・チョーンシーのデスクの上に紙のテーブルクロスを敷き、スナックや紙コップや紙皿を並べていた。レゴのテーブルの上には上下逆さにしたレースのパラソルが置かれていて、そのなかには包装紙にくるまれたプレゼントがあふれるほど入っていた。アダムがギターを弾き、ミセス・ダーリンがパンチのボウルのうしろに立ってみんなに配った。「知ってた？　勘づいてた？」みんながケイトに訊きつづけ、ケイトは「思ってもみなかった」と答えた。ほんとうに思いがけなかったのだ。「なんて言ったらいいんだろう！」ケイトはそう言いつづけた。みんなはそれぞれのプレゼントをケイトに手渡しながら、長く入りくんだ説明をした。このマグはブルーのを注文したのに届いてみたらグリーンだったの。このサラダボウルは食器洗い機対応よ。取り分け用のナイフとフォークだけど、もう持ってたらいつでも交換するから言ってちょうだいね。ケイトは上座——ミセス・チョーンシーのデスクチェア——に坐らされ、ピンクと白のカップケーキや手作りのブラウニーでもてなされた。アダムが〈明日に架ける橋〉を歌って、ミセス・フェアウェザーがピョートルの写真を見せてもらえないかと言った。（ケイトは携帯でレストランで撮った写真を見せた。何人かが彼はハンサムだと言った。）ジョージーナはケイトが彼を四歳児クラスに連れてきて、〈みんなにみせよう・はなそう〉の時間に紹介するつもりはないのかと訊いた。でもケイトは「ああ、彼は研究が忙しくて時間を作れないと思う」と答えた——ピョートルはそんなふうに紹介されるとなったら大はしゃぎするだろう、ケイトは想像してみた。あの人のことだからその場をちょっとしたサーカスにしてしまうかもしれない。ミセス・バウアーは、くれぐれも最初から夫に自分の靴下は自分で拾い上げるよう約束させておきなさいと忠告した。

今や、みんながケイトのことをこれまでと違う目で見ていた。ケイトはステータスを持っていた。重要人物だった。急にみんなが彼女の言うことに耳を傾けるようになった。

こうなってみて初めて、ケイトはそれまで自分がないがしろにされていたことを思い知った。腹が立ったが、どういうわけだか満足も覚えていた。それからみんなを騙しているような気もした。複雑な気分だった。

結婚は保護観察にも影響するのだろうか？　そう思わずにいられなかった。そういえば婚約を発表して以来、一度も呼び出しをくらっていない。

アダムのプレゼントはドリームキャッチャーだった。輪っかは柳の枝でできてるんだ、とアダムは言った。その輪っかにスウェードの紐が編みこんであって、ジョージーナの妊娠のお祝いに作ったドリームキャッチャーとおなじビーズの飾りと、ソフィアにあげたものとおなじ羽根飾りがついていた。「中央の開いた部分が」アダムはケイトの手からドリームキャッチャーを取り上げて説明した。「いい夢を取り入れる。そして縁にあるネットの部分が、悪い夢をブロックするんだ」

「すてき、アダム」ケイトは言った。

アダムはそれをケイトの手に戻した。なんとなく悲しそうな顔だったが、それはこちらの思い過ごしだろうか？　アダムはケイトの目をまっすぐに見て言った。「きみに伝えておきたくて、ケイト。きみの人生にいいことだけが起こるように、ぼくは祈ってるよ」

「ありがとう、アダム」とケイト。「わたしにとってすごく大きな励ましだわ」

その日の天気予報は雨だったので、ケイトは車で出勤していた。家に向かって車を走らせていると、後部座席に父の研究用の備品と一緒に置いたマグやら鍋やらキャンドルやらがガタガタと音を立てた。ケイトは手のひらでハンドルをぴしゃっと叩いた。「すてき、アダム」自分の言った言葉を甲高い気取った声でくりかえした。「わたしにとってすごく大きな励ましだわ」

ケイトは拳を握ると、自分の額に叩きつけた。

シルマ伯母さんはケイトに、結婚したらケイト・チェーバコヴ（義弟とおなじように発音した）を名乗るつもりかと訊ねた。「まさか」ケイトは言った。もしこの結婚が一時的なものでなくとも、新婦が姓を変えるという考えには反対だった。ありがたいことに、ピョートルが割って入ってくれた。「いや、違う違う」だが、つぎにピョートルは言った。「スシェルバコワと女性形になります。だって彼女は女の子《ガール》だから」

「女性《ウーマン》」

「だって彼女は女性だから」

「バティスタのままでいくつもり」ケイトは伯母さんに言った。

シーロン伯父さんが、いい機会だと思ったのか、こう切り出した。「さっきリビングでピョードーに結婚前に二人でちょっとしたカウンセリングを受けたらどうかって話してたんだ」

「まあ、それはいい考えだわ！」シルマ伯母さんはまるで初めて聞きでもしたみたいに叫んだ。

「カウンセリングなんて必要ない」ケイトは言った。

「でも、姓を変えるかどうかとか、そういう問題はだね――」シーロン伯父さんは言った。

「大丈夫ですよ」ピョートルがさえぎるように言った。「たいした姓じゃない。桃の缶詰のブランド名です」

「なんだって？」

「ともかく、二人で話し合って決めるから」ケイトはみんなに言った。「チキンのお代わりがほしい人は？」

チキンはまずまずと言えた。でもピンクペッパーのソースは奇妙な味がした。ケイトは一人きりになったらすぐビーフジャーキーを食べようと楽しみにしていた。

「ケイトから聞いてるかもしれないけれど」シルマ伯母さんがピョートルに言った。「わたしはインテリアコーディネーターなの」

「へえ！」

ケイトはなんとなく、ピョートルがインテリアコーディネーターがなんなのかさっぱりわかっていないような気がした。

「お二人は一軒家に住むの？　それともアパート？」伯母さんが訊いた。

「アパートです。そう呼べると思う」とピョートル。「一軒家のなかにあるんです。夫を亡くした奥さんの家。ミセス・マーフィの家のなかに。最上階を借りてるんです」

「だが結婚したらピョーダーはこの家に越してきてわれわれと一緒に暮らすんだ」バティスタ博士が言った。

シルマ伯母さんは眉をひそめた。ピョートルも眉をひそめた。バニーが言った。「あたしたちと一緒に？」

「いや」ピョートルが言った。「ミセス・マーフィの家の最上階の全フロアを借りてるんです。家賃はただで。車椅子のミセス・マーフィが車に乗り降りするのを手伝ったり、電球を換えてあげたりする代わりに。バティスタ博士の研究室から歩いてすぐのところです。それに窓という窓から外の木が見える。今年の春は鳥が巣を作ったんです！　リビングにキッチン、ベッドルームが二つ、バスルーム。ダイニングルームはないけど、キッチンにテーブルがある」

「よさそうなところね」シルマ伯母さんが言った。

「しかしだな、結婚後はこの家に住む」バティスタ博士が言った。

「裏庭もぜんぶ使っていいって言われてるんです。すごく広くて日当たりのいい裏庭。ミセス・マーフィは車椅子で出られないから。ぼくはそこにキュウリとラディッシュを植えてるんですが、ケイトも何か植えてもいい」ピョートルはケイトのほうに向き直った。「野菜を植えたい？　それとも花だけ？」

「えっと」ケイトは言った。「うん、そうだね、野菜も植えてみたいかな。たぶん。菜園はやったことがないから」

「しかしだ、この問題については話がついている」バティスタ博士は言った。

「話し合いの結果、ぼくはノーと言っている」とピョートル。

シルマ伯母さんはうれしそうな顔をした。「ルイス」伯母さんは言った。「現実に向き合いなさい。あなたの娘はもう小さな子どもじゃないのよ」

「それはわかってるが、ケイトとピョーダーはここに住むということになっていたはずだ」

バニーが言った。「そんな話、あたしは聞いてない！　二人はピョーダーのとこで暮らすんだと思ってた！　お姉ちゃんの部屋はこれからあたしが使うつもりでいたのに。窓下のベンチのある部屋？」

「二人はここに暮らすほうが理にかなってる」父はバニーに言った。「われわれだけじゃこの家は広すぎる」

「『あなたの行かれるところはどこへでも』って誓いの言葉はどうなっちゃったの？」バニーが訊いた。

シーロン伯父さんが咳払いをした。「じつのところ」と伯父さんは言った。「あの一節は義理の母親にあてて言っているんだ。誰も知らないようだが」

「義理の母親？」

「最上階のフロアぜんぶですよ」ピョートルはバティスタ博士に言った。「今は二つめのベッドルームを書斎として使ってますが、ケイトの寝室に変えるつもりです」

シルマ伯母さんがしゃんと坐り直した。伯母さんの夫がにやっと笑って言った。「まあ、しかし。はたしてケイトに専用の寝室が要るものかな」

シルマ伯母さんはウズラを追いつめるポインターのようにピョートルの答を待った。だがピョートルはバティスタ博士を牽制するように睨みつけるのに忙しかった。

なんだか大学のときに住んでいた男女共用の寮みたいだ、とケイトは思った。ケイトはあの男女共用寮が大好きだった。あそこにいると自由な気分になれた。気楽だったし自然にふるまえた。それに、あそこの男の子たちは恋愛対象ではなく、気の置けない知り合いのような感じだった。

ピョートルはチェスをするだろうか。夜には二人でチェスをして過ごしてもいい。

「あの古いポピュラーソングのせいだ」シーロン伯父さんはそう言って、なめらかなやや震えたテナーで〈あなたの行くところならどこでも〉を歌いはじめた。

「バニーはまだ高校生なんだから一人で家に置いておくわけにはいかんだろう」バティスタ博士はピョートルに言った。「みんな、わたしが休日もなく一日のほとんどを研究室で過ごすことは知っているだろう」

たしかにそうだ。バニーのことだから、ちょっとまばたきしているあいだに家じゅう男の子でいっぱいにしてしまうだろう。広々として日当たりのいい裏庭の夢がはかなく消えていくのを思うと、喪失感がケイトの胸を刺した。

ところがピョートルが言った。「誰か雇えばいい」

それもそうだ。ケイトは気を取り直した。

シルマ伯母さんが言った。「話し合おうったってむだよ、ルイス。ははん！　手強いライバルが現れたようね」

「しかしだな……待て！」バティスタ博士は言った。「こんなことは計画に含まれていないぞ！いきなり思ってもいない設定を持ち出してきて」

シルマ伯母さんはケイトのほうを向いて言った。「あなたがたのアパートに行って無料でコンサルティングしてあげてもいいわ。むかしのホプキンス大の教員用住宅か何かだったら、いろいろと手を加える余地があるでしょう」

「ああ、うん、いろいろね」ここで家を見たことがないと言うと怪しまれると思ったので、ケイトはそう答えた。


デザートに用意してあるのは店で買ったアイスクリームだった。ピョートルもバティスタ博士もほかにいいアイデアが浮かばなかったのだ。二人にすがるような目つきで見られたので、ケイトは言った。「わかった。何か探してみるから」そういうわけでケイトは食事の終わりにキッチンに行って、冷凍庫からバターピーカンの箱を取り出した。カウンターにボウルを並べていると、ダイニングに通じるスウィングドアが開いてピョートルが入ってきた。ケイトの横にくると肘で脇腹をつついてきた。「やめてよ」ケイトは言った。

「うまくいってる、だろ?」ピョートルはケイトの耳にささやいた。「みんなぼくのことを気に入ったと思う!」

「あなたがそう言うなら」ケイトはアイスクリームをすくいはじめた。

と、ピョートルがうれしそうに片腕をケイトの腰に伸ばしてきて自分のほうに引き寄せ、ケイトの頰にキスをした。一瞬、ケイトはされるがままになっていた。ピョートルの腕にしっかりと腰を抱きとられていたし、彼の新しい干し草のような匂いがとても心地よかったから。でもやがて「うわっ！」と言っていきおいよく体を離した。それからピョートルの正面に向き直った。「ピョートル」ケイトは厳しい声で言った。「わたしたちが同意したこと、覚えてるでしょうね」

「うんうん」ピョートルはまっすぐに立ち直して両手の手のひらを上げた。「覚えてる。誰も誰かに夢中になったりしない」とピョートル。「ボウルを運ぶの手伝おうか？」

「お願い」ケイトがそう言うと、ピョートルはアイスクリームが盛り付けられた最初の二つを持って、スウィングドアから出てダイニングに向かった。

みんなが彼のことを気に入ったというのは事実だ。アイスクリームを食べているあいだ、ケイトはそれに気づいた――バークレイ伯父さんはピョートルの国にもヘッジファンドがあるのか訊ね、シーロン伯父さんは彼の国にもアイスクリームがあるのかどうかのほうに興味津々だった。シルマ伯母さんは親しげにピョートルのほうに身を乗り出して、自分のことを「シルマ伯母さん」と呼ぶように提案していた。（ピョートルはすぐにそれを「シル伯母さん」に縮めてしまった。もっと正確に言うなら、「セル伯母さん」に。）バティスタ博士は住宅問題が持ち上がってからずっとむっつり黙ったままだった。しかし、三人の客人はいきいきとしていた。

まあ、無理もない。ケイトを片付けることができてせいせいしているのだ。

ケイトはいつも手に負えないお荷物だった――厄介な子どもであり、不機嫌なティーネイジャーであり、挫折した大学生だった。この子をいったいどうしたものか？　その解決法がやっと見つかったわけだ。結婚させてしまえばいい。誰もケイトに考える時間なんて与えようとしなかった。

だからシーロン伯父さんがケイトとピョートルに婚姻届を出すようにと念を押したとき、ケイトは棘《とげ》のある声で言った。「ええ、それはもうお父さんとピョートルが手配してるから。お父さんはわたしが記入しなきゃいけない移民局への提出用の書類も準備してるし」そして挑むような目つきでテーブルを見渡した。

これで伯母さんや伯父さんたちがはっとして気づいてくれるはずだった。だがシーロン伯父さんはただうなずいただけで、おしゃべりに戻っていった。ケイトがわけのわからないことを言っていると片付けてしまったほうが、ずっと都合がよかったのだ。

「待ってよ！」ケイトはみんなに言ってやりたかった。「わたしにはこんな扱いにあまんじるほど価値がないって思ってるわけ？　わたしはこんなことさせられる筋合いはないの！　ほんものの恋愛をしたっていいはずでしょ。わたしのことを愛してくれる誰か、わたしのことを宝物のように思ってくれる誰かと。花や手書きの詩やドリームキャッチャーを贈ってくれる誰かと」

でもケイトは何も言わず、ボウルのなかのアイスクリームをつつきまわしていた。

第9章

結婚式の数日前、ピョートルは仕事のあとに車でバティスタ家に立ち寄り、ケイトと一緒に彼女の荷物を車に積みこんだ。荷物といってもさほどなかった。箪笥のなかの服を詰めこんだスーツケースが二つ、ブライダルシャワーでもらったプレゼントを入れた段ボールが一箱、そしてクローゼットに吊るしていた服を入れたガーメントバッグが一つ。スーツケースと段ボールはトランクにすんなり収まった。ピョートルはガーメントバッグを広げて後部座席に寝かせた。

バニーはピョートルに会うと気の抜けた挨拶をして、すぐにどこかに消えていった。バティスタ博士はまだ研究室にいた。ケイトは父は抗議のためにわざと家を空けているのではないかと疑った。ケイトがピョートルのところに住むと決めてからというもの、父はあきらかによそよそしくなった。

ピョートルはジョンズ・ホプキンス大学のキャンパスの目と鼻の先にある、古い大きな教員用住宅の一つに住んでいた。外壁が白い下見板張りのコロニアル様式の邸宅で、色あせた緑色の雨戸がついていた。ピョートルは敷地内に車道があるのに、手前の歩道の縁石沿いに車を駐《と》めた。家主のミセス・マーフィを住みこみで介護しているミセス・リューの通り道を塞がないようにしなければいけないのだ、とケイトに説明した。

二人は一回ですべての荷物を運び入れた——ケイトが二つのスーツケースを持ち、ピョートルは段ボールを抱え、ガーメントバッグを肩にかけて運んだ。玄関前に着くと段ボールを下におろし、ドアの鍵を開けた。「上に荷物を運び入れてしまったら、ミセス・マーフィに挨拶にいこう」ピョートルは言った。「きみに会うのを心待ちにしている」

「こんなふうに越してきちゃって、家主さんはいいって言うかな」ケイトは訊ねた。（いまさらながらの質問だ。）

「いいって言ってる。むしろきみがすぐに自分たちだけの住まいがいいって言い出すんじゃないかって心配してる」

ケイトは小さく鼻を鳴らした。きっとミセス・マーフィはフリル付きのエプロンを着た良妻タイプの女性に違いない。

中央の廊下は薄暗くてかび臭かった。金メッキの額がついた巨大な鏡が現れ、その手前に鉤《かぎ》爪《づめ》足のマホガニーのテーブルが置いてあった。両脇にあるドアは、どれもぴったり閉まっていた。ケイトはそれを見て安心した。家を出入りするたびに二人の女性に挨拶をするはめにはならなそうだ。それに、薄暗いのは中央の廊下だけだということがわかった。ちょうど正面にある階段には、午後の陽射しがふりそそいでいた。真上に窓があるのだ。だからケイトとピョートルが階段をのぼるにつれ、どんどん明るくなっていった。

次の階の廊下はカーペット張りだったが、最上階――むかし使用人部屋に使われていたのだろう――の床はパイン材の床板がむき出しになっていて、幅木は家のほかの部分のように暗い色ではなく、黄色だった。ケイトはほっとした。この階を仕切るドアはないけれど、一階からだいぶ高いところにあるので、階下の物音が聞こえてくることはない。これだったらプライベートな空間という感じがするだろう。

ピョートルは先に立って右に曲がり、廊下の奥にある部屋に向かった。「ここがきみの部屋になる」ピョートルが言った。ケイトを通すために体をのけぞらせ、彼女のあとについて部屋に入った。

どうやらピョートルはここを書斎に使っていたらしい。壁のそばに巨大なデスクがあって、片方の端にパソコン機器がひしめいている。反対側の壁際にはデイベッドがあって、けばけばしい豹柄のベロアのカヴァーがかかっている。窓の横には簞笥がある。古めかしい造りで小ぶりだけれど、ケイトの持ち物を入れるにはちょうどよさそうだ。部屋の片隅にはやぼったいスカートのついた肘掛け椅子と足置きのセットがある。

「デスクはリビングに移す」ピョートルが言った。抱えていた段ボールを簞笥の上におろすと、クローゼットにガーメントバッグを吊るした。「あとで小さめのデスクを持ってくる。もしかしたらきみは学生になるかもしれないから」

ケイトは言った。「えっ! うんまあ。ありがとう、ピョートル」

「ミセス・マーフィがデスクをくれるって言ってる。余分な家具をたくさん持ってるから」

ケイトはスーツケースをおろし、窓のほうに行って外を見た。窓の真下には裏庭が広がっていた。広くて囲いがあって、低木が茂っている。そのなかにはバラの茂みとおぼしきものもあった。バラを育てられるほど日当たりのいい庭をもつのは初めてだ。庭の奥のほう、柵ぎりぎりのところに、土が耕された長方形の一角が見えた。きっとあれがピョートルの家庭菜園だ。

「ほかの部屋も案内する」ピョートルが言った。

ドアのほうにすたすたと歩いていったが、ふと立ち止まって、ケイトを先に通すために体をのけぞらせた。脇をすり抜けながら、ケイトは彼の体がすぐ近くにあることを妙に意識した。このアパートは男女共用寮のようなものだという考えはどこかにいってしまって、実際は男と二人きりで暮らすことになるのだという思いが頭をもたげてきた。ピョートルが廊下をよこぎってべつの部屋のドアを開け、「ここがぼくの寝室だ」と言ったとき、ケイトはちらっとなかを見ただけで（ダブルベッドにナイトスタンド……）、すぐうしろに下がった。ケイトがどぎまぎしていることが伝わったのか、ピョートルはそそくさと寝室のドアを閉めた。「あっちがバスルーム」ピョートルは廊下の突き当たりの半開きのドアのほうに手を振ってみせたが、なかに入るようにうながしはしなかった。「一つしかない。共用になってしまって申し訳ない」

「あ、平気。だって家じゃ二人の人間と共用だし」ケイトはそう言ってちょっと笑ったが、ピョートルは笑わなかった。

ピョートルはつぎにリビングに案内した。そこにはたるんだカウチと木目調の合板のコーヒーテーブル、キャスターのついた金属製のカートに載ったむかしながらのブラウン管のテレビしかなかった。「カウチは古く見えるけど柔らかい」ピョートルは言い、じっとカウチを見つめた。部屋にはそれ以上見るものはなさそうだったが、ピョートルは動こうとしなかった。

「高校のとき」ピョートルは言った。「授業で共同発表するプロジェクトの準備をやるために、クラスメイトの家に行ったことがある。泊まりがけで。ベッドに入ると、一階から彼の両親の声が聞こえてきた。そう、そのクラスメイトは孤児じゃなくてふつうの家の子だった」

ケイトはなんの話だろうと思ってしげしげとピョートルを見た。

「ただ声が聞こえるだけで、何を言ってるかは聞き取れなかった。両親は一緒にリビングに坐っていた。妻が『ごにょごにょ、ごにょごにょ？』って言うと、夫のほうが『ごにょごにょ』と言った。それから妻が『ごにょごにょ、ごにょごにょ、ごにょごにょ？』って言うと、夫が『ごにょごにょ、ごにょごにょ』って言った」

ケイトはピョートルの話がどこに向かっているのか見当がつかなかった。

ピョートルが言った。「ときどきここにぼくと一緒に坐る？　きみが『ごにょごにょ？』って言ったら、ぼくが『ごにょごにょ、ごにょごにょ』って言うから」

「あら、あなたが『ごにょごにょ？』って言ったら、わたしが『ごにょごにょ、ごにょごにょ』って言うよ」ピョートルのほうがおずおずと訊くほうで、自分のほうがきっぱり答える側で何がいけないんだ、という意味でそう言ったのだが、どうやらうまく伝わっていないようだ。ピョートルはこちらをじっと見つめながら額に皺を寄せている。「いいよ」ケイトは言った。「ときどきやろう」

「よかった！」ピョートルはふうっと大きく息をつくと、笑顔になった。

「キッチンは？」ケイトが言った。

「キッチン」ピョートルはドアのほうに手を振ってみせた。

キッチンは建物の奥にあった。階段を上がったすぐのところだ。おそらくかつては物置だったのだろう。壁はシダー材で、まだほんのり木の匂いがした。五〇年代風の見た目で、妙に味があった。錆びついた白い合金のキャビネットに、剝げかけたフォーマイカのカウンター、白い塗料が分厚く塗られた木製のテーブルに、赤い椅子が二脚。「すてき」ケイトは言った。

「気に入った？」

「うん」

「アパート、ぜんぶ気に入った？」

「うん」

「豪華ではないが」

「でもすごくすてきだよ。居心地がよさそう」ケイトは言った。本心だった。

ピョートルはもう一度ふうっと息をついた。「それじゃあ、ミセス・マーフィに挨拶に行こう」

またケイトを先に通すために立ち止まって身を縮めたが、二人のあいだには必要以上のスペースが空いていた。まるでつけあがる気はないと証明しているみたいだった。どうやらケイトはさっきの気まずい思いを隠しきれていなかったらしい。

ミセス・マーフィは体格のいい銀髪の女性で、レースの縁飾りのついたドレスを着て治療用の整形靴を履いていた。ミセス・リューは小柄で痩せぎすの女性で、多くの年配のアジア系女性のように、男物らしき服を着ていた。カーキのワークシャツの裾をぶかぶかの茶色のズボンの上に出し、足元は目が痛くなるほど真っ白なスニーカーというでたちだ。部屋にはカヴァーのかかった椅子や凝った飾りの小さなテーブルや骨董品がずらりとならんだ棚が置いてあった。二人はそのなかに埋もれているように見えたが、ピョートルとケイトが部屋に入っていくと、ややあってからミセス・リューがミセス・マーフィの車椅子を少しだけ前に押したので、だんだん輪郭がはっきりしてきた。「こちらがわたしたちのケイト？」ミセス・マーフィが大きな声で言った。

ケイトは思わずうしろを振り返って誰かいるのかたしかめそうになった。まさか自分が「わたしたちの」ケイトだとは思えなかったのだ。しかしミセス・マーフィがこちらに両手を伸ばしてきたので、ケイトは近寄ってその手をとらないわけにはいかなかった。ミセス・マーフィの手は大きくて指が太くてふくよかだった。全体的に恰幅がいいので、ピョートルはほんとうにミセス・マーフィを持ち上げられるのだろうか、と思った。「ピョーダーが言っていたとおりの方ね」ミセス・マーフィが言う。「ピョーダーはのろけておおげさなことを言ってるんじゃないかって思ってたの。いらっしゃい、ケイト！　新居にようこそ」

「あの……ありがとうございます」ケイトは言った。

「もう彼に部屋を案内してもらった？」

「庭以外は案内しました」ピョートルが言った。

「あら、もちろん庭も見ていってちょうだいな。聞いた話では、いろいろなものを植えてくれるんですってね」

「えっと、その、そちらさえ構わなければ」ケイトは言った。ふと、まだミセス・マーフィに相談していないのではないかと思ったのだ。

「構わないどころじゃないわ」ミセス・マーフィが言うと同時に、ミセス・リューが言った。

「でも花、植える、そうだね？」ピョートルの訛りとはぜんぜん違ったが、ミセス・リューも発音に問題を抱えているようだ。「ピョーダー、植えるのは実用的なものだけ！　キュウリ、キャベツ、ラディッシュ！　彼女、詩心がない」

「彼、詩心がない」ピョートルが言い直した。（ピョートルでさえジェンダーをごっちゃにすることはない。）「ケイトは野菜も草花もどちらも育てます。いつか植物学者になるかもしれない」

「よかった！　あんたも植物学者になったほうがいい、ピョーダー。外、出て日光を浴びる。まっちろだものね？」ミセス・リューはケイトに言った。「まるでマッシュルーム！」

もしミセス・リューがピョートルのすぐそばにいたら、脇腹でもつついていただろう。どちらの女性もピョートルのことを愉快そうに親しみを込めて見つめていたし、ピョートルもまんざらでもないようすで二人の視線を浴びていた。ピョートルはうっすらと穏やかな笑みを浮かべて、ケイトのほうを横目で見た。自分がここでどんなポジションにあるか、彼女がちゃんと気づいたかどうかたしかめるみたいに。

「まあ、われらがマッシュルーム・マンのことはどうでもいいわ」ミセス・マーフィが言った。「ケイト、アパートに必要なものがあったら教えてちょうだい。デスクのほかにも。あなたがデスクを必要としているってことはもう聞いてますからね。キッチンのほうはどう？　台所用品はそろってるかしら？」

「あ、はい」ケイトは言った。キッチンの引き出しを開けてさえいなかったが、なんとなくミセス・マーフィがこちらに抱いているイメージを裏切ってはいけないような気がしたのだ。

「何もかもすばらしかったです」

「何か余分なものがあるかどうか、わたしたちのキッチンを調べてみないとね」ミセス・マーフィはミセス・リューに言った。振り向いた拍子にミセス・マーフィの片方の足が足置きから外れると、ピョートルは身をかがめ、相手が気づかないうちに元の場所に戻した。「たしか、電動ミキサーが二台あったはずよ」ミセス・マーフィが言う。「スタンド型のミキサーとハンドミキサーと。二台とも持ってたってしかたないわよね」

「たぶん……」ミセス・リューはいぶかるような口調で答えた。

「これから庭を見てきます」ピョートルが切り出した。「ミキサーの話はまた今度」

「わかったわ、ピョーダー。また訪ねてきてちょうだいね、ケイト！　何か足りないものがあったらどんなものでも言ってちょうだい」

「はい」ケイトは言った。「ありがとうございます」そして——どうやらまだ相手が抱いているケイト像にとらわれているらしい——前に進み出てミセス・マーフィの両手を取った。

外の階段に出ると、ピョートルが言った。「あの二人のこと、気に入った？」

「すごく親切そう」ケイトは言った。

「二人とも、きみのことが好きだ」

「わたしのこと知らないじゃない！」

「よく知ってるよ」

ピョートルは先に立って建物の脇を通り、前庭と裏庭を分けている柵のほうに歩いていった。

「ガレージに」ピョートルは言った。「庭仕事用の道具がある。あとで鍵の隠し場所を教えるよ」

ピョートルは門のかんぬきを抜くと一歩下がってケイトを先に通そうとした。またしても必要以上にスペースを空けていたが、ケイトはなんとなく、自分のためにそうしてくれているというより、彼自身のためにそうしているような気がした。どういうわけか、二人はおたがいにちょっと照れているようだった。

第10章

　結婚式当日の朝、ケイトが目を覚ますと、バニーがベッドの足元に坐っていた。「何よ。窓下のベンチを見にきたわけ？」ケイトは言ったが、バニーはベンチには目もくれていなかった。フリルがついた丈の短いパジャマを着てあぐらをかき、目覚めてくれと念じるようにじっとケイトのほうを見ていた。

「聞いて」バニーは言った。「こんなことする必要ない」

　ケイトは背後に手を伸ばして枕をヘッドボードにたてかけた。窓の外に目をやると、白っぽくけぶった陽射しが見えたので、まもなく雨になるのだろうかと思った。もっとも、天気予報では晴れだった。（シルマ伯母さんはこの一週間ずっと天気予報を報告してきていた。というのも、伯母さんは「結婚披露宴」と称することにした集まりの始まりに、中庭《パティオ》で飲み物を出そうと企てていたからだ。）

「移民局の目をくらますための、書類上だけのでまかせだってことはわかってる」バニーは言った。「でもあの男、まるでお姉ちゃんを自分のものにしたみたいにふるまいはじめてさ！　どういう苗字を使えだの、どこに住めだの、仕事を辞めるかどうかだの、いろいろ指図して。たしかに、あたしはもっと広い部屋を使えたらいいなって思ってるよ。でもそれと引き換えにたった一人の姉がすっかり飼い慣らされて手なずけられて、まったくべつの人間になっちゃうのを黙って見てるわけにはいかない――」

「ねえ、バン・バンズ」ケイトは言った。「そんなふうに思ってくれるのはありがたいけど、わたしのこと、少しもわかってないんじゃない？　うまく収めてみせるって。信じて。こういう……寡頭《かとう》制主義者に対処するのは人生で初めてってわけじゃないんだから」

「か、かと……」

「そんなに簡単にやりこめられたりしないから。わたしを信じて。あの人に対抗するのなんて朝飯前だって」

「わかった」バニーが言った。「いいよ。やりあったり言い争ったりするのがそんなに楽しいならお好きに。でもこれからあいつとずっと一緒にいなきゃいけないんだからね！　誰もいつ離婚できるのかについては何も言わないけど、きっと少なくとも一年はできないよ。そのあいだあいつとアパートをシェアしなきゃなんないんだよ。『どうか』も『ありがとう』も言えない、笑うべきときににこりともしないようなやつと。『ご機嫌いかが？』がほんとに『ご機嫌はどうですか？』って意味だと思ってるようなやつ。話すときは人に近づきすぎるし、『それはもしかしたらこれこれかもしれませんね』なんて絶対言わないで、なんでも『あなたは間違っている』とか『これは悪い』とか『彼女はばかだ』とかド直球で言うようなやつ。ぼやかすってことができないんだから。なんでも白か黒で、『自分の言ってることは正しい』って思ってる」

「うーん、言葉の問題もあるかな」ケイトは言った。「伝えたいことを伝えるのにも必死なときに、『どうか』とか『たぶん』とかいちいち言ってられないじゃない」

「それに最悪なのは」バニーはケイトが言ったことをまるで無視して続けた。「最悪なのはね、今と一ミリも状況が変わらないってこと――取り憑《つ》かれたみたいな科学者と一緒に暮らすんだから。こっちがちょこっと何かするにもシステムを持ち出して、隙あらばじじくさい健康法についてべらべらまくしたてて、食事のたびにポリフェノールやら何やらの量を測ろうとするようなやつと」

「それはぜんぜん違うって」ケイトは言った。「だいぶ違う。ピョートルはお父さんみたいじゃないもの！　あの人は相手の話をよく聞くよ、あんたもわかるでしょ、ちゃんと注意を払ってる。それにいつかの晩にあの人が言ったこと聞いたでしょ、わたしが大学に戻りたいと思ってるんじゃないかって？　つまりね、これまで誰がそんなこと言ってくれた？　誰がわたしのことを気にかけてくれた？　この家にいるかぎり、わたしはただの家具にすぎない。どこにもいかないで家にじっとしてる人間。あと二十年もしたら、実家で父親のために家事をしてる行き遅れの娘になるんだから。『はい、お父さん。いいえ、お父さん。薬を飲むの忘れないでね、お父さん』なんて言って。これは人生の軌道を修正する機会なんだってば、バニー！　このチャンスにすべてをがらっと変えてみたいだけ！　踏み出したいって思ってるわたしを責めるわけ？」

バニーは疑わしそうにケイトを見た。

「でも、ありがと」ケイトはそうつけくわえ、前かがみになってバニーの裸足の足を優しく叩いた。「心配してくれるなんて優しいね」

「いいよ」バニーが言った。「なんで忠告してくれなかったのって、あとで言わないでよね」

バニーが部屋を出ていってはじめて、ケイトは妹が一度も文章の最後にクエスチョンマークをつけなかったことに気がついた。

昼間に父が家にいるのはなんだか変な気がした。ケイトが一階に下りていくと、父は朝食用のテーブルに坐って、肘の脇にコーヒーを置いて新聞を広げていた。「おはよう」ケイトが声をかけると、父は顔を上げて眼鏡を動かしてから言った。「ああ。おはよう。世界で何が起こってるか、知ってるか？」

「え？」ケイトは訊いたが、どうやらニュース全般のことを言っているらしく、父は新聞のほうに投げやりに手を振ってみせると、読みかけの記事に戻った。

父はつなぎ服を着ていた。ケイトはそれでも構わなかったが、バニーがキッチンに入ってくるなり言った。「そんな服で教会に行っちゃだめだよ」

「んー？」父は言い、新聞をめくった。

「ちょっとは敬意を払わなきゃ、パパ！　礼拝所なんだから。パパが個人的に何を信じてるかは関係ないの。せめてふつうのシャツとズボンを身につけなきゃ」

「今日は土曜日だぞ」父は言った。「誰も来ないだろ、わたしたちと伯父さん以外は」

「でも移民局が写真を見たらどう考えると思う？」バニーはときどき驚くほど抜け目ないことがある。「パパが作業着なんて着て。ばればれだよ。そう思わない？」

「おお。たしかに、言うとおりだ」父はため息をついて新聞をたたむと立ち上がった。

バニーは例の天使の羽根のようなリボン付きのサンドレスを着ていた。ケイトは――なんとなくシーロン伯父さんのためにはそうしなければいけないような気がして――学生時代に買った淡いブルーのコットンのシフトドレスを着ていた。淡い色合いの服を着るのは慣れていなかったし、なんだか人目につきそうで居心地が悪かった。気合いを入れすぎたように見えるだろうか？　でも、どうやらバニーは問題ないと思ったようだった。少なくとも、けちをつけるようなことは言われなかった。

ケイトは冷蔵庫から卵の箱を取り出すと、バニーに訊いた。「オムレツ、食べる？」でもバニーは言った。「ううん。あたし自分でスムージー作るから」

「じゃあ、ちゃんと片付けまでやりなさいよ。このあいだスムージーを作ったときはキッチンがめちゃくちゃになったんだから」

「待ちきれないな」バニーが言った。「お姉ちゃんが家を出てって、ガミガミ言う人がいなくなるのが」

どうやらたった一人の姉に偽の結婚をさせることへの心配はどこかへ吹き飛んでしまったらしい。

数日前、ケイトはミセス・キャロルという女性を雇って、毎日午後に家に来て簡単な家事をし、バティスタ博士が帰ってくる時間までバニーと家にいてくれるよう手筈を整えた。ミセス・キャロルはシルマ伯母さんの家のメイドをしているテイーマの伯母だ。シルマ伯母さんは最初、テイーマの妹がいいのではないかと言ってきたが、ケイトはもっと経験豊富な人、バニーが相手を出し抜いてどんなことをしでかそうとしても、それに騙されない人を望んだ。「あの子は見かけよりずっとずる賢い子なんです」ケイトはミセス・キャロルに説明した。するとミセス・キャロルは言った。「おっしゃりたいことはわかりますとも、ええ」

朝食が済むと、ケイトは自分の部屋に上がっていって、最後に残ったこまごましたものをキャンバス地のトートバッグに詰めこんだ。それからバニーのためにシーツを取り替えた。次に見るときには、きっとこの部屋は様変わりしていることだろう。鏡のまわりには写真やポストカードがべたべた貼りつけられ、箪笥の上には化粧道具がひしめきあい、床には投げ出された服が散らばっていることだろう。でも、そんな想像をしてもとくに未練は感じなかった。ケイトはこの部屋を使い尽くした。この生活を使い尽くした。だから、ピョートルが永住権を手に入れたあとも、父がどんなことを思い描いているにせよ、この家に戻ってくるつもりはなかった。ケイトは自分で部屋を借りて住むつもりだった。狭い部屋を間借りするくらいしか余裕はないかもしれないけれど。そのころには学位を取っているかもしれない。もしかしたら新しい仕事に就いているかもしれない。

ケイトは自分のシーツをバスケットに入れた。これから洗濯はミセス・キャロルの仕事だ。トートバッグを持ち上げると、階下に向かった。

父がリビングで待っていて、カウチに腰かけて膝の上を指でとんとん叩いていた。黒いスーツに着替えていた。発破をかけられて全力を尽くしたようだ。「おお、来たか」ケイトが歩いていくと父は立ち上がり、ぜんぜん違う声色で言った。「娘よ」

「何よ?」ケイトは言った。なんとなく、父が何か特別なことでも告げようとしているような気がしたのだ。

ところが父は口ごもった。「その……」やがて咳払いをして言った。「ずいぶん大人になったな」

ケイトは意味がわからなかった。数分前に今と寸分変わらない姿を見たばかりなのに。「大人だもん」ケイトは言った。

「そうだな」父は言った。「だがなんだか驚かされるよ。ほら、わたしはおまえさんが生まれたばかりのときのことを覚えてるから。母さんもわたしも赤ん坊なんてそれまで抱いたことがなかった。伯母さんが抱いてみせてくれたんだ」

「へえ」ケイトは言った。

「それが、今こうして青いドレスに身を包んでるんだから」

「やだな、この服ならいやというほど見てるでしょ」ケイトは言った。「おおげさなこと言わないでよ」

でも、思いがけずうれしくなった。父が言おうとしていることがわかったから。

ふと、もしお母さんにもわかったなら——お母さんも信号を解読することができたなら——

家族四人はもっとずっと幸せに暮らしていたのに、と思った。

そして初めて、ケイトは自分自身が信号を読み解くのがずっとうまくなっていることに気づいた。


助手席に坐っていると緊張するというので、父が運転することになった。車は古いボルボで、バンパーには父が運転したときにできた無数の傷がついていた。後部座席には三人の持ち物がごっちゃになって散乱していた——実験用のゴム製のエプロン、学会誌の山、Cの文字が書かれた工作用紙のポスター、そしてバニーの冬用のコート。バニーが全速力で助手席に滑りこんだので、ケイトはうしろに坐るしかなかった。ヨーク・ロードの信号でとりわけ唐突な急停車をしたとき、積み重なった雑誌の半分がケイトの足元に滑り落ちてきた。高速道路を使ったほうが時間の節約になるのはもちろん、もっと快適に運転できるのだが、父は合流が苦手だった。

たまに買いものをする園芸用品店にさしかかると〈シャクナゲ、三株／二十五ドル〉という看板が見えた。ケイトは急に、今日もそこで買い物をしたり、つまらない雑用に追われているいつもの土曜日だったらどんなにいいだろう、と思った。蓋を開けてみれば、お天気は晴れだった。歩道を行き交う人びとのゆったりのんびりした足取りから見るに、気温も完璧らしい。

ケイトは肺に十分な空気が届いていないような気分になった。

シーロン伯父さんの教会は〈コッキーズビル合併教会〉と呼ばれていた。灰色の石造りの建物は屋根に小さな尖塔がついていて——簡略版の尖塔といったところだ——骨董品店や中古品委託販売店がひしめきあうヨーク・ロードの一画のすぐ裏手にあった。駐車場にあるのはシーロン伯父さんの黒いシボレーだけだった。バティスタ博士はその隣に駐車するとエンジンを切り、おでこをハンドルに押しつけてしばらくうつむいていた。娘たちをどこかに送り届けることができると、いつもそうする。

「まだピョーダーは来ていないようだな」やっと顔を上げると父は言った。

今日はピョートルが朝の研究室の見回りの担当だった。「な?」と父は言っていた。「これでわたしの代わりを務めてくれる頼もしい娘婿ができたというわけだ」しかしすでにピョートルがあれを見落としているんじゃないか、これを見落としているんじゃないか、と気を揉んでいた。家を出る前に二回、「電話をかけてようすを聞いてみようか?」とケイトに訊ねた。でもすぐに自分で答えた。「いやいや、そんな必要はない。ピョーダーの邪魔をしてはいけないからな」そう言うのは電話アレルギーだけが原因ではなく、最近ピョートルとの関係性が変わってしまったせいでもあった。父はいまだにふてくされていた。

シーロン伯父さんに言われていたとおり、三人は建物の裏手にまわり、簡素な木製のドアをノックした。まるでどこかの家の勝手口のようなドアだった。ドアにはめられたガラスには青と白のギンガムチェックのカーテンがかかっていた。しばらくするとカーテンが引かれ、シーロン伯父さんの丸顔がこちらをのぞきこんだ。伯父さんはにっこり笑うとドアを開けた。スーツにネクタイという姿で、ケイトはそれを見て心を打たれた——こんなふうに本物の結婚みたいに扱ってくれるなんて。「結婚の日、おめでとう」伯父さんがケイトに言った。

「ありがとう」

「ちょうどきみの伯母さんとの電話を切ったところだよ。あれはぎりぎりまで自分が招待されるんじゃないかって期待していたんだろうな。披露宴でシャンパンを出してもピョーダーが文句を言わないかたしかめたかっただけだ、なんて言ってたけど」

「どうしてピョートルがシャンパンに文句を言うの？」

「彼はウォッカのほうがいいんじゃないかって考えたらしい」

ケイトは肩をすくめた。「そんなことはないと思うけど」

「ピョーダーがグラスを暖炉に投げ入れて割ったりするのが好きだとでも思ったんじゃないのか」シーロン伯父さんは本人がいないところだと伯母さんに対してずいぶん大きな態度を取るものだ。「さあ入って、わたしのオフィスへ」伯父さんは言った。「ピョーダーは裏口をノックすることになってるのは知ってるね？」

ケイトは父のほうを見た。「ああ。話しておいた」父は言った。

「待っているあいだに誓いの言葉を見ておこうか。最低限にするということだったけど、どのくだりを選択するか見せておきたいんだ。そうすれば何を誓うことになるかわかるだろう」

伯父さんは狭い通路を先に歩いていって、いたるところに本が置かれた小部屋に三人を案内した。本は棚からあふれだし、デスクの上、二脚の折りたたみ椅子の座面、そして床にもうずたかく積まれていた。かろうじてデスクの向こうにある回転椅子だけは坐れるようになっていたが、伯父さんは三人を立たせたままで自分だけ坐るのは無礼だと思ったようだ。デスクに寄りかかるようにしてその端っこにちょこんとお尻を乗せ、本の山のてっぺんから一冊を取り上げると、端が折られたページを開いた。「では、はじめに」伯父さんはある箇所に指を走らせながら言った。「親愛なるみなさん、のくだり。ここに異論はないね」

「ええ、大丈夫」

「それからわたしが訊ねる。『誰がこの女をこの男に与えるのか?』」

バティスタ博士が答えようとして息を吸ったが、ケイトがあわてて「それはいらない!」と言ったので、父が何を言おうとしていたかはわからずじまいだった。

「それから服従のくだりもきっといらないね――きみのことをよく知ってるからな、ふふ。まあ、近頃じゃ誰も『服従』を使おうとしない。だからすぐに『病めるときも、健やかなるときも』に進むんだ。『病めるときも、健やかなるときも』は大丈夫かな?」

「あ、うん」ケイトは言った。

こんなふうに融通を利かせてくれるなんて、伯父さんは優しい人だ。バティスタ家が信仰心に薄いことも、知っているのにひと言も触れないでいてくれる。

「いまどきのカップルがどんな文言を削除したがるか知ったらきっと驚くよ」伯父さんは本を閉じて脇に置いた。「それに、誓いの言葉を自分たちで書いてくることもある。なかには信じられないような誓いもある。『犬がしたかわいいしぐさについて、一日五分以上は話さないことを誓います』とかね」

「冗談でしょ」ケイトが言った。

「いや、それがほんとなんだ」

ピョートルにことわざを引用しないよう誓わせることはできるのだろうか。

「写真はどうする？」バティスタ博士が訊いた。

「どうするつもりなんだ？」とシーロン伯父さん。

「わたしが撮ってもいいかな？　誓いの言葉のあいだに？」

「まあ、いいと思うが」伯父さんは言った。「でもとても短い誓いだよ」

「大丈夫だ。ただその、ほら、記録用だから。そのあとで四人揃っているところをきみに撮ってもらいたいな」

「もちろんだ」伯父さんは言った。そして時計に目をやった。「さてと！　あとは新郎を待つだけだな」

もう十一時二十分だ。ケイトはちょうど時計をたしかめたところだった。十一時の約束のはずなのに。しかし父は自信満々に言った。「すぐ現れるさ」

「婚姻届は彼が持ってくるのか？」

「いや、わたしが持ってる」バティスタ博士は胸の内ポケットから書類を取り出して伯父さんに渡した。「それで、月曜には移民局への申請に取りかかるというわけだ」

「さあ、チャペルに向かおう。あそこなら待っているあいだみんなでくつろいでいられる」

「申請する前に正式に結婚していないといけないからな」バティスタ博士は言った。「既成事実でないといけないらしいんだ」

「ミス・ブルードに会ったことは？」シーロン伯父さんが訊いた。廊下沿いにあるべつの部屋のドアの前で立ち止まった。その人は四十半ばくらいの色白の女性で、短いブロンドの前髪を青いプラスチックのバレッタで留めて、少女のように額を出していた。デスクから顔を上げると三人に笑いかけた。「ミス・ブルードはわたしの右腕なんだよ」伯父さんが言った。「一週間に七日来てくれることもある。パートタイムの仕事なのに。エイヴィス、こちらは姪のケイト。今日結婚するんだ。こっちが彼女の妹のバニー、そしてわたしの義理の弟のルイス・バティスタだ」

「おめでとうございます」ミス・ブルードは椅子から立ち上がった。どういうわけか、顔が鮮やかなピンク色になっていた。赤面すると涙目になるタイプらしい。

「どうして〝エイヴィス〟という名前なのか説明してやってくれ」シーロン伯父さんが言った。そして、ミス・ブルードの答を待たずに自分で話しはじめた。「レンタカーのなかで産まれたんだよ」

「まあ、デル牧師」ミス・ブルードは弱々しい声で笑った。「そんな話、みなさん聞きたくありませんよ！」

「予期せぬ出産だったんだよ」シーロン伯父さんは説明をつづけた。「つまり、予期せぬ早産だ。もちろん産まれてくることはわかってた」

「当然じゃないですか！　わたしの母はわざわざ車のなかで出産しようと計画していたわけじゃないんです」ミス・ブルードが言った。

バティスタ博士が言った。「車を借りたのがハーツ社じゃなくてよかったですな」

ミス・ブルードはまたかぼそい声で笑った。でも、目はシーロン伯父さんのほうに向けたままだった。首にかけたガラス製の白いビーズのネックレスを指先でいじっている。

「さてと、行こうか……」シーロン伯父さんは言った。

ミス・ブルードは笑みを浮かべたまま、スカートのうしろをまっすぐにして椅子に腰かけた。

シーロン伯父さんは三人を廊下の先に案内した。

もうだいぶ前になるけれど、ケイトはクリスマス・イヴとイースターにこのチャペルを訪れたことがあった。モダンな造りの空間で、床一面にベージュのカーペットが敷いてあり、飾りのない透明なガラス窓で、白っぽい木製の信徒席がならんでいた。「さあ、みんな坐って」シーロン伯父さんが言った。「わたしはオフィスに戻ってピョーダーがノックするのを待ってるから」

ケイトはじつはずっと心配していた——ピョートルがノックしても誰も気づかなかったらどうしよう——だから伯父さんが戻るというのを聞いて安心した。それに、三人だけでいれば無駄なおしゃべりをしなくても済む。三人なら黙って坐っていられる。

ケイトは伯父さんの足音が遠ざかっていくのを注意深く聞いていた。伯父さんがミス・ブルードの部屋で立ち止まるか、あるいは歩みをゆるめるかをたしかめていたのだ。だがどうやら急ぎ足で通り過ぎたらしい。

「このチャペルはおまえたちの母さんとわたしが結婚式を挙げた場所なんだ」バティスタ博士が言った。

ケイトはびっくりした。二人がどこで結婚式を挙げたか、そういえば一度も訊ねてみようとしたことがなかった。

バニーが言った。「ほんと、パパ？　花嫁の付添人もいる盛大ですてきな結婚式？」

「ああ、そうだ。母さんがどうしてもそういう茶番をやりたいって譲らなくてな」父は言った。「それにシーロンがちょうどここに副牧師として雇われたばかりだった。だから彼に式を司《つかさど》らせるよりほかはなかった。わたしの姉もはるばるマサチューセッツからおふくろを連れてやって来た。当時、おふくろはまだ生きていたんでね。健康状態はあまりよくなかったが。でもほら、あれだ。『あなたの家族も参列してくれなきゃ』それに『友達は呼ばないの？　同僚は？』たしか、わたしの研究室の博士研究員《ポスドク》が花婿付添人をやったんだっけな」

父は立ち上がって、中央の通路を行ったり来たりしはじめた。何もせずに坐っていなくてはいけないときはいつもこうして落ち着きを失う。ケイトは説教壇のほうを見た。信徒席とおなじ白っぽい木でできている。巨大な本、たぶん聖書が壇の上に広げて置いてあって、何本かの赤いリボンの栞がそこから垂れ下がっている。説教壇の正面には低い木製の祭壇があって、敷物のまんなかに白いチューリップが生けられた花瓶が置いてある。ケイトは若かりしころの母が花嫁姿でそこに立って、まだそこまで頭が固くなっていない父が隣にいるところを想像してみようとした。でも思い浮かぶのは、白いロングドレスを着た病弱な女と、禿げ頭で猫背のバティスタ博士が腕時計をたしかめている光景だけだった。

バニーの携帯にインスタントメッセージが届いたようだ。鳥のさえずりのような着信音が聞こえた。バニーはハンドバッグから携帯を取り出してメッセージをたしかめると、くすくす笑った。

父は信徒席の脇で立ち止まり、賛美歌集のラックから小冊子を取り上げた。表紙を見て裏表紙を見ると、ラックに戻してまた歩きはじめた。

「研究室で何かまずいことが起こっていないといいんだが」父はつぎにケイトのそばを通りがかったときに言った。

「まずいことって？」ケイトは訊いた。

ケイトは心の底から教えてほしかった。なぜなら何かまずいことが起こっているほうがよっぽどましだったから。ピョートルがたんに向っ腹を立てて、いくら自分の得になるからといってあんな女とは結婚しないことに決めた、なんてことになっているよりも。「そんな値打ちがあるもんか」ケイトはピョートルがそう言っているところを想像した。「あんな気難しい娘！どこまでも無作法だ」

しかし父は「なんだってまずいことになる可能性はあるさ。数えきれん。ああ、ピョーダーに任せるんじゃなかったという気がしてきた！　あの男はすばらしく能力があるが、それでも私ではないからな。結局のところ」

やがて父はまた歩きはじめ、チャペルの後方に向かった。

バニーはインスタントメッセージを打っていた。タップ、タップ、タップ、と古い映画に出てくる電信キーのような速さで二本の親指を使って打ち、画面をいちいちたしかめる必要もないようだ。

しばらくするとシーロン伯父さんが戻ってきた。「それで……」伯父さんは入口から呼びかけた。伯父さんがケイトとバニーが坐っているところまで歩いてくると、バティスタ博士は踵を返して三人に合流した。

「それで、ピョーダーはずいぶん遠いところから来るのかい？」シーロン伯父さんは言った。

「なに、わたしの研究室からだ」バティスタ博士が答えた。

「外国の時間のしきたりに従っているとか？」

伯父さんはケイトのほうを向いて訊いた。ケイトは答えた。「外国の……？　えっと、そうなのかな。わたしにはわからないけど」

ケイトは伯父さんの表情に気づいた。長く付き合っているのに知らないのはおかしい、と思っているようだった。移民局との面談に備えてこれは心に留めておくべきだろう。「もう、彼にはほんとにまいっちゃう！」明るい声でこう言うのだ。「六時までに友達の家に行くことになってるのに、七時になってもまだ着替えてないんだから」

面談が実現したらの話だけれど。

「道案内が必要かどうか、電話で訊いてみたらいいんじゃないか」伯父さんが言った。

ばかげているとわかってはいたが、ケイトは電話をかけたくなかった。中学一年生のときに女の子たちが妄想じみた議論をしていたことを思い出した――相手の男の子に「追ってる」と思わせたくないと。その男の子（言うなれば）と結婚することになっているとしても、やっぱり追ってる感じを与えるのは間違っていると思った。好きなだけ遅れてくるがいい！　こっちはまったく動じていないところを見せてやるから。

ケイトは力なく言った。「運転中なんじゃないかな。気をそらせたくない」

「メッセージを送ればいいじゃん」バニーが言った。

「うん、でも……」

バニーは舌打ちをして自分の携帯をハンドバッグにしまうと、手のひらをケイトのほうに差し出した。ケイトはしばらくバニーの手を見つめていたが、やっとそれがどういう意味かわかった。それからできるだけ時間をかけてトートバッグのなかから携帯を取り出し、バニーに渡した。

タップ、タップ、タップ、とバニーは文面を考えるようすもなく打った。いったい何を書いているのか、ケイトは横目で見た。「Where《ホエア》 r《アー》 u《ユー》〔いまどこ〕」とバニーがたった今打ったメッセージのすぐ上に、最後にピョートルから来たメッセージが見えた。何日か前にきたメッセージで、内容は「わかった。じゃあ《バイ》」だけ。

こうなってみると、なんだか意味ありげに見えた。

返信はない。相手が返信を打っていることを示す、小さなドットも現れない。三人は途方に暮れたようにシーロン伯父さんを見た。「電話をかけてみたほうが？」伯父さんはまた言った。

ケイトは覚悟を決めてバニーの手から携帯を取り上げた。と、そのときちょうどヒューウッという音がしたので、ケイトはあたふたして携帯を落としてしまったが、さいわい、携帯は膝の上に落ちた。バニーがまた舌打ちをしてそれを拾い上げた。「『たいへんなことが起こった』だって」バニーはメッセージを読み上げた。

父が言った。「なんだって！」シーロン伯父さんの向こうから身を乗り出してバニーの手から携帯をひったくると、メッセージを見つめた。やがて返信を打ちはじめた。人差し指一本でぽちぽちと打つのだが、それでもケイトは感心した。みんなでそんな父を見つめていた。やがて父が口を開いた。「で、これからどうしたらいいんだ？」

「どうしたらって、どういう意味？」バニーが言った。

「どうやって送ればいいんだ？」

バニーは小さく舌打ちすると父から携帯を受け取って画面のボタンを押した。ケイトはバニーの肩ごしに画面をのぞきこみ、父のメッセージを見た。「どうした　どうした　どうした」

しばらくみんなで待った。バティスタ博士の呼吸が乱れていた。

やがてまたヒューウッという音が聞こえた。「『鼠《マイス》たちが消えた』だって」バニーが読み上げた。

バティスタ博士は首を絞められでもしたようなあえぎ声をもらした。体を二つ折りにしてみんなの前の信徒席に倒れこんだ。

ケイトは最初、「マイス」がなんなのかぴんとこなかった。マイスって何？　マイスとやらがなんの関係があるわけ？　ケイトが待っていたのは結婚式についてのニュースだった。シーロン伯父さんもおなじくぴんときていないようだった。「鼠！」伯父さんはそう言うとけがらわしそうな顔をした。

「パパの研究室の鼠だってば」バニーが伯父さんに説明した。

「研究室に鼠がいるのか？」

「もちろんいるよ」

「そうか……」シーロン伯父さんはあきらかにその違いに気づいていないようだった。

「テンジクネズミね」バニーが説明した。

伯父さんはますます混乱しているようだった。

「理解できん」バティスタ博士は消え入りそうな声で言った。「どういうことなのか頭に入ってこない」

またしても携帯からヒューウッという音が鳴った。バニーは携帯をつかんで読み上げた。

「『あの動物保護団体の活動家が盗んだ　あの研究成果が台なし　すべて盗まれた　絶望的』だってさ」

バティスタ博士は喉の奥からうめき声をもらした。

「ああ、なるほど、その鼠《マウス》のことか」シーロン伯父さんの額の皺が消えていった。

「これってPETAのこと？」バニーがみんなに訊いた。「大人は略語を使っちゃいけないってルールでもあるわけ？　PETAだっての、ばっかじゃない！　PETAって言いなさいよ！　何が『動物保護団体の活動家』だ。笑っちゃう！　この人ってすごく……どんくさい！　それに急になんにでも〝ザ〟をつけるようになっちゃって。話してるときはどこにも〝ザ〟をつけないくせに」

「長年の研究の成果が」バティスタ博士が言った。自分の膝の上に突っ伏して頭を両手で抱えていたので、言葉がうまく聞き取れなかった。「何年も何年もかけてきたことが、すべて水の泡だ」

「まあまあ、それほどのことでもないだろう」シーロン伯父さんが言った。「きっとやり直せる」

「新しいマウスを買ってあげるって！」バニーが口を挟み、ケイトに携帯を返した。

ケイトはようやく状況を理解しはじめた。バニーに向かって言った。「あんただってわかってるでしょ。あのマウスじゃないとだめなんだよ。あのマウスは何世代にもわたって特別に飼育されてきたマウスの子孫なんだから」

「だから？」

「そいつらはどうやって研究室に入りこんだんだ？」バティスタ博士がいまにも叫び出しそうな声で言った。「ドアの暗証番号をどうやって知った？　なんということだ、一からやり直さなければならない。一からやり直すにはわたしは年を取りすぎている。少なくともあと二十年はかかる。投資金もすべて失い研究室も閉鎖しなければいけなくなる。タクシーの運転手でもやって生計を立てていかねばならん」

「とんでもない！」シーロン伯父さんはぎょっとしたように言った。バニーが言った。「高校を中退させて働きに出させるつもりなんでしょ。ステーキハウスで血のしたたるレアのサーロインステーキの給仕をさせるつもりなんだ」

なぜ父もバニーもよりによってどう考えても不向きな仕事に就こうとするのだろう。ケイトは言った。「やめてよ、二人とも。まだはっきりしたことはわからないじゃない——」

「ああそうか、おまえさんは心配する必要がないものな？」父はがばっと顔を上げ、きつい口調で言った。「きっと内心よろこんでいるんだろう。これで結婚しなくて済むと思って」

ケイトは言った。「しなくていいの？」

シーロン伯父さんが言った。「しなくて済むとはどういうことだ？」

「それにおまえも！」バティスタ博士はバニーに言った。「高校を中退させられたらどうだっていうんだ？　たいした痛手じゃないだろう！　そもそも向いてないんだから」

「パパ！」

ケイトは目の前の賛美歌集の棚を見つめた。自分が置かれている立場を見きわめようとした。なんだか期待がはずれてがっかりしているような気分だった。

「もういい」父は沈んだ声で言った。「シーロン、失礼するよ。研究室に行かなきゃいけない」

父はまるで老人のようにおずおずと立ち上がると、中央の通路に歩いていった。「こうなっても生きつづけていかなくちゃならんのかね？」父はケイトに言った。

「そんなの知らないよ」ケイトはぴしゃりと言った。

どうやらケイトは自分の部屋を取り戻すことになるようだ。もとどおりの人生をもういちど生きつづけることになるのだ。月曜日に職場に行ったら、事がうまく運ばなかったと説明するのだ。アダム・バーンズに結婚ばなしはお流れになったと話すのだ。

そう考えても少しも気が晴れなかった。結局のところ、アダムは自分にはなんの関係もなかった。アダムといると、自分がばかでかくてがさつで突拍子もない人間のような気がする。アダムといると、言葉に気をつけなくてはとつねに身構えてしまう。良くも悪くも、アダムはほんとうの自分を愛してくれるような相手ではなかったのだ。

最後のフレーズが悲しみとともに胸にこだました。しばらくしてから、それがどうしてかを悟った。

ケイトは立ち上がってバニーのあとについて通路に出た。胃のなかに鉛でも入っているような気分だった。部屋のなかのすべての色が褪せてしまったような気がした。なんて無味乾燥な場所だろう——殺風景そのもの。

ケイトとバニーは父がシーロン伯父さんと握手を済ませるのを待っていた——握手というより、必死にふんばるようにして、伯父さんの手に両手ですがりついているみたいだった。「いずれにしても、ありがとう、シーロン」父は葬式にでも参列したような声で言った。「すまなかったな、きみの時間を——」

「ケロー?」

ピョートルが廊下への出口に立っていた。左肩のうしろにミス・ブルードの姿が見え、心配そうな笑みを浮かべていた。ピョートルはひどい恰好をしていて、ホームレスのように見えた。白いTシャツは首のところが裂けて染みがついているし、ほとんど透けそうなほど着古されている。裾の短いだぶだぶのチェックの半ズボンは、ひょっとすると下着かもしれない。それに、足元は赤いゴム製のビーチサンダルだ。「きみ！」ピョートルは大声を張り上げた。バニーに話しかけているのだ。ピョートルがずかずかとチャペルに入ってくると、ミス・ブルードはまた奥に引っこんでいった。「逮捕されないで済むなんて一瞬でも思うなよ」ピョートルはバニーに言った。

バニーは言った。「は？」

ピョートルはバニーの前に立ちはだかり、ぐっと顔を近づけた。「この……野菜食い！」ピョートルが言った。「ギゼン者！」

バニーはあとずさりすると、片方の手の付け根でほっぺたを拭った。どうやらピョートルの唾が飛んできたらしい。「どうしちゃったわけ？」バニーはピョートルに訊いた。

「きみが真夜中に研究室に忍びこんだんだ。お見通しだ。マウスをどこにやったか知らないけど、きみのしわざだってことはわかってる」

「あたしのしわざ！」バニーが言った。「あたしが犯人だと思ってるの！　あたしが自分の父親の研究をめちゃくちゃにするだなんてほんとに思ってるの！　どうかしてる。お姉ちゃんからも言ってやってよ」

と、ここまできたときにバティスタ博士はやっとのことで両者のあいだに割って入った。

「ピョーダー、教えてくれ。状況はそんなに悪いのか?」

ピョートルはバニーから顔をそむけ、バティスタ博士の肩に重々しく手をのせた。「悪いです」ピョートルは言った。「これはほんとうです。最悪です」

「すべて持ち去られたのか?　一匹残らず?」

「一匹も残らず。どちらのラックも空っぽです」

「でもどうやって――?」

ピョートルはバティスタ博士の肩に手を置いたまま、一緒にチャペルの前のほうに歩いていった。「今朝早くに起きる」ピョートルは言った。「時間どおり結婚式に行けるよう、早めに研究室に行くことにする。ドアの前に着く、鍵はいつもどおりかかっている。それで暗証番号を入れる。なかに入る。そしてマウスのいる部屋に行く」

二人は歩みをゆるめて祭壇の数歩前で立ち止まった。シーロン伯父さんとケイトとバニーはそんな二人を見ながらその場にとどまっていた。やがてピョートルが振り返ってケイトに言った。「どこにいるんだ?」

「わたしのこと?」

「こっちに来い!　結婚するぞ」

「ああ、でも」バティスタ博士は言った。「それがほんとうかはわからんが……すぐに研究室に行きたいんだ、ピョーダー。たとえ打つ手がなくともだな――」

だがケイトは言った。「わたしたちが誓いの言葉を終わらせるまで待っててよ、お父さん。研究室にはそのあとに行けばいい」

「ケイト・バティスタ!」バニーが言った。「このまま続けるつもりじゃないでしょうね!」

「えっと……」

「あの人があたしに言ったこと、聞いたでしょ?」

「まあ、きっと動揺してるんだよ」ケイトはバニーに言った。

「ぼくは動揺なんかしてない!」ピョートルが怒鳴った。

「ね、わかるでしょ?」ケイトはバニーに言った。

「早くこっちに来い!」ピョートルが叫んだ。

シーロン伯父さんは言った。「ああ、たしかに彼は動揺しているな」そう言うと首を振りながらくすっと笑った。伯父さんは通路を歩いていって祭壇の前に立つと、振り返って受胎告知する天使のように両手を脇に広げた。「ケイト?」伯父さんは言った。「来るかい?」

バニーは信じられないとぶつぶつ言っていたが、ケイトは妹のほうを向いてトートバッグを渡した。「わかったよ」バニーが言った。「好きにすれば。どっちもどっち、お似合いのカップルだよ」

だがトートバッグを受け取ると、ケイトのあとについて祭壇に向かって歩きはじめた。

祭壇に着くと、ケイトはピョートルの隣に立った。「最初はどういうことなんだか見当もつかなかったんです」ピョートルはバティスタ博士に話していた。「何が起こったかひと目でわかったんですが、それでも理解できなかったんです。しばらくただ見つめていた。二つの空っぽのラック。消えてしまったケージ。ラックの横の壁に直接ペンキで書いてあった。〝動物は研究備品ではない〟そのとき警察に連絡しなければと思いついたんです」

「警察、おお、そうか、警察はなんて？」バティスタ博士は言った。「今さら何をしても手遅れだが」

「警察がくるまで長い長い時間がかかる。やっと来たと思ったら、賢さのかけらもない。ぼくにこう訊く。『その鼠たちの特徴を説明してくれますか？』って。『特徴だなんて！』ぼくは言う。『何を説明しろというんです？　いたってふつうの〝ムス・ムスクルス〟です。それ以上の特徴はない』」

「ああ」バティスタ博士は言った。「そのとおりだ」やがてつけくわえた。「なんでこんなにめかしこんでくる必要があったのかな。きみのほうはそんな恰好だっていうのに」

「彼女はぼくと結婚するんです。ぼくの服と結婚するんじゃない」ピョートルが言った。

シーロン伯父さんが咳払いをして言った。「親愛なるみなさん……」

二人の男が伯父さんのほうに顔を向けた。

「わたしたちはここに集い……」

「しかし警察なら居場所を突き止める方法を知っているかもしれんぞ」バティスタ博士がピョートルに向かってつぶやいた。「ラットテリアか何かを使うかもしれん。そういう用途の警察犬を飼ってやしないかね？」

「犬なんて！」ピョートルが言い、わずかに顔を横に向けた。「犬なんて使ったらマウスを食べられてしまう！　そんなことになってもいいんですか？」

「そうだな、じゃあフェレットとか」

「キャサリン、汝《なんじ》は」シーロン伯父さんはめずらしく語気を強めて言った。「この男、ピョーダーを……」

ケイトはピョートルが全身をこわばらせ緊張をみなぎらせているのを感じた。その横で父が興奮しながらじれったそうにしている。うしろに立っているバニーは不服そうなオーラを放っている。冷静なのはケイトだけだった。背筋を伸ばして立ち、目はまっすぐに伯父さんのほうを見つめていた。

「それでは、新婦に誓いのくちづけを」のところまでくると、父はさっさと振り向いて祭壇を離れようとした。ピョートルは首を伸ばしてケイトの頰にキスをしたが、そのあいだでさえ、

「よし、では行きましょう」と言っていた。「警察は――」ピョートルがバティスタ博士に話しかけたそのとき、ケイトはピョートルの正面に立って、両手で彼の顔をはさんで、そっと彼のくちびるにキスをした。頰は冷たかったが、くちびるは温かく、ちょっとだけささくれだっていた。ピョートルは目をぱちくりさせると、うしろに下がった。「――警察は、博士とも話したいと言っています」消え入りそうな声でバティスタ博士に言った。

「おめでとう、ご両人」シーロン伯父さんが言った。

第11章

ピョートルの車に乗りこむために、ケイトは運転席から入ってギアレバーをまたぎ、助手席に移らなければいけなかった。助手席のドアは何かで潰されてしまったらしく、どうやっても開かなかったからだ。ケイトは何があったのかあえて訊かなかった。ピョートルはいつにもまして注意力散漫のままで運転してきたに違いない。

ケイトはいろんなチラシが散らばっている床にトートバッグを置くと、お尻の下にある固いものをどけようとした。それはピョートルの携帯電話だった。ピョートルが運転席に収まると、ケイトは携帯を差し出しながら訊いた。「運転中にメッセージを打ったの?」ピョートルは答えなかった。携帯をひったくると半ズボンの右のポケットにつっこんだ。それからキーを回すと、エンジンがぎしぎしした音とともに唸りをあげた。

駐車場からバックで車を出そうとしていると、バティスタ博士が運転席のウィンドウを拳で叩いた。ピョートルはウィンドウを下げ、叫んだ。「なんです！」

「バニーを家に送り届けたらすぐ研究室に向かう」バティスタ博士は言った。「現場を見てから警察に話をする。おまえさんたちとは披露宴で落ち合うことになるだろう」

ピョートルはろくにうなずきもしないで車を急にバックさせた。

ジョーンズ・フォールズ高速道を猛スピードで走っているあいだ、ピョートルはこの悲劇の一部始終を吐き出す必要があると思っているようだった。「ぼくはそこに立っている。そして思う。『ぼくが見ているものはなんだ？』それから『まばたきをしたら、すべてが元どおりになっているかもしれない』と思う。だからまばたきをしてみるが、やっぱりラックは空っぽだ。ケージも見当たらない。壁に書かれた言葉は叫んでいるようだ。それも大声で。でも部屋はすごく、すごく静かだ。動くものなんて一つもない。わかるだろう、マウスは四六時中動いてるんだ。カサカサ音をたてたりチューチュー鳴いたり。誰かがケージに近づいてくると、正面に駆け寄ってくる。人間のことを……期待できると思っているから。それが、物音一つ聞こえない。しんと静まり返っている。剝き出しの床にウッドチップが四、五個落ちているだけ」

運転席のウィンドウが開けっ放しになっていたので、風が吹きこんできてケイトの髪をいきおいよく渦巻かせた。でもケイトは何も言わないでおくことにした。

「どうしても信じたくないから、背を向けてべつの部屋に歩いていく。まるでマウスが自分たちの力でどこかに行きでもしたみたいに。ぼくは『こんにちは？《ケロー》』と言う。なんでこんにちはなんて言うのかはわからない。マウスに返事ができるわけでもないのに」

「ここで左に曲がるはずでしょ」ケイトは言った。あまりにもスピードが出ていたので、ピョートルにそのつもりがないような気がしたからだ。ピョートルはぎりぎりのところで車を乱暴にカーブさせ、おかげでケイトはドアに叩きつけられた。そのあとすぐに、ピョートルはスピードを出したまま車の流れもたしかめずに右に曲がって、ノースチャールズ・ストリートに出た。（彼は合流なんてへっちゃらのようだ。）「あのバニーのことは最初から信用してなかった」ピョートルはケイトに言った。「赤ん坊みたいにふるまって。ぼくの国ではよく言うんだ——」

「バニーのしわざじゃないってば」ケイトは言った。「あの子にそんな度胸ないもの」

「いや、彼女のしわざだ。警察にも彼女がやったって言った」

「今なんて言った？」

「刑事は手帳に彼女の名前を書き付けていた」

「もう、ピョートル！」

「彼女は鍵の暗証番号も知ってるし、それに菜食主義者だ」

「ヴェジタリアンなんていっぱいいる。だからって窃盗犯ってことにはならないでしょう」ケイトはそう言いながら床に足をつっぱった。車が黄色の信号に近づきかけていた。「それにあの子はほんもののヴェジタリアンじゃない。自分でそう言ってるだけ」

ピョートルはさらにスピードを上げると、黄信号を突っ切った。「彼女はヴェジタリアンだ」とピョートル。「だって、きみに肉なしのマッシュを作らせていた」

「そうだけど、あの子はずっとわたしのビーフジャーキーをこっそり盗んで食べてたんだから」

「きみのビーフジャーキーを盗んでる?」

「数日おきに隠し場所を変えなきゃいけなかったんだから。いつもあの子がくすねていくから。あの子よりわたしのほうがよっぽどヴェジタリアンだよ！　そういう時期なだけなんだって、ティーネイジャーの流行《はやり》みたいなもの。警察にあの子が犯人じゃないって言ってくれなきゃ、ピョートル。勘違いしてたって話してよ」

「どっちにしても」ピョートルはむっつりと答えた。「誰がやったかなんてどうでもいいだろ?　マウスが消えたんだ。あんなに大事に世話をしてたのに。今ごろボルティモアの通りを走りまわってる」

「動物愛護団体の人がケージで飼われてたネズミを路上に解き放つって本気で思ってるの?　その手の人たちだってそこまで常識外れじゃないでしょ。きっとどこかに保管されてる。抗体やらなんやらも無事だって」

「どうかぼくに反論しないでくれ」ピョートルが言った。

ケイトは目をぐるっとまわして天井を見た。それっきり、二人ともひと言も口をきかなかった。

バティスタ博士の計画では、ケイトが結婚式のあとに母親の結婚指輪をつけることになっていたので、ケイトは指輪を教会に持ってきていた。だが、誓いの言葉のあいだに指輪のことが持ち出されることはなかった――たぶん、シーロン伯父さんは冷静にふるまっていたけれど、じつのところ騒ぎに動揺していたのだろう――ケイトは身をかがめてトートバッグのなかから財布を見つけ出すと、コインを入れるところから指輪を取り出した。婚約指輪はホワイトゴールドなのに、結婚指輪はイエローゴールドだ。でも父はまったく差し支えないと言った。ケイトは指輪をはめると、財布をトートバッグのなかに戻した。

車はノースチャールズを疾走し、どの信号も赤に変わる寸前に渡りきった。ピョートルは一度も止まらなかった。車は満開の桜やマメナシを猛スピードで通り過ぎた。木々の真下には、ピンクや白の水たまりのように花びらが散っていた。ジョンズ・ホプキンス大学のキャンパスの近くの建物が密集しているエリアに入ると、ピョートルはウィンカーも出さずに急ターンしてノースチャールズ・ストリートから出て、あやうくピクニックバスケットを持った若者たちを轢き殺しそうになった。もう一時近くになっていた。全世界がランチにくりだそうとしているみたいだ――みんな笑ったり、友達を呼んだり、あてもなくのんびりと歩いたりしていた。ピョートルはぶつぶつと罵り声をもらし、クランクをまわしてウィンドウを閉めた。

ミセス・マーフィの家の前に着くと、ピョートルは歩道の縁石にタイヤをこすらせて停車し、エンジンを切った。運転席のドアを開けて外に出ると、ドアを閉めようとしてあやうくケイトの足首を挟みそうになった。ケイトは助手席からギアレバーをまたいで運転席に移動している最中だったのだ。「気をつけてよ!」ケイトはピョートルに言った。ピョートルは少なくともうしろに下がってケイトが出てくるまで待っているだけのことはしたが、それでもひと言も口をきかず、ケイトが車の外に出ると、やたらと力をこめてドアを閉めた。

二人は歩道に敷きつめられた薄いピンクの花を踏み潰しながら歩いた。レンガ造りの階段を三段上り、玄関前まで来た。そこでピョートルは半ズボンの前ポケットを叩き、つぎにお尻のポケットを叩いた。「しまった」ピョートルはそう言って呼び鈴に指先をあて、しばらく押しつづけた。

最初のうちは誰かが応える気配はなかった。だがようやく家のなかからドアがきしむ音が聞こえてきて、ミセス・リューがいきおいよくドアを開け、きつい口調で言った。「どうして呼び鈴、押す?」

ケイトが初めて会ったときとおなじ服装だったが、あのときのように満面の笑みは浮かべていなかった。ケイトのほうにはほとんど目もくれず、ピョートルのことを睨みつけていた。

「ミセス・マーフィ、お昼寝中ね」

「ミセス・マーフィに用はない。なかに入りたいだけだ！」ピョートルが叫んだ。

「家の鍵、持ってるでしょ！」

「車のなかに置いたままロックをかけてしまったんだ！」

「また？　またやった？」

「ぎゃあぎゃあ言わないでくれ！　あなたはとても無作法だ！」ピョートルはそう言うとミセス・リューの脇をすり抜けてずかずか階段のほうに歩き出した。

「ごめんなさい」ケイトはミセス・リューに言った。「煩《わずら》わせるつもりはなかったんです。月曜になったら合鍵を作って、二度とこんなことのないようにします」

「彼のほうこそとても無作法ね」ミセス・リューは言った。

「彼、今日はたいへんな一日だったもので」

「たいへんな一日、いっぱいね」ミセス・リューはそう言ったが、ようやくうしろに下がってケイトをなかに通してくれた。そして遅まきながら訊ねた。「結婚した？」

「ええ」

「おめでとう」

「ありがとう」ケイトは言った。

ミセス・リューに同情されてないといいけど。ケイトはそう思った。このあいだはピョートルのことをすごくよく思っている感じだったのに、今はまるで犬猿の仲みたいだ。

ケイトが追いついたとき、ピョートルは二階から三階に続く階段にたどり着いていた。ケイトは彼を追い越して、自分のものになるはずの部屋に向かった。そこにトートバッグを置くつもりだった。背後でピョートルが言った。「予備の鍵はどこだ？」

ケイトは足を止めて振り返った。ピョートルは階段をのぼりきったところで立ち止まり、あたりをきょろきょろ見まわしていた。そこには家具の一つもないし、絵もかかっていないし、壁にフックもないのだから、予備の鍵なんてあるはずもなさそうだ。なのにピョートルはそこに立ったまま途方に暮れている。

ケイトはまっさきに思いついた返事を吟味してみた。「あなたの予備の鍵がどこにあるかなんて、わたしにわかるわけないでしょ？」ケイトはトートバッグを床に置いて訊ねた。「いつもどこにしまってるの？」

「キッチンの引き出し」ピョートルが答えた。

「じゃあキッチンの引き出しを調べてみようよ」ケイトはいらだっているふうに聞こえないように、いつもよりもゆっくりと落ち着いた口調で言った。

先に立ってキッチンに入ると、カウンター下の白い金属製の引き出しをガタガタいわせながら一つずつ開けていった。最初の引き出しには1ドルショップのナイフ、フォーク、スプーンが入っていた。べつの引き出しにはさまざまな調理器具が入っていた。またべつのには、布巾がしまわれていた。

ケイトは調理器具の引き出しに戻った。そこがいちばん有望に思われた。もっとも、自分だったらそんなところに鍵をしまっておいたりはしないけれど。ケイトはフライ返しや泡立て器や手回し式の攪拌機《かくはん》のなかをがちゃがちゃと探り……ピョートルは両腕をだらりと垂らしたまま突っ立って見ているだけで、手伝いを申し出もしなかった。

「あった」ケイトはついに言い、アルミ製のシャワーカーテン用リングにつけられた家の鍵とフォルクスワーゲンの鍵をかかげてみせた。

「あ!」ピョートルが飛びかかるように手を伸ばしてきた。が、ケイトはうしろに下がって背後に鍵を隠した。

「警察に電話するのが先だよ」ケイトは言った。「バニーのことは勘違いだったたって言うの。そしたら鍵を渡す」

「なんだって?」とピョートル。「だめだ。鍵をよこせ、キャサリン。ぼくは夫だ。夫が鍵をよこせと言ってるんだ」

「わたしは妻で、いやだと言ってるの」とケイト。

力ずくで鍵を奪うこともできただろう。ケイトは相手の顔にそんな考えがよぎるところを想像した。だがピョートルはとうとう言った。「警察に電話して、バニーはヴェジタリアンじゃないかもしれない、って言う。それでいいか？」

「マウスを盗んだのはあの子じゃないって言って」

「きみはバニーが盗んだんじゃないと思ってる、そう言う」

ケイトはそこで譲歩するしかないと思った。「じゃあそうして」

ピョートルは携帯を半ズボンの右ポケットから取り出した。それからお尻のポケットから財布を出した。そのなかから名刺を引き抜いた。「ぼくの事件の担当の刑事、個人的に教えてくれた」ピョートルは誇らしげに言った。ケイトのほうに名刺を差し出してきて訊いた。「この名前、なんて発音する？」

ケイトは名刺をのぞきこんだ。「マッケンロー」

「マッケンロー」ピョートルは携帯をタップし、一瞬画面をじっと見た。やがてぎこちないやり方で電話をかけた。

ケイトが立っているところからでも、呼び出し音が一回だけ鳴り、すぐに男の声の録音応答に切り替わるのが聞こえた。「携帯の電源を切ってるんだよ」ケイトはピョートルに言った。

「メッセージを残して」

ピョートルは電話を下ろし、口をぽかんと開けてケイトを見た。「電源を切ってるって?」

「だからすぐにヴォイスメールに切り替わるわけ。メッセージを残しなさいよ」

「でも、夜でも昼でもかまわないから電話してくれって。これは個人の番号だって」

「もう、頼むから」ケイトはピョートルの手から携帯をひったくると耳にあてた。「マッケンロー刑事、こちらケイト・バティスタです」ケイトは話しはじめた。「ピョートル・スシェルバコフの代わりにお電話しました。研究室の窃盗の件です。彼はわたしの妹のバニーが疑わしいと言いましたが、それはあの子がヴェジタリアンだから思いついただけで、でもあの子はヴェジタリアンじゃないんです。肉を食べます。それに夜はずっと家にいました。あの子が夜に家を抜け出したら、わたしきっと気づきます。というわけなので、あの子を容疑者リストから外してください。よろしく。では」

ケイトは通話を終了して携帯をピョートルに返した。こちらの話が録音時間に収まったかどうかはわからない。

ピョートルは携帯をポケットにしまった。「刑事はぼくに言ったんだ。『これがわたしの名刺です』そう言ったんだ。『もし何かほかにも心当たりがあったらいつでも電話してください』なのに電話に出ない。決定打だ。最後の一撃。今日は人生で最悪の日だ」

ケイトは自分でも不合理だとわかっていたが、侮辱された気がしてしかたなかった。

何も言わずに鍵を差し出した。

「ありがとう」ピョートルはぼんやりと言った。それからつけくわえた。「ああ、どうもありがとう」――慣れない「ああ」がちょっとだけ口調を和らげた。ピョートルは片手を顔にやった。疲れているように見えたし、急に年齢のわりに老けて見えた。

「きみに話したことはなかったけど」ピョートルは言った。「ここに来てからの三年間はたいへんだった。さみしい三年間だった。とまどいもあった。みんながアメリカにいることを贈り物のようにふるまっているけど、百パーセント贈り物ではない。アメリカ人は誤解を招くようなことを言う。一見、すごくフレンドリーだ。最初からファーストネームで呼ぶし。それに一見、カジュアルで打ち解けている。それなのに、携帯の電源を切ったりする。理解できない!」

ケイトとピョートルはまっすぐ向き合っていた。三十センチも離れていなかった。ピョートルのブロンドの頬ひげの輝きが顕微鏡でものぞいているようによく見えた。青い瞳に小さな茶色の斑点が混じっているのも見えた。

「言葉のせいかな?」ピョートルは言った。「語彙はあるけど、それでも望むようには使いこなせていない。英語には、きみに話しかけているときに使う特別なyou《あなた》がない。英語にはyouが一つしかない。だからぼくはきみにも知らない人にもおなじyouを使わなくちゃいけない。親しみを表すことができないんだ。ぼくはこの国でホームシックにかかってるけど、今さら自分の国に帰ってもホームシックにかかるだろう。ぼくにはもう戻る場所はない——親戚もいない、地位もない、友達だって三年間ぼくなしで過ごしている。ぼくにはもう居場所がない。だからここでうまくいってるふりをしなきゃいけない。すべてが……なんていう？〝申し分ない〟ふりをしなくてはいけない」

ケイトは何週間か前に父がした告白のことを思い出した。いかに長い道のりだったかを話して聞かされたときだ。男には、自分の不幸は隠しておくべきもので、それを認めるのは恥ずかしいことだという思いこみがあるようだ。ケイトは手を伸ばしてピョートルの腕に触れた。でも相手は気づいていないようだった。「朝食もとってないんでしょ」ケイトは言った。それしかかける言葉が思いつかなかった。「そのせいよ！　お腹が空いてるんだよ。いま何か作るから」

「欲しくない」ピョートルが言った。

教会にいるとき、ピョートルが構わず結婚式を進めたのは、ひそかに……そう、自分のことを少しでも好いているからかもしれない、ケイトはそう思っていた。でも今のピョートルはこちらを見ようともしないし、こんなに近くに立って腕に手をあてていることにすら気づいていないようだ。「マウスを取り戻したいだけだ」ピョートルは言った。

ケイトは手を離した。

「泥棒がバニーだったらいいのに」とピョートル。「そうすればどこに隠しているかを教えてもらえる」

ケイトは言った。「信じて、ピョートル。犯人はバニーじゃない。バニーはただの物真似猿なの！　エドワード・ミンツにちょっとした恋心かなんかを抱いてて、そのエドワードがヴィーガンだっていうもんだから……」

ケイトはそこで言葉を止めた。ピョートルはまだケイトのほうを見ないし、たぶんケイトの話も聞いていない。「あっ」ケイトが言った。「エドワードだ」

と、ピョートルがすばやくケイトのほうを見た。

「エドワードは研究室の場所を知ってるし」とケイト。「バニーと一緒に行ったことがあるもの、あの子がお父さんにランチを届けに行ったとき。きっとあの子のうしろにへばりついて、鍵の暗証番号を打ちこむのを見てたんだよ」

ピョートルは鍵束を左手に持っていたが、突然それを宙に放り投げ、キャッチしてみせた。そしてキッチンを出ていった。

ケイトが言った。「ピョートル？」

階段のところまで来たときには、ピョートルはすでに二階まで下りていた。「どこに行くの？」ケイトは手すりごしに声を張り上げた。「ランチを済ませるまで待って、刑事に電話してみたら？　いったいどうするつもり？　わたしも一緒に行こうか？」

しかし聞こえるのはピョートルのビーチサンダルが階段をペタペタ駆け下りていく音だけだった。

無理にでも一緒に連れていってもらうべきだった。あとを追って車に飛び乗るべきだった。ケイトの足を止めたのはたぶん、傷ついた心だった。結婚式以来、ピョートルはまるでこっちのことをどう扱ってもいいと思っているみたいにひどい態度を取っていた。鍵をばかみたいな隠し場所から探し当ててあげたのにだって、何か作ってあげるなんて優しい言葉をかけてやったのにだって、注意を払いもしなかった。

ケイトは階段に背を向けると廊下を進んでリビングに入った。通りに面した窓に歩いていって、下を見た。フォルクスワーゲンはすでに縁石から走り去っていた。

映画のなかではよく、女が冷蔵庫にあるありあわせのもので洒落た食事を作るが、ケイトはピョートルの冷蔵庫のなかにあるもので何かできるとは思えなかった。あるのはマヨネーズの瓶、缶ビールが何本か、卵の箱、白っぽくなったセロリだけだ。破けたマクドナルドの袋もあったが、それを調べてみようとはしなかった。カウンターの上にはフルーツボウルがのっていて、黒い斑点のあるバナナが一本入っていた。「ミラクルフードだ」とピョートルの声が聞こえてきそうだ。そのわりにマクドナルドやケンタッキーフライドチキンを好むというのは、なんだか矛盾しているように思えた。カウンターの上の食器棚を見てみると、空っぽの容器がいくつもならんでいた――ボトル、広口瓶、水差し型の瓶が丁寧に洗って保管してあった。瓶詰でも作るつもりなのかと思ってしまうほどだ。

スクランブルエッグを作るしかないと思ったが、バターがないことに気づいた。バターなしでスクランブルエッグができるだろうか？　リスクを冒すのはやめておこう。そうだ、茹でてデビルドエッグにならできるかもしれない。少なくともマヨネーズはあるから。ケイトはコンロの下の棚で見つけたへこんだソースパンに卵を四つ入れ、ひたひたになるまで水を注いで火にかけた。

ピョートルがばかなことをしてないといいけど、とケイトは思った。警察に電話するだけでよかったのに。でも、もしかしたらピョートルは警察に向かったのかもしれない。直接警察署に行ったたか、あるいは父と一緒に研究室を調べにいったたか。

ケイトはリビングに戻り、もういちど窓の外を見た。とくに理由があったわけではない。

ピョートルが書斎からデスクを移していたせいで、リビングは前ほど殺風景には見えなかった。デスクの上には書斎にあったと思われるいろんな持ち物が積み重ねられていた――パソコン用の機器にくわえ、ダイレクトメール、本の山、巻かれた延長コード。ケイトは壁掛け用のカレンダーを取り上げ、ピョートルが結婚式の日に印をつけているかたしかめてみたが、カレンダーは二月からめくられていなかったし、印なんか一つもついていなかった。ケイトはデスクにカレンダーを戻した。

ケイトはトートバッグを取りに階段のところに戻って、それを自分の部屋に運んでいった。豹柄のカヴァーは消えていた。デイベッドは錆の染みがついた紺色と白のストライプのマットレスだけになっていて、シーツもブランケットも見当たらなかった。裸の枕がすぐそばの床に投げ置いてあった。せめて新しいリネンをかけてくれるとか——もっと歓迎しているような感じにできなかったのだろうか？　ガーメントバッグはクローゼットのなかにかけてあった。ブライダルシャワーの贈り物が入った段ボールは箪笥の上に置いてあった。でもケイトはここが自分の居場所だとは思えなかった。

部屋の空気は屋根裏のようなにおいがした。窓辺に歩いていって窓を開けようとしたが、ぴくりとも動かなかった。ケイトはあきらめてキッチンに戻った。卵が茹であがったかどうか見てみたが、どうやってわかるというんだろう？　家で茹で卵を作るときはミセス・ラーキンが使っていた色の変わるプラスチックの小道具に頼っていた。念のためもう数分火にかけておくことにして、そのあいだにマヨネーズをスプーンですくってプラスチックのボウルに入れ、テーブルから塩と胡椒のシェーカーを持ってきて味付けをした。在庫調査を再開し、カウンターの下の戸棚をぜんぶ開けてみたが、ほとんど何も入っていなかった。ランチが済んだら、ブライダルシャワーの贈り物の箱を開けなくては。そう考えると、どういうわけか気分が上向いてきた。プロジェクトができた！　グリーンのマグをどこにしまうかはもう決まっていた。

ケイトはコンロの火を消してソースパンを流しに持っていくと、冷たい水をかけて触れるようになるまで卵を冷やした。最初の一つの殻をむきはじめたとき、白身の感触でちゃんと火が通っていることがわかった。ところが運の悪いことに、殻は小さく尖った頑固な破片になり、剝がすと白身のかたまりも一緒にくっついてきた。殻をむきおわってみると、卵は半分くらいの大きさになり、表面がでこぼこした醜い形になった。人差し指の先からは血が出ていた。

「んもう」ケイトは卵を水道水ですすいで考えた。

よし、じゃあエッグサラダにしよう。

結果的に、これは賢明な判断だった。残りの三つの卵も、むいてみるとおなじように醜い形になったから。ケイトはずいぶん切れ味の悪いナイフで卵を刻み、セロリも刻んだ。まな板が見つからなかったので、カウンターの天板を代わりに使った。セロリは表面をほとんど削ぎ落として、流しの下のバケツに捨てなければいけなかった。内側の芯ですら、少ししなびていた。

ブライダルシャワーでもらったプレゼントのなかにサラダボウルがあったことを思い出したので、自分の部屋に取りにいった。包装紙にくるまれたサラダボウルのなかにドリームキャッチャーがあった。ケイトはそれを取り出して持ち上げ、部屋のまんなかでゆっくりまわしながら、どこに吊るそうか考えた。ベッドの真上の天井から吊るすのが一番いいのだろう。でも大変な作業になりそうだし、そもそもピョートルがハンマーと釘を持っているかもわからない。ケイトは窓に目をやった。黄色いペーパーシェードが吊るされているだけだが、ブラケットの上に調節可能な金属製の棒《ロッド》が伸びているところをみると、いつかの時点ではカーテンが吊ってあったのだろう。ケイトはドリームキャッチャーを置いて、部屋の隅にある肘掛け椅子のところから足置きを引きずってきた。靴を脱いでその上に乗ると、カーテンロッドにドリームキャッチャーをくくりつけた。

ピョートルはドリームキャッチャーを見たことがあるだろうか。きっと奇妙なものだと思うだろう。まあ、実際に奇妙なものだけど。ピョートルは腕組みをして頭をかしげ、しばらく黙ってじっと見つめるだろう。あの人はいつだってどんなことにでも興味をもっているみたいだ。あの人はいつだってこっちのことをじっくり観察しているみたいだった――今日までは。ケイトは注意を払われるのに慣れていなかったが、そうされて嫌な気持ちがするとは言えなかった。

ケイトは足置きから飛び降りると、それをもとの場所まで引きずっていき、靴を履いた。ひょっとして、警察はエドワードを逮捕するため彼の家に行くのに、ピョートルを同行させたのだろうか？

もうすぐ二時半になろうとしていた。〝結婚披露宴〟は五時に始まることになっている。まだまだ時間はあるが、それでもシルマ伯母さんの家は街からだいぶ離れたところにあるし、ピョートルは行く前に体を洗って着替えをする必要がある。それにケイトの経験上、研究職の人間は時計を見るのを忘れることがしばしばだ。

もしかしたら、ピョートルは逮捕令状とか宣誓供述書とか、そんなものに何かを記入させられているのかもしれない。

ケイトは残りのプレゼントも開封してキッチンにしまった。スーツケースの中身は簞笥に入れた。最初は適当に押しこんでいたのだが、時間を持て余していたので、一からきちんと揃えて収納した。トートバッグに入れてあった小物類も取り出した――ヘアブラシと櫛は簞笥の上に置き、歯ブラシはバスルームに持っていった。ピョートルの歯ブラシとおなじホルダーに入れるのはなんとなくなれなれしい気がしたので、キッチンからゼリーグラスを持ってきて、それに入れて窓辺に置いた。薬入れのキャビネットはなかったが、洗面台の上の木製の棚に髭剃り用品と櫛とチューブ入りの歯磨き粉が並べてあった。歯磨き粉は共用にするんだろうか？自分の分を買ってきたほうがいいんだろうか？　どうやって生活費を分担するんだろう？

まだ話し合っていない実際的なことがたくさんある。

シャワー室の隣にクロームメッキのタオル掛けがあって、使い古されたタオルとウォッシュクロスがぶらさがっていた。トイレのそばのタオル掛けには、真新しいタオルとウォッシュクロスがかかっていた。きっとケイトのために用意してくれたのだろう。それを見ると、むき出しのマットレスを見たときの傷がいくらか癒やされた。

もう三時過ぎだ。電話がかかってきているかもしれないと思い、トートバッグから携帯を取り出してチェックしてみたが、メッセージは表示されていなかった。ケイトは電話をもとに戻した。一人で食事することにしよう。急にお腹が空いてきた。

ケイトはキッチンに戻り、縁の欠けた白い皿にエッグサラダを少しだけすくい取った。ナプキンがなかったので、フォークとペーパータオルを用意してテーブルについた。ところがサラダを見下ろしたとき、黄身の部分に真っ赤な斑点があるのに気づいた。自分の血だ。さらにもう一つ、二つ、赤い斑点を見つけた。エッグサラダは手が込んでいるように見えたが、清潔とは言えなかった――手が込みすぎだ。ケイトは立ち上がって皿に盛ったサラダをバケツに捨て、ボウルに残ったサラダもすべて捨てて、上からペーパータオルをかけて無残なランチを隠した。食器洗い機がなかったので水道の水で皿をすすぎ、新しいペーパータオルで水気を拭き取って片付けた。証拠隠滅だ。

ふと、男女共用寮の生活は、これよりずっと楽しかったと思った。それに（左手に目をやりながら）ホワイトゴールドとイエローゴールドは相性が悪いと思った。ファッションについて父の意見を鵜呑みにするなんて、何を考えていたんだろう？　そもそも、短くてぼろぼろで、庭の土に縁取られているような爪をしている人間は、指輪なんてつけるべきではないのだ。

ケイトは冷蔵庫から缶ビールを取り出して開け、ぐいっと飲んだ。それから缶を持ったまま廊下まで出ると、ピョートルの部屋に向かった。ドアは閉まっていたけれど、かまうもんかと思い、ノブをまわして部屋のなかに入った。

アパート全体とおなじく、部屋にはほとんど家具がなかった。それにきれいに片付いていた。唯一場違いに見えたのは、部屋の中央に置かれたアイロン台だった。上にアイロンがのっていて、狭くなっているほうの端っこにぱりっとした白いドレスシャツがかかっていた。これは新しいタオルとウォッシュクロスとおなじ効果をもたらした。ケイトの心に希望が湧いてきたのだ。

窓のそばに置かれたダブルベッドには、ほころびかけた金色の糸で縫われた赤いサテンのキルトがかかっていた。安モーテルによくあるような代物だ。ヘッドボードには読書灯が不安定に固定されていた。ナイトテーブルの上には、アスピリンの瓶と金色のフレームに入ったケイトの写真が置いてあった。わたしの写真？　ケイトは写真立てを持ち上げた。ああ、ケイトとピョートルが写っている写真だ。ケイトが高いスツールに坐っていたせいで、写真の大部分を占めているのだ。その顔にはとまどったような表情が浮かび、そのせいで額にみっともない皺が寄っていた。バックスキンの上着の下のTシャツは、土で汚れている。自慢できるような写真ではない。父が撮ったほかの写真と何が違うかというと――もう少し見栄えのする写真だってあった――それは最初に撮られた写真、ケイトとピョートルが初めて会ったその日に撮られた写真だという点だった。

ケイトはしばらく考えたあと、写真立てをナイトテーブルに戻した。

箪笥の上にはおそらくミセス・リューが敷いたのであろう、埃っぽい切り抜き刺繍のカヴァーがかけてあり、何枚かのコインと安全ピンが一本入った皿が置いてあった。それ以外には何もなしだ。箪笥の上にかけられたクルミ材の額がついた鏡はとても古ぼけていて、ケイトは自分の顔をガーゼごしに見ているような気がした――顔色が白く、黒髪がグレーに見えた。ケイトはビールをまたひと口飲むと、箪笥の引き出しを開けた。

他人のプライベートなスペースをのぞき見する人は、かならず罰として傷つくようなものを発見する、というのがケイトの信じている迷信だったが、ピョートルの引き出しは数少ない衣類がていねいに畳まれて重ねられているだけだった。何度も見たことのあるグレーの長袖のジャージが二枚に、半袖のポロシャツが二枚、一組ずつ丸められた靴下が何足か（すべて白いリブ編みのスポーツ用の靴下だったが、一組だけ紺色のフォーマル用のソックスがあった）、それに〈ルーム4〉の男の子たちが穿いているような白いメリヤス生地のパンツが何枚か、すごく薄い生地でストラップが妙に近い位置についている外国風のアンダーシャツが何枚か。パジャマもなし。アクセサリーもなし。ちょっとした飾り物も、つまらない小間物もなし。ケイトがピョートルについて発見した唯一のことは、彼の暮らしが感動的なほどつつましいということだけだった。つつましく……清廉潔白、という言葉が頭に浮かんだ。

クローゼットのなかには今日の結婚式で着るはずだったに違いないスーツと――光沢のある紺色のスーツだ――二本のジーンズがかけてあって、そのうち一本にはベルトがついたままになっていた。あざやかな紫色の地に黄色い稲妻模様がちりばめられたネクタイもかけられていて、茶色のオックスフォードがスニーカーと一緒に床に置いてあった。

ケイトはビールをまたひと口飲むと、部屋を出た。

キッチンに戻ると、ビールを飲み干して紙袋に投げ入れた。ピョートルはそれを資源ごみ入れに使っているらしい。ケイトは冷蔵庫からもう一缶ビールを取り出して自分の部屋に戻った。まっすぐクローゼットに向かうとガーメントバッグを開いて、シルマ伯母さんの家に着ていく予定の服を広げた。パーティ向きの服はこれしか持っていなかった――襟ぐりの広い赤いコットンのワンピースだ。ケイトはクローゼットのフックにそのワンピースをかけるとうしろに下がって吟味した。ピョートルのアイロンを借りて皺を伸ばしたほうがいいだろうか？　でも手間がかかりそうだ。ケイトは考えこみながらビールを飲んで、やめておくことにした。

ほかの部屋とおなじで、この寝室の壁もむき出しのままだった。絵や写真が掛かっていないとことんなにも殺風景に見えるとは思っていなかった。ケイトはしばらく何を掛けようか考えて楽しんだ。自宅の部屋から何か持ってこようか？　でもあそこにあるものは時代遅れだ——聴かなくなって久しいロックグループの色あせたポスター、バスケットボール部に入っていたときのチームの集合写真。やっぱり何か新しいものにしよう。一からのスタートだ。

だけど今回は、プロジェクトのことを考えても元気になれなかった。急にどっと疲れが出てきた。ビールのせいなのか、昨日の晩よく眠れなかったせいなのか、とにかくできることなら昼寝をしたかった。ベッドにシーツがかかっていれば、昼寝ができるのに。ケイトはそのまま部屋の片隅にある肘掛け椅子に坐りこみ、靴を脱いで蹴りとばし、足を伸ばして足置きにのせた。窓が閉まったままでも鳥のさえずりが聞こえてきた。ケイトはその声に神経を集中した。「テルウィリカー、ウィリカー、ウィリカー！」そう言っているように聞こえた。少しずつ瞼が重くなってきた。ビールの缶を床に置くと、ケイトは眠りに落ちていった。

足音が階段を上がってくる。ペタン、ペタン、ペタン。「ケロー？」足音が三階にたどり着く。「どこにいる？」ピョートルの声がする。戸口に大きなシャクヤクの茂みが現れた。ピョートルがその茂みのうしろにいる。「あ、休んでたのか」ピョートルが言った。

茂みに隠れてピョートルの顔は見えなかった。シャクヤクは緑色の苗木入れに植わっていて、すでにいくつか蕾がついていた。白い花が咲くようだ。ケイトは体を起こした。なんだか頭がぼんやりしていた。昼間からビールを飲んだのがいけなかった。

「何があったの?」ケイトはピョートルに訊いた。

ピョートルは質問に答えないで言った。「どうしてベッドで休まなかった?」それからいきなり頭の横を手のひらで叩き、あやうくシャクヤクの苗木を落としそうになった。「シーツか」ピョートルは言った。「新しいシーツを買ってあったんだけど、新品には化学薬品がついているからまず洗濯したんだ。下のミセス・マーフィの乾燥機のなかに入れっぱなしだ」

それを聞くと、ばからしいほど心が和らいだ。ケイトは靴を取って履いた。「警察に話したの?」

「警察に何を話すんだ?」ピョートルは腹立たしくなるほど平然と言った。床にシャクヤクの苗木を置くと、まっすぐ立って手についた土を拭った。「そういえば」まるでなんでもないことのように言った。「マウスは戻ってきたよ」

「戻ってきた……?」

「きみがエディのしわざだって言うあと」とピョートル。「ぼくは思う。『そうか、なるほど。エディのしわざだ』それで車で彼の家に行って玄関を叩く。『ぼくらのマウスはどこだ?』ぼくは訊ねる。『マウスってなんの話だ?』彼は言う。わざとらしくびっくりしてみせて、ぼくはすぐ見抜く。『通りに放してやったなんて言わないでくれ』ぼくがそう言うと、『通りに放すだなんて！』と彼は言う。『そんな残酷なことすると思うのか？』って。『ケージに入ったままだって言ってくれ』ぼくは言う。『どこにいるにせよ。お願いだから彼らをダウンタウンにいるそこらへんのネズミにさらしてないって言ってくれ』って。するとエディはむっつりして言うんだ。『ぼくの部屋で安全に保護されてる』って。エディの母親がぼくに向かって怒鳴りちらしているけど、ぼくは相手にしない。『警察を呼ぶから！』母親はそう叫んでる。でもぼくは二階に駆け上がってエディの部屋を見つける。マウスはケージに入れられたまま、高く積み上げられている」

「うわー」

「というわけでこんなに長くかかった。エディにマウスを研究室に戻させた。研究室にはきみのお父さんがいた。ぼくのことをハグしてくれた！　眼鏡の奥で涙まで流して！　それから警察がエディを逮捕するはずだったんだけど、きみのお父さんはしなかった、なんていうんだ？　い、い、告ハツ」

「そんな！」ケイトが言った。「どうして？」

ピョートルは肩をすくめた。「長い話になる」ピョートルは言った。「刑事が来てからそういうことに決めたんだ。あの刑事、今度は電話に出たんだ！　とてもいい人だった。親切な人だ。

この苗木はミセス・リューからだ」

「は?」ケイトは目隠しをしたままぐるぐるまわされたような気分になった。

「これをきみに届けろって。結婚祝いだ。裏庭に植えるもの」

「じゃ、ミセス・リューはもう大丈夫なの?」

「大丈夫って?」

「すごく怒ってたみたいだから」

「ああ、そう、ぼくが鍵を車のなかに忘れるといつもひどい言葉で怒る」ピョートルはのんきに言った。窓辺に歩いていってサッシをこともなげに引き上げた。「おお!」とピョートル。

「外はいい天気だ! 時間、遅れてない?」

「え?」

「ぼくらの披露宴は五時からではなかった?」

ケイトは腕時計に目を落とした。五時二十分だ。「やだ、どうしよう」ケイトは肘掛け椅子から飛び起きた。

「行こう! 車をすっとばすから。車のなかから伯母さんに連絡を入れればいい」

「でも着替えてないもの。あなただって着替えてない」

「このままで平気だよ。家族なんだから」

ケイトは両腕を広げて昼寝のせいで皺くちゃになったドレスを見せた。裾の近くにはマヨネーズのしみがついている。「ちょっとだけ時間をちょうだい、いいでしょ?」ケイトは言った。「このドレス、めちゃくちゃだもん」

「きれいなドレスだ」ピョートルが言った。

ケイトはドレスを見下ろし、やがて両手を下ろした。「わかった。これはきれいなドレス」とケイト。「あなたがそう言うなら」

だがピョートルはすでに廊下に出て、階段を降りようとしていた。ケイトは走って追いつかなければいけなかった。

第12章

玄関で出迎えてくれたシルマ伯母さんは、もてなし役らしく裾が床まである花柄のドレスを身にまとっていた。ケイトたちが立っているところからでも、香水の匂いが嗅ぎとれた。「いらっしゃい、ご両人！」伯母さんが甲高い声で言った。二人のいでたちを見て驚かないはずはないのに、伯母さんは表情に出さなかった。伯母さんはドアから屋根付きのポーチに出てケイトの頬に自分の頬を押しつけ、それからピョートルにもおなじことをした。「あなたがたの結婚披露宴にようこそ！」

「ありがとう、セル伯母さん」ピョートルは両腕を広げて熱烈なハグをし、あやうく伯母さんをなぎ倒しそうになった。

「遅れてごめんなさい」ケイトは伯母さんに言った。「着替える時間がなくてごめんなさい」

「いいのよ、二人がこうしてここにいる、それが何より肝心なんだから」伯母さんは言った——ケイトが予想していたよりずっと穏やかな反応だった。伯母さんはピョートルのハグのせいで乱れたサイドの髪に手をやって撫でつけた。「さあ、裏に出てごらんなさい。みんな飲んでるわ。お天気がよくてついてたわね！」

伯母さんは振り向いて、二階分の高さのある玄関ホールを先に歩きはじめた。中央にはクリスマスツリーを逆さにしたような巨大なクリスタルのシャンデリアが吊り下がっていて、ピョートルは歩みをゆるめてそれを見上げ、まぶしそうな顔をした。リビングの広大なスペースにはユニット式のカウチが置いてあって、まるでサイの群れのように見えた。二つあるコーヒーテーブルはダブルベッドくらいの大きさだった。「ケイトのお父さんに聞いたんだけど、今日は波乱の一日だったようね、ピョーダー」伯母さんが言った。

「とても波乱の一日でした」ピョートルが言った。

「ルイスにしてはよく喋ってね。マウスについてたっぷり聞かされたわ」

伯母さんはパティオに通じるフランス窓を開けた。まだ日暮れには早かったけれど、木に吊るされた紙製のランタンには明かりが灯り、テーブルでは網でおおわれたキャンドルが白い炎を揺らしていた。ケイトとピョートルがパティオの敷石に踏み出すと、招待客がいっせいにこちらを見たので、実際よりもたくさんの人がいるように思えた。ケイトはみんなの視線の力を感じ、まるで急に風が顔に吹きつけてきたような気分になった。立ち止まってトートバッグを体の前に持ちかえ、マヨネーズのしみを隠した。「ご両人のおでましよ！」シルマ伯母さんは楽しげに声を張り上げ、片手を堂々と広げてみせた。「ご紹介しましょう……チェーバコヴにチェーバコヴァ夫妻です！　ま、どうするにせよとりあえず」

会場から「おお！」という声が聞こえ、ぱらぱらと拍手が起こった。たいていの客は手首の内側を指先で軽く叩くだけだった。ワイングラスを持っていたからだ。ケイトの高校時代の友達のアリスは、最後に会ったときよりいくらかぽっちゃりしていた。アリスの夫が腕を曲げたところに赤ん坊をちょこんと坐らせていた。シーロン伯父さんは果敢にも牧師らしくないカーキのズボンにアロハシャツという恰好で来ていたが、そのほかの男性陣はみんなスーツ姿で、女性陣は春物のドレスに身を包んで、冬のあいだに白くなった手脚をあらわにしていた。

バティスタ博士は誰よりも大きな拍手をした。わざわざグラスをテーブルに置いて両手を叩き合わせ、感無量とばかりに顔を輝かせていた。バニーはパティオのずっと奥にいて、拍手をしようともしなかった。ペプシの缶を握りしめてピョートルとケイトのことを睨みつけていた。

「それでは、みなさん。ここでシャンパンに切り替えましょうか」バークレイ伯父さんが声をあげた。ピョートルとケイトの前にくると、泡が立った二つのフルートグラスを差し出した。

「さあ、ぐいっといって。上物だから」伯父さんは言った。

「ありがとう」ケイトはグラスを受け取った。それからピョートルが、「ありがとう、バーク伯父さん」と言った。

「たったいまベッドから出てきたみたいだな」バークレイ伯父さんは意味ありげに笑いながら言った。

「これは最新ファッションなの」ケイトは伯父さんに言った。これ以上謝罪してもしかたない。

「コムデギャルソンで買ったんだから」

「なんだって?」

ケイトはシャンパンをぐいっと飲み干した。

「おまえ、もっとピョーダーと近づいてくれないか?」父がケイトに言った。両手で携帯を構えてこちらに向けている。「結婚式で写真を一枚も撮らなかったなんて信じられん。それどころじゃなかったにしても……ひょっとしたら、伯父さんが儀式を再現してくれるかもしれないぞ」

「いやだよ」ケイトがつれなく言った。

「いや?　ああ、そうか」父は目を細めて携帯を見下ろした。「おまえの言うとおりにするよ。こんなうれしい日はないいな!　それもこれもおまえのおかげだ。ミンツの坊主だって気づいてくれたんだから。あの坊主のしわざだとは思いもかけなかったよ」

父は話しながらまた何枚か写真を撮った。だんだん扱い方がさまになってきたようだ。だが、いい写真は撮れそうになかった。ケイトはシャンパングラスに鼻先をつっこんでいたし、ピョートルはシルマ伯母さんが差し出したトレイからカナッペを取っている最中だったから。「二つもらおうかな」ピョートルは言っていた。「朝食も昼食も抜きだったから」

「まあかわいそうに！　三つお取りなさい」シルマ伯母さんが言った。「ルイス？　キャビアはいかが？」

「いや、おかまいなく。バークレイ、新郎新婦とわたしの写真を撮ってくれないか？」

「よろこんで」バークレイ伯父さんが答えるのと同時に、シルマ伯母さんが言った。「あなた、まずみんなのシャンパンの面倒をみなくちゃ。ケイトのグラスがもう空よ。それにまだ乾杯もしてない」

ケイトは申し訳なさそうにグラスを下ろした。でもバークレイ伯父さんのせいだ。ぐいっといって、と言ったのは伯父さんなのだから。

父が言った。「気になるのはだな、なぜこんなことが起こったのかいまだに理解できないんだよ。つまり動物愛護の連中のことだ。わたしのマウスたちはこのうえなく理想的な暮らしを送っているというのに！　言ってみればどんな人間より健康的な暮らしだ。わたしとマウスたちはとてもいい関係を築いている」

「どんな人間相手よりいい関係なんでしょうね」シルマ伯母さんはそう言って、トレイを持ってその場を離れた。

シルマ伯母さんの息子のリチャードがこちらにやってきた。一緒にいる妻は色白の白っぽいブロンドの女で、すべすべの肌に薄ピンクの真珠のような色のくちびるをしていた。ケイトは父の袖をひっぱってささやいた。「急いで。リチャードの奥さんの名前、なんだっけ？」

「わたしに訊いてわかると思うのか？」

「たしかLで始まるはず。レイラ？　リア？」

「わがいとこよ！」リチャードはほがらかに言った。いつになくフレンドリーだ。「おめでとう！　おめでとう、ピョーダー」リチャードはピョートルの背中をやたらと力を込めて叩いた。

「ケイトのいとこのリチャードだ。こちらは妻のジャネット」

バティスタ博士はケイトに向かって眉を上げてみせた。ピョートルは言った。「リッチ、初めまして。ジェン、初めまして」

きっとリチャードは不愉快そうにいつもの鼻息をもらすだろうと思ったが、どうやらやり過ごすことにしたらしい。「この娘がとうとう片付くなんて信じられないな」リチャードは言った。「一族全員が胸をなでおろしてるよ」

最悪の想定が裏付けられたので、ケイトはぐさっときた。ジャネットが「ちょっと、リチャードったら」とたしなめたことで、なぜだかさらに傷ついた。

ピョートルは言った。「ぼくも胸をなでおろしてる。ケイトがぼくのことを好きになってくれるかどうかわからなかったから」

「もちろん好きになるさ！　きみと彼女なら同類相求むってとこだろ？」

「どうるい？」

リチャードは急に自信を失くしたようだったが、続けた。「つまりその、彼女とおなじ環境にいるっていうか。彼女は科学者のもとで育ったからな、ねえ、ルイス叔父さん？」リチャードは訊いた。「ふつうの人間には理解できないような種族ってことさ」

「具体的には何が理解できないのかね？」バティスタ博士はリチャードに訊ねた。

「まあ、ほら、科学の専門用語とか。すぐには思いつかないけど——」

「わたしは自己免疫疾患を研究してるんだ」バティスタ博士は言った。「たしかに〝自己免疫疾患〟は長たらしいが、分解して説明すると……」

と、そのとき腰に誰かの腕が巻きつけられ、ケイトははっとした。振り向くと、アリスが横に立ってほほえんでいた。「おめでとう、お久しぶりの誰かさん」

「ありがとう」ケイトは言った。

「これは何があっても見逃しちゃいけないなって思って来たの。元気だった？」

「まあまあ」

「あそこにいるうちのおちびちゃんは見た？」

「うん、気づいた。男の子？　女の子？」

アリスは顔をしかめた。「女の子だってば」アリスは気を取り直して言った。「あなたも急いで子どもを作ったら、遊び友達にできるかも」

「えっ、まさか」ケイトはカナッペのトレイを探したが、パティオのずっと向こう側にいってしまっていた。

「旦那さんのこと、聞かせて！　どこで出会ったの？　知り合ってどれくらい？　彼、すごくセクシーじゃない」

「父の研究室で働いてたの」ケイトは言った。「知り合って三年」気がつけばこの説明もいまやほんとうのことらしく思えてきた。長い付き合いのなかで起こった具体的な思い出ばなしまで頭に浮かんできそうだった。

「あそこにいるのが彼のご両親？」

「え？　ああ、違う。あれはゴードンさん夫婦」ケイトは言った。「二軒隣のご近所さん。ピョートルは両親ともいないの。親族も一人もいない」

「ついてるじゃない」アリスが言った。「もちろん、彼はさみしいかもしれないけど、あなたにとってはラッキーってこと。義理の家族問題に煩わされることがないんだから。いつかジェリーの母親に会ってみてよ」アリスは歯をみせてにかっと笑いながら夫のほうを見て、指先を動かしてみせた。「義母はジェリーが神経外科医の女友達と結婚すべきだったって思ってるんだから」アリスは笑顔をくずさずに言った。

バークレイ伯父さんがパティオの中央に行って声を張り上げた。「みなさん、シャンパンは行き渡っていますか?」

客人たちはもごもごと答えた。

「さあ、乾杯にしましょう」バークレイ伯父さんが言った。「ピョーダーとキャサリンに! 二人がわたしと妻のように幸せになりますように」

会場から小さな歓声がちらほらと聞こえ、みんながシャンパンに口をつけた。ケイトは何をしていいのかわからなかった。乾杯されるのなんて生まれて初めてだ。だからみんなのほうにちょっとグラスを傾けて、うなずいてみせた。それから横目で隣を見て、ピョートルが何をしているのかたしかめた。ピョートルは口の端が耳まで届きそうなほどの満面の笑みを浮かべていた。グラスを高々と掲げていたが、やがてそれを下ろし、頭をのけぞらせて一気に飲み干した。

シルマ伯母さんはディナーの席順をフォーマルな夕食会のように取り決めていた――新郎新

婦がテーブルの長辺の中央に隣り合わせで坐り、その右と左に、親族が関係の近い順に坐ることになっていた。まるで〈最後の晩餐〉のようだ。

「あなたの右隣にお父様ね」シルマ伯母さんはダイニングにケイトをうながしながら言った。しかしわざわざ説明する必要はなかった。エレガントなカリグラフィで書かれたネームカードが各席の皿の向こうに置かれていたから。「バニーはピョーダーの左。わたしはルイスの右に坐って、バークレイがバニーの左に坐りますから。シーロンはテーブルの一番端。反対側の端にはリチャード。ほかのお客様はテーブルの向かいに男、女、男、女の順で坐るわ」

ところが問題が起こった。まずバニーがピョートルの隣に坐ることを拒んだ。ダイニングに入ってネームカードを見るや言った。「あの人の隣になんて坐りたくない。席を交換して、バークレイ伯父さん」

バークレイ伯父さんは驚いた顔をしたが、優しく受け入れた。「いいとも」そしてバニーに椅子を引いてやり、自分はピョートルの隣に腰かけた。「義理の妹とのいざこざが待ち受けているようだな」伯父さんはピョートルに小声で言った。

「ええ、彼女はぼくにとても腹を立てているのです」ピョートルは落ち着き払って言った。

ケイトは父のほうに身をかがめた。父はナプキンを広げているところだった。「あの子、なんで腹を立ててるの?」ケイトはささやいた。「お父さん、エドワードを告発しなかったんでしょ？」

「込みいった事情があるんだ」父は言った。

「どう込みいってるわけ？」

父はただ肩をすくめてみせ、ナプキンを広げて膝にかけた。

つぎにアリスが席順に異議を唱えた。とはいっても、もっと遠慮がちにではあったけれど。アリスはケイトとピョートルの向かいに坐ることになっていたのだが、シルマ伯母さんに近づいていってこう言った。「申し訳ないんですけど、端の席と交換していただけないでしょうか？」

シルマ伯母さんは言った。「端の席？」

「途中で子どもにおっぱいをあげなきゃいけないんで、肘のスペースが必要なんです」

「いいですとも」伯母さんは言った。「ねえリチャード？　アリスと席を交換してあげてちょうだい」

リチャードはバークレイ伯父さんほど融通が利かなかった。「なんでだよ？」リチャードは言った。

「赤ちゃんにおっぱいをあげるからスペースが必要なの」

「赤ちゃんにおっぱいだって？」

シルマ伯母さんはケイトの父親の隣の席にするりと腰かけた。リチャードはだいぶ間をおいてからやっと立ち上がり、ミスター・ゴードンの隣の席に移った。アリスはテーブルの端に坐って赤ちゃんのほうに手を差し出した。

ケイトはしぶしぶながらもシルマ伯母さんにある種の尊敬の念を抱きはじめていた。それは〈風と共に去りぬ〉を大人になってからもう一度見直したとき、真のヒロインはメラニーだと気づいたときの感覚に似ていた。伯母さんを結婚式に招待しなかったことを悔やみそうになった。でも、大失敗に終わったことを考えるとそれでよかったのかもしれない。

ピョートルとケイトはすぐ近くに坐っていたので、ピョートルは何かに興味をそそられるたびにケイトのことを肘でつついて教えようとした。そしてピョートルはいろんなものに興味をそそられた。最初に出てきたヴィシソワーズ――彼はジャガイモやキャベツを使った料理に目がない、とケイトはだんだんわかってきた――そのつぎに出された子羊のあばら肉、ピョートルはどちらも気に入ったようだった。バークレイ伯父さんの音響システムから流れるバッハのパルティータにも、音響システムそのものにも興味をそそられた。天井と壁の継ぎ目にめぐらされた凝った廻り縁の四隅に、四つのスピーカーが目立たないように据えてあった。ピョートルがとくによろこんだのは、アリスがみんなに見せようと赤ちゃんを高く抱き上げた瞬間、赤ちゃんが吐いてしまったときだった。ピョートルは声をあげて大笑いし、ケイトは逆に彼のことを肘でつついてたしなめた。それに、シーロン伯父さんがミセス・ゴードンに聖歌隊指揮者が最近「電話で済ます《フォニング・イット・イン》〔おざなりで熱意がない意の慣用句〕」ような態度だと言っているのを聞くと、ピョートルは大よろこびした。「電話で済ます！」ピョートルはくりかえし、子羊を切っている最中のケイトを肘でつついた。ケイトの裸の二の腕にあたるピョートルの肘は、温かくて皮膚が硬かった。

右隣で父が急にかがみこんだ。テーブルの下にもぐりこもうとしているようだった。「いったい何してるの？」ケイトが訊くと父は答えた。「おまえのバッグを探してるんだ」

「わたしのバッグをどうするつもりよ？」

「この書類を入れておこうと思ってな」父はそう言い、ちらっとそれを見せた——何枚かの書類がビジネスレターのように三つ折りになっている。そして父はまたテーブルの下に頭をつっこんだ。「移民局の連中に渡す書類だ」父のくぐもった声が聞こえた。

「もう、いい加減にしてよ」ケイトはそっけなく言い、切り分けた肉に力まかせにフォークを突き刺した。

「ルイス？　何か失くし物でもした？」シルマ伯母さんが言った。

「いやいや」父はそう言って体を起こした。顔が真っ赤になっていて、眼鏡が鼻からずり落ちていた。「ケイトのバッグにちょっとしたものを入れておきたくて」

「まあ、そうなのね」シルマ伯母さんは感心したように言った。おそらくお金だと思ったのだろう。伯母さんは父という人間を知らないから。「あなたに言っておかなくちゃね、ルイス。あなたはこの子たちを育てることにかけて、まずまずうまくやってきたわ」伯母さんは言った。「いろいろ考えあわせてみるとね」そして伯母さんは父のほうにワイングラスを傾けた。「それくらいは認めなくてはね。あのとき、わたしはこの子たちを引き取って育てると言ったけれど、あなたが自分の手元に置いておきたいと言い張ったのは、正しかったのかもしれないわ」

ケイトは噛むのをやめた。

「ああ、まあな」バティスタ博士は言った。ケイトのほうに向くと低い声でささやいた。「初めはお役所仕事でうんざりするかもしれないが、モートン・スタンフィールドの電話番号が書いてある名刺を入れておいた。移民法専門の弁護士だ。きっと力になってくれるだろう」

「わかった」ケイトは言った。それから父の手を優しく叩いて言った。「わかったよ、お父さん」

アリスはバニーに肉を切り分けてくれないかと頼んでいた。カーディガンを羽織って隠しながら、赤ちゃんにおっぱいをあげていたのだ。ジャネットはどうにかしてリチャードと目をあわせようとしていた。リチャードは少なくとも三杯目になるワインを自分のグラスに注いでいた。ジャネットは身を乗り出したまま、修正案でも出すように人差し指を突き出していたが、リチャードはわざとべつのほうに視線を泳がせていた。ミセス・ゴードンがピョートルに、ミンツ家の息子にマウスを誘拐されたなんて気の毒なことでしたね、と話しかけていた。テーブルの向こう側の端に近い席に坐っていたので、ミセス・ゴードンは声を張り上げなければいけなかった。「ほんと、ジムとソニアのミンツ夫妻は真剣に向き合う《ステップ・アップ・トゥ・ザ・プレート》べきですよ」とミセス・ゴードンは言った。ケイトはびくっとした。バニーにも聞こえているはずだからだ。

「ステップ・アップ・トゥ・ザ・プレート」ピョートルは考えこむようにくりかえした。

「バッターズ・プレートのことだ」バークレイ伯父さんが教えてやった。「野球の」

「ああ！　それはいい。なるほど。てっきりディナーのプレートのことかと思った」

「違う違う」

「エドワードが小さいころから」ミセス・ゴードンが言った。「ジムとソニアは放任主義でしたから。エドワードは子どもの時分から変わった子でしたけど、いったいジムとソニアは気づいていたのかしら？」

「彼らは電話で済ましていたようですね」ピョートルがミセス・ゴードンに言った。

ピョートルはさっそくその言いまわしが使えて大よろこびし、見るからに悦に入っているようだったので、バークレイ伯父さんが笑い出した。「きみはアメリカの言いまわしが好きなんだな、ピョーダー」伯父さんがそう言うと、ピョートルも笑った。「大好きです！」顔全体が輝いていた。

「いいやつだ」バークレイ伯父さんは愛情を込めて言った。「ピョーダーに乾杯！」伯父さんはワイングラスを掲げて呼びかけた。「あらためて家族の一員に歓迎しようじゃないか」

テーブルのまわりがざわざわしはじめ、みんなが相槌を打ったり自分のグラスに手を伸ばしかけたりしたとき突然、バニーが椅子をうしろに押しやって寄木の床に耳障りな音を響かせ、いきおいよく立ち上がった。「ふん、あたしはこんな人歓迎しないから」バニーは言った。「無実の人間に襲いかかるような男、誰が歓迎するかっていうの」

ケイトが言った。「無実って！」それからすぐはっとしたように続けた。「襲った？」

「あなたが何をしたか、エドワードから聞いたんだから！」バニーはピョートルのほうを向いて言った。「マウスを返すように静かに訊ねもしなかったんだってね。ありえない。すぐに殴りかかったんだって」

テーブルについている全員がバニーのほうを見た。

「殴りかかったの？」ケイトがピョートルに訊いた。

「ぼくを家に入れるのをちょっとしぶったから」ピョートルは言った。

バニーは言った。「顎の骨が折れるところだったんだよ！　もしかしたら折れてるかもしれない。エドワードのお母さんが心配して救急外来に連れていこうか考えてるところよ」

「よかった」ピョートルはそう言ってパンにバターを塗った。「ワイヤーで口が開かないようにしてくれるかもな」

バニーはみんなに言った。「今の聞いたでしょ？」バティスタ博士が言った。「まあまあ、バン・バンズ。いい子だから。そんなにかっかしなさんな」同時にケイトが訊いた。「ちょっと、いったい何があったの？」

「この人がミンツさんちのドアを叩き壊したんだよ」バニーが言った。「エドワードに面と向かって怒鳴り散らしてシャツの胸ぐらをつかんで、かわいそうなミセス・ミンツが心臓発作を起こしたんだから。起こしかけただけだけど。それからエドワードが行く手をさえぎろうとすると――そりゃするわよね、自分の家なんだから――ピョーダーはエドワードを張り倒して二階に駆け上がっていって、ミンツ夫妻の寝室に押し入って、そしてとうとうエドワードの部屋を見つけ出すと叫んだの。『上がってこい！　すぐに上がってこい！』それから無理やりエドワードに手伝わせてケージを一階に下ろすと、ミンツさんちのミニバンに運び入れた。そのときミセス・ミンツが言ったの。『どういうことなの？　やめなさい！』そしたらピョーダーは『邪魔だ、どけ！』って偉そうに大声で言ったの。ミセス・ミンツは何も知らないのに！　ミセス・ミンツはエドワードが友達のためにマウスを預かってるだけだと思ってたのに！　それにほんとにエドワードは友達のためにマウスを保管してたんだから。インターネットで知り合った、ペンシルヴァニアにある団体の人。来週マウスを受け取りにきて、殺処分のないシェルターに連れていって保護するはずだったのに――」

バティスタ博士がうめき声をもらした。どうやら自分のマウスがばい菌だらけのペンシルヴァニア人たちの手に渡るところを想像したらしい。

「――それからミニバンでマウスを研究室に運ぶと、エドワードは親切にもケージを下ろしてマウス室に運び入れる手伝いまでしたの。簡単なことじゃないのに、エドワードはお礼を言われたと思う？　ピョーダーはお礼どころか警察を呼んだんだよ。エドワードは何にも被害を及ぼしてないのに警察に電話したの。すんでのところで刑務所で朽ち果てるところだったよ。もしミセス・ミンツがピョーダーのことを警察に通報していなかったら」

ケイトは言った。「どういうこと？」

「だから言ったろ、込みいった話だって」父が言った。

客人たちはあっけにとられていた。アリスの赤ちゃんまでバニーの開いた口をじっと見つめていた。

「かわいそうなエドワード」バニーが言った。「ひどい怪我をして。顔の片側がカボチャみたいに腫れ上がっちゃったんだから。そりゃあミセス・ミンツだって警察に通報するわよ。だから お父さんが――」バニーはバティスタ博士のほうを向いた。ケイトはバニーが父のことを〝お父さん〟と呼ぶのを数年ぶりに聞いた。「お父さんが告発を取り下げることになったわけ。

取り下げないならピョーダーを告発するってミンツ夫妻が言ったからね。司法取引ってやつ」

バークレイ伯父さんが言った。「まあ、それは正確に言うと――」

「だから告発しなかったの？」ケイトは父に言った。

「好都合だと思ってな」

「でもむこうがピョートルを怒らせるようなことをしたんでしょ！」ケイトは言った。「エドワードを殴ったのは彼のせいじゃないじゃない」

「そのとおり」ピョートルがうなずいた。

シルマ伯母さんが口を挟んだ。「いずれにしても――」

「お姉ちゃんがそう言うのも無理はないよ」バニーが言った。「ピョーダーは悪いことなんてしてないってかばうのも当然だよね。すっかりゾンビみたいになっちゃって。『はい、ピョーダー、いいえ、ピョーダー』って言いながらこの人につきまとって。『あなたの仰《おっしゃ》るとおりです、ピョーダー。なんでも仰《おお》せのとおりにします、ピョーダー。もちろんあなたと結婚します、ピョーダー。ただアメリカの永住権目当てだとしても』って。それに自分の結婚披露宴だっていうのに超遅刻してきたと思ったら二人ともよれよれくたくたのひどい恰好で、まるで午後じゅういちゃついてたみたい。気持ち悪いっていうのよ。もしあたしが結婚したら、ぜったいにそんなふうに引き下がったりしない」

ケイトは立ち上がってナプキンを脇に置いた。「わかった」ケイトは言った。ピョートルの視線が——その場の全員の視線が——こちらに注がれているのを感じた。バークレイ伯父さんは見世物でも眺めるように見ていたし、シルマ伯母さんは隙あらば割りこんでこの騒ぎを収めようと身を固くしていた。でもケイトはバニーにだけ目を向けていた。「あんたの夫はあんたの好きなように扱えばいい」ケイトは言った。「でもその相手が誰であれ、わたしは同情するな。男であるのは大変なことなの。そのことについて考えたことある？　何かに悩まされてても、男はそれを隠さなきゃいけないと考えるの。自分がすべてを掌握して、主導権を握っているように見せなきゃいけないんだって。あえてほんとうの感情なんて見せないでいる。どれだけ傷ついていようが、自棄になっていようが、悲しみに打ちひしがれていようが、心臓病にかかっていようがホームシックにかかっていようが、何か大きな罪悪感に苛《さいな》まれていようが、何かひどい失敗をしかけていようが——『ああ、大丈夫だ』って、男はそう言う。『何もかもうまくいってるよ』って。考えてみれば、女よりずっと不自由なんだよ。女はよちよち歩きのときから人の感情をじっくり観察して、レーダーに磨きをかけてきている——直感や共感や人間関係のあれこれをね。女は物事の裏にある仕組みを知っているのに、そのあいだ男はスポーツ競技や戦争や名声や成功に明け暮れている。まるで男と女はぜんぜんべつの国に生きてるみたい！　わたしはあんたが言ったように『引き下がったり』してない。わたしはこの人をわたしの国に入れてあげようとしてるだけ。わたしたちのどちらもが自分らしくいられる場所を彼にあげようとしているの。だからお願い、バニー、わたしたちのことは大目にみて！」

バニーはぼうぜんとしたようすで椅子に坐りこんだ。納得したわけではなかったかもしれないが、ともかくいまのところは戦意を失っていた。

ピョートルが立ち上がってケイトの肩に腕をまわした。ケイトの目を見つめてにっこり笑うと言った。「キスしておくれ、カーチャ」

そしてケイトはキスをした。

エピローグ

ルイ・スシェルバコフは両親と契約を結んでいた。両親がルイを預けてどこかに出かけるときは、自分の食事を自分で用意していいという取り決めだ。すでにママよりはずっと料理がうまかったし、パパの腕前にだってひけをとらなかった。この秋に小学校に上がったとき、大人がそばにいるときだけという条件で、パパとママはコンロを使わせてくれるようになった。でも電子レンジとトースターは使っていいことになっていたし、よく切れるナイフじゃなくて食事用の銀のナイフなら使っていいことになっていた。キッチン鋏《ばさみ》でビーフジャーキーを切るのは得意中の得意だった。

今夜、パパとママはワシントンに行くことになっていた。ママが賞を獲ったからだ。植物学連盟からプラント・エコロジー賞をもらったのだ。今週、ルイはずっとみんなに言ってまわった。「ママがしょくブッ、がくれんめいから賞をもらうんだ」そう言っては笑い転げた。たいていの人はお行儀よくほほえんでみせるだけだったけど、パパに聞こえるところでそれを言うと、パパはルイに負けず劣らず大笑いした。パパは笑うと、目の端っこがちょっとだけつり上がる。ルイの目も笑うとそうなる。それにまっすぐな黄色い髪もパパとおなじだ。シルマ伯母さんはルイがパパにおもしろいほどそっくりだと言った。でもルイはそれのどこがおもしろいのかさっぱりわからない。伯母さんはルイにはパパみたいなおっきな腕の筋肉がついてないことを言ってるんだろうか？　でも、いずれはルイだってそうなる。

ルイはトースターにパンを二枚入れると、脚立式の踏み台を引きずってきて食料品入れの戸棚からサーディンの缶詰を取り出した。サーディンが大好物というわけではないけれど、ちっちゃなブリキの鍵で蓋を開けるのが好きなのだ。それをやり終えると、今度はカウンターの上のボウルからバナナを取った。なぜならバナナはミラクルフードだからだ。ルイはバナナの皮をむいて食事用のナイフで輪切りにした。それからキッチンの外に出て、声を張り上げた。

「キドニービーンズはないの？」

「え？　ないよー！」両親の寝室からママの声が聞こえてきた。

「ざんねんだな」ルイは独り言みたいに言った。キドニービーンズはおじいちゃんの家に行くとよく食べる。いろんなものがマッシュされた料理のなかに入っているのだ。ルイはちょっとすっぱいあの味が好きだった。

「いったいどうしてキドニービーンズなんているの?」ママの声が響いてきた。それから低い声でこう言うのが聞こえた。「どうしてズボンで行っちゃだめなのかな」

「でもオフィシャルな場だから」パパが言った。「ぼくだってスーツを着る」

「あなたもたまにはドレスを着てみればいいよ。わたし、まるで頭の悪い子どもが着飾らせた犬みたい」

ルイはキッチンに戻ってもういちど踏み台に登り、搾り出し用のボトルに入ったケチャップを取り出した。赤があればうまくいくぞ、とルイは思った。赤に、銀色に、ベージュ。ケチャップに、サーディンに、バナナ。「緑はどこだ?」パパはいつだってそう言う。するとママはこう答える。「まあ、たまには緑を休ませてもいいじゃない。大学を出るまで白い食べ物しか食べなかった子たちを知ってるけど、健康そのものだったよ」

たいてい、ルイのシッター役をやるのはおじいちゃんだ。バニー叔母さんがパーソナルトレーナーと結婚してニュージャージーに引っ越してしまったから。おじいちゃんちにはすごく古くて色のあせた『子どものためのおもしろ科学』という本があって、シッターをやるときにはかならずそれを持ってきて、ルイに読み聞かせてくれた。たとえひとつひとつの言葉の意味がちゃんとわからなくても、ルイは大切にされ、愛されているような気持ちになった。だけど今夜はおじいちゃんも一緒にワシントンに行くことになっている。シルマ伯母さんもバークレイ伯父さんもシーロン伯父さんもだ。だからルイは一階に行ってミセス・リューと一緒に過ごさなければいけない。でもそれでもいい。ミセス・リューはルイにコカ・コーラを飲ませてくれるし、ミセス・リューの友達のミセス・マーフィはガラス張りのキャビネットにいろんなかっこいいものを持っているから。雪のかわりに金色の星が舞うドーム型のペーパーウェイト、真っ赤なベリーの頭のほうがとれて、すごく小さな白い象の群れがこぼれだしてくる置物、それに薄茶の壁に茶色の屋根がついたお天気小屋。小屋にはドアが二つあって、それぞれからちっちゃい男の人か女の人が出てくるようになっている――晴れになるときは片方のドアから女の人が出てきて、雨になる日はもう片方から男の人が出てくるしくみだ。だけどだいたいは、すごく小さいじょうろを持った女の人のほうが出ている。大雨の日でも、男の人は指先ほどの大きさの傘を持ったまま小屋の奥にひっこんでいる。パパは、これは正しくない科学だと言っていた。

ミセス・リューはベビーシッター代を受け取ろうとしなかった。自分はルイのおばさんなのだからというのだ。ルイは小さいころ、ほんとうにミセス・リューが自分のおばさんだと思っていた。だって、二人の名前はよく似ているから。でもママはミセス・リューは「名誉おばさん」なのだと説明した。ミセス・マーフィもおなじだ。なぜならルイの家族が住んでいるのはミセス・マーフィの家だから。とはいっても、おじいちゃんは自分のところに引っ越してきてほしがっていた。だけどママは引っ越すつもりはないと言った。ここにもう十一年も住んでいて、なんの不自由も感じていないし、なんのために部屋が必要なのかわからない、掃除機をかける場所が増えるだけだ、と。パパはママが正しい、と言った。

ルイはトースターから二枚のトーストを取り出してカウンターに置いた。一枚目にバナナの輪切りを敷き、その上にサーディンを整列させると、ケチャップをまんべんなくジグザグ模様にかけた。最後に二枚目のトーストを上からかぶせてぎゅっと押した。引き出しからタッパーウェアのサンドウィッチボックスを出して、できあがったサンドウィッチを入れた。サンドウィッチを押しつけたときケチャップがカウンターに飛び散ったけれど、たいした量じゃなかった。

去年の冬、パパとおじいちゃんが二人で賞を獲ったときは、ぜんぜんべつの国でのことだったので、ルイも一緒に行かなくてはいけなかった。授賞式はすごく退屈だったから、ルイはママから借りた携帯で、なんどもおなじビデオゲームをやっていた。今度の授賞式に自分が行けないとわかっても、ルイは残念には思わなかった。

ルイは指についたケチャップを舐め、ラックから布巾を引っぱり出してTシャツについたケチャップをできるだけ拭き取ろうとした。そうこうしているうちに、廊下からパパとママの声が聞こえてきた。「必要以上に長居しないようにしようね」ママが言っている。「ぺちゃくちゃおしゃべりするの嫌いなんだって、わかってるでしょ」そしてキッチンのドアのところに二人が姿を現した。ママは長い黒髪を肩のまわりに広げて、目の覚めるような赤いパーティドレスを着て、スカートの裾から素足を突き出していた。パパは青いスーツを着て、黄色い稲妻模様が入った紫のネクタイをつけていた。「わたしたち、どう？」ママが言った。ルイは答えた。

「お天気小屋の人たちみたい」

でも、ルイはすぐにそうじゃないと気づいた。ドアのところにいるのはおなじだけれど、パパとママは一つのドアのところに並んで、ぴったり寄り添って立っている。どちらか一方が前に出ることも、うしろに下がることもなく。それに、二人は手をつないでほほえんでいる。

『じゃじゃ馬ならし』オリジナル・ストーリー

序幕。領主が戯れに、酔いつぶれて居酒屋で寝ているクリストファー・スライを担ぎ出し、上等の服を着せ、館のベッドに寝かせ、小姓に奥方役を演じさせて領主として扱うように命じる。困惑しながらもその気になってきた偽領主に披露する喜劇として「じゃじゃ馬ならし」が始まる。

ピサの豪商の息子ルーセンショーが、召使のトラーニオを伴って、遊学のためにパドヴァの広場に到着した。と、そこに富豪バプティスタが、二人の娘キャタリーナとビアンカ、ビアンカの求婚者ホーテンショーとグレミオーと共に登場。バプティスタは、姉のキャタリーナに夫が見つかるまでは、妹ビアンカは結婚させないと宣言する。猛反発するキャタリーナと、従順に父の命令どおり家にこもることにしたビアンカ。ひと目でビアンカの虜となったルーセンショーは、家庭教師として彼女に近づくために、トラーニオと入れ替わることにする。

ホーテンショーは、ヴェローナからやってきた旧友ペトルーチオに、「根性曲がりのじゃじゃ馬を君の女房にしてほしいんだけどな?」と誘いかける。「その女がアドリア海の怒濤《どとう》なみにたけり狂っても大丈夫だ。俺は金持ちの女を妻にしようとパドヴァに来たんだ」とやる気満々のペトルーチオ。「我慢できないくらいのがみがみ女で、手のつけようもないつむじ曲がりのじゃじゃ馬なんだ」というホーテンショーのダメ押しもかえって彼の心に火をつける。すぐに口説きに行くというペトルーチオ。ホーテンショーは、変装して音楽の家庭教師になり、ビアンカに近づくことにする。

バプティスタ家では、キャタリーナがビアンカをいじめて殴ったり、家庭教師（ホーテンショー）の頭をリュートでぶん殴って罵詈雑言を浴びせたりとやりたい放題。そこへペトルーチオ登場。父親に持参金の額を確認したのち、さっそく猛然とキャタリーナを口説き、丁々発止のやり取りの末、強引に次の日曜日に結婚することを決めてしまう。

グレミオーと、ルーセンショーに扮した召使トラーニオは「より多くの財産を娘に遺《のこ》すと約束なさる方にビアンカを差し上げよう」とバプティスタに言われ、トラーニオが一応競《せ》り勝ったものの、父親の承認が必要になる。偽ルーセンショーは、偽の父親を見つけなければならぬ窮地に。

さて、ともにビアンカの家庭教師となったホーテンショーとルーセンショー。互いに牽制しながら彼女を口説くが、ビアンカはルーセンショーに惹かれていく。のちにふたりは相思相愛に。それを目の当たりにしたホーテンショーは、以前から想いを寄せてくれていた金持ちの未亡人と結婚することにする。

日曜日。結婚式当日だというのに、ペトルーチオが現れず、キャタリーナは泣き崩れる。やっと現れたペトルーチオは、新郎とは思えない奇妙奇天烈《きてれつ》なみすぼらしい恰好。結婚式でも司祭を殴りつけ、傍若無人のふるまいをした挙句、キャタリーナを連れ去る。

パドヴァのペトルーチオの別荘までの道のり、馬が倒れて、ペトルーチオとキャタリーナは泥まみれに。召使を叱責して殴るペトルーチオを、キャタリーナは泣きながら止める。ボロボロになってやっと到着したものの、ペトルーチオは召使たちをどなりつけ、用意された料理も気に入らないといって下げさせる。寝室でも、怒鳴り、わめき、罵って貞節について説教し、疲れ切ったキャタリーナは放心状態。ペトルーチオは、野生の鷹を手なずける方法、つまり何も食べさせず、一睡もさせないというやり方で、じゃじゃ馬キャタリーナを馴らす算段だ。ペトルーチオは仕立て屋が仕上げたドレスにも難癖をつけ、キャタリーナは普段着のままパドヴァでの披露宴に向かうことに。道中、ペトルーチオは、太陽を月、年取った男性を「お嬢さん」といい、妻が違うと言うのならば家に帰るといい放つ。観念したキャタリーナは「あなたがこうと名づければ、何だってそうなるのよ」と夫に全面的に従う。

ルーセンショーの家に、本物の父親ヴィンセンショー（ペトルーチオの一行が出会った年取った男性）が訪れる。偽のヴィンセンショーと鉢合わせして騒ぎになったところで、本物のルーセンショーがビアンカとの結婚式を終えて登場。父親にことの次第の許しを乞う。

それを影で見ていたペトルーチオとキャタリーナ。この騒ぎを見届けようというキャタリーナに「まずキスしてくれ、ケイト、行くのはそれからだ」とペトルーチオ。道の真ん中では恥ずかしいというキャタリーナだが、結果「待って、キスします。お願い、あなた、行かないで」とキス。「どうだ、悪くないだろう？　おいで、かわいいケイト」と二人退場。

ルーセンショーの宿の一室。ペトルーチオとキャタリーナ、ルーセンショーとビアンカ、ホーテンショーと未亡人の三組の新婚夫婦。男たちは、誰の妻が一番従順か、賭けをすることに。するると、キャタリーナだけが夫の呼び出しに素直に応じ、しかもペトルーチオの命令で、ふたりの妻に「主人たる夫への義務」を滔々《とうとう》と説教。あのじゃじゃ馬を見事に調教したものだ、という男たちの喝采のうちに幕を閉じる。


（編集部）

※本文中の科白は『シェイクスピア全集20　じゃじゃ馬馴らし』（シェイクスピア松岡和子・訳　ちくま文庫）より引用させていただきました。

「アン・タイラーはシェイクスピアの戯曲が嫌いだ。一つ残らず。しかしとりわけ嫌いなのが『じゃじゃ馬ならし』だ。だから書きなおすことにした」——作者のアン・タイラーがこう明かしたと伝えているのは、ワシントンポスト紙の名物書評家ロン・チャールズ。『ヴィネガー・ガール』のアメリカでの刊行時に発表されたインタヴュー記事のなかである。

本書は現代の作家がシェイクスピア作品を選んで語りなおす〈ホガース・シェイクスピア〉の一冊であるが、選択の理由が「嫌いだから」というのは、おそらくシリーズのなかで唯一の例だろう。だが、その気持ちはわからなくもない。なにしろ『じゃじゃ馬ならし』はシェイクスピアの有名な喜劇の一つでありながら、その性差別的な内容からたえず批判の対象となってきた問題作だ。さらに、北村紗衣氏の識見に富んだ解説によれば、「若書きの荒削りな芝居」であるという。タイラーが嫌っている第一の理由は、まさしくそこにあるようだ。「まったくクレイジーな物語です」と、先のインタヴューで彼女は語っている。「人物のふるまいがとても不可解なので、何かほかの側面もあるのだと思わざるをえません。（中略）いったい何がどうなっているのか明らかにしてみましょう」

では、タイラーはこの「クレイジーな」物語をどのように語りなおしたのだろうか——われらが主人公はケイト（キャサリン）・バティスタ。かつては植物学者を志していたが、教授をけなしたことがきっかけで大学を中退し、現在はボルティモアの実家に暮らす二十九歳。プリスクールのアシスタントとして働きながら、科学者の父親と高校生の妹のいる一家を切り盛りしている。男性並みの長身で、おしゃれには無関心。プリスクールの子どもたちには人気があるが、無愛想で無遠慮な性格がわざわいして、保護者の評判は芳しくなく、校長からは目をつけられている。あるとき、父は優秀な外国人の研究助手ピョートルをケイトに紹介する。研究の完遂を待たずにピョートルのビザが切れるので、ケイトと結婚させて永住権を獲得させようともくろんだのだ。ケイトはじゃじゃ馬ならぬ捨て駒扱いされたことに怒りと屈辱を覚え、父の企てに反発するのだが……。

タイラーはこうしてケイトのバックボーンを描くことで、むやみに気が強くて気性が荒い女のカリカチュアであるキャタリーナを、自分の意見をもっていて、誰にもこびへつらうことのない現代版の「じゃじゃ馬」へと変身させた。一方のピョートルは、キャタリーナの求婚者ペトルーチオのような強引さはないものの、持ち前の屈託のなさをもって飄々《ひょうひょう》とケイトに接近していく。原作ではキャタリーナとペトルーチオが丁々発止のやりあいをくりひろげるのだが、ここでは率直な物言いのケイトと、まだ英語が流暢に話せない外国人（明言されていないが、おそらくロシア人）のピョートルのうまく嚙みあわないコミュニケーションが笑いを誘う読みどころとなっている。また、自分とは正反対の美人で社交的な妹バニーに対するケイトの微妙な心情や、母親の不在がバティスタ家におよぼしてきた影響など、オリジナルの要素も丁寧に描きこまれており、「何がどうなっているのか」が腑に落ちる展開となっている。

なお、原作の戯曲では冒頭に居酒屋で泥酔しているスライという男が登場し、通りがかった領主に悪戯《いたずら》をしかけられて『じゃじゃ馬ならし』の芝居を見るという劇中劇の体裁になっているのだが、タイラーはその仕掛けを取り払い、代わりにエピローグで本篇には登場しないある人物の視点からこの物語の後日譚を語っている。その人物の存在によって、夢を失ってふてくされぎみに生きていたケイトが、ほんとうの自分の人生を取り戻したことが明らかにされる。そんな終幕に、タイラーは『じゃじゃ馬ならし』をみごとに飼いならしてみせたな、と大きな拍手を送りたい気持ちになる。

著者のアン・タイラーは一九四一年、ミネソタ州ミネアポリス生まれ、現在はメリーランド州ボルティモアに在住。一九六四年に第一作目の長篇 *If Morning Ever Comes* を刊行し本格的に作家活動に入る。一九八二年に発表した九作目の *Dinner at the Homesick Restaurant* （『ここがホームシック・レストラン』中野恵津子訳、文藝春秋）が賞賛をもって迎えられ、一九八五年発表の十作目 *The Accidental Tourist*（『アクシデンタル・ツーリスト』田口俊樹訳、早川書房）が大ベストセラーとなり、映画化された。さらに一九八八年刊の十一作目 *Breathing Lessons*（『ブリージング・レッスン』中野恵津子訳、文藝春秋）でピューリッツァー賞を受賞。こうしてアメリカ文学界で独自の地位を確立し、同時に大衆のあいだでの人気を不動のものとした。以後も二、三年に一作のペースでコンスタントに新作を発表。日本でもおもに中野恵津子氏の翻訳で二〇一〇年刊の十八作目 *Noah's Compass*（『ノアの羅針盤』河出書房新社）まで継続して紹介され、アン・タイラー・ファンを増やしてきた。二〇一六年に発表された二十一作目の本書は、十年ぶりの邦訳となる。

作品のほとんどが著者が長年住んでいるボルティモアを舞台としており、どこにでもいそうなふつうの人びとが抱える家族間の軋轢《あつれき》や、それに対峙する彼らのアンビバレントな感情を、ディテールを積み重ね、そこはかとないユーモアをまじえて描いているという点で共通している。ページをめくればおなじみの土地に等身大の家族が現れる。大きな事件が起こるわけではないけれど、静かな不安や不満、ささやかな喜びや羨望といった、なんとなく身に覚えのある小さな心の揺れの蓄積が、彼らの人生を動かしていくさまから目が離せなくなる——本書もそんなアン・タイラーの持ち味が存分に発揮されている一冊だ。

最後に、編集を担当してくださった集英社クリエイティブの村岡郁子さんに、心よりお礼申し上げます。

二〇二一年七月

鈴木　潤

参考文献

Ron Charles, "Anne Tyler loathes Shakespeare. So she decided to rewrite one of his plays."
The Washington Post, June 21, 2016
https://www.washingtonpost.com/entertainment/books/in-a-rare-interview-anne-tyler-talks-about-her-unusual-new-novel/2016/06/21/640b99c0-3311-11e6-8ff7-7b6c1998b7a0_story.html

解説

北村紗衣

アン・タイラーの『ヴィネガー・ガール』は、現代の作家がウィリアム・シェイクスピア劇を小説に翻案する〈ホガース・シェイクスピア〉のラインナップの一作だ。原作は『じゃじゃ馬ならし』……なのだが、まったくアン・タイラーも、この作品を翻案することにしたホガース社のスタッフも、いい度胸をしている。というのも、シェイクスピア劇の中でも『じゃじゃ馬ならし』は一番の問題作と言っていいからだ。

正直なところ、シェイクスピア劇の中でもこれほど見に行く気がおきない芝居はない。じゃじゃ馬と呼ばれるヒロインのキャタリーナを求婚者ペトルーチオが食べさせない、眠らせないなど典型的な洗脳の手法を用いて従順な妻に作り変えようとし、根負けしたキャタリーナが最後に妻の従順を説くスピーチをして終わるというこの物語は、とんでもなく性差別的で暴力的だ。さらにこの作品は一五九〇年代前半頃に書かれたと思われ、シェイクスピアにとっては初期作で、その後に書かれたと思われる芝居に比べると明らかに洗練されていない。じゃじゃ馬やら奇抜な求婚やらにまつわる小話のようなものは当時たくさん存在したが、そういうものをネタにした若書きの荒削りな芝居である。ビートルズの曲にたとえるならデビュー曲の「ラヴ・ミー・ドゥ」（一九六二）みたいなものだ。ところどころ才能を感じさせるが、その後に生まれた独創的な作品とは出来が違う。こんなものばかり書いていたらシェイクスピアは別に後世に名は残さなかっただろう。

では近世ロンドンの劇場のお客は何も疑問を持たずにこの芝居を見ていたのだろうか？　実はシェイクスピアの『じゃじゃ馬ならし』よりも十数年ほど後に、シェイクスピアの後輩で共作したこともある劇作家ジョン・フレッチャーが『女の勝利またの名じゃじゃ馬馴らしが馴らされて』という勝手続編みたいな芝居を書いている。この作品はキャタリーナが亡くなった後、ペトルーチオが新たに迎えた新妻マライアの抵抗により、横暴な夫でいられなくなるという内容だ。これは『じゃじゃ馬ならし』に当時から違和感を抱く観客がいたか、あるいは十数年のうちに内容が古くなってしまったかのどちらかを示唆しているだろう。おそらく『じゃじゃ馬ならし』は最初からけっこう問題含みな芝居だった。

そんな『じゃじゃ馬ならし』だが、この芝居の受容の歴史を見ていると、非常に居心地悪く感じることがある。伝統的にシェイクスピアの上演史においては、本作の性差別的側面に対する指摘がずいぶん手ぬるかった。こんなに性差別的で出来のほうもたいして良いとは言えないと思われるにもかかわらず、本作は頻繁に上演される。以前、私が出席していた研究会で、同じシェイクスピアの喜劇で人気キャラクターのフォルスタッフを主人公としてはいるがあまり出来が良いとは言えない『ウィンザーの陽気な女房たち』より『じゃじゃ馬ならし』の上演回数のほうが多いのはなぜかという話題が出たことがあった。前者は女性たちが不心得な男性をコテンパンにやっつける作品、後者は男性による女性虐待の物語である。演劇界では女が男をこらしめる話が受け入れられにくいからではないかという指摘が出ていたが、これは一理ある。舞台芸術の世界は今でもけっこう男性中心的だ。

研究者や批評家のほうも、この作品は見かけほど性差別的ではないというような弁護をやたらと行ってきた。中には説得力のある分析もあるが、「なんでそこまでしてこの作品を擁護したいの？」と言いたくなるような批評も多い。最後の女性の従順に関する演説はペトルーチオに調子をあわせているのであって、キャタリーナは夫をうまく操縦しようとしているのだというような解釈もあるが、これは本作の性差別的な側面をいささかも弱める効果はない……というか、むしろキャタリーナが陰険さを学んで性差別的な社会に迎合するようになったということで、私に言わせれば大変なバッドエンドである。日本語版ウィキペディアの『じゃじゃ馬ならし』の記事には二〇一五年九月九日まで「カタリーナを社会に適合した一員にするためには、彼女のヒステリー的暴力に対するに、ペトルーキオの厳しい手段が必要だったと見ることができる」などという洗脳を肯定する分析が出典もなしに書かれていた。シェイクスピア批評は、女性が男性から洗脳され、虐待されるお芝居に対してずいぶん甘い態度をとっていた。

ここまで解説してきた内容からもわかるように、筆者はシェイクスピア研究者だが、『じゃじゃ馬ならし』を全く面白いと思っていない。素晴らしくよく出来た上演や翻案をいくつか見たことはあるが、この作品に優秀な演出家や役者たちが労力を注ぎ込むくらいなら他に取り組むべき芝居がたくさんあると思っている。そして、『じゃじゃ馬ならし』を評価したり翻案したりするには別にこの作品が好きである必要はないし、むしろこういう問題作の場合は嫌っている人がやったほうがいいのかもしれない。たとえばアイルランドの劇作家ジョージ・バーナード・ショーはこの作品が嫌いで、代表作である『ピグマリオン』（一九一三年初演、ミュージカル『マイ・フェア・レディ』の原作）には『じゃじゃ馬ならし』に対する批判的な分析が反映されていると考えられている。

この点でアン・タイラーはぴったりの翻案者だ。「訳者あとがき」でも触れられているように、二〇一六年六月二一日に『ワシントン・ポスト』ウェブ版に掲載されたインタビュー記事によると、タイラーはシェイクスピア劇は好きではなく、とくに『じゃじゃ馬ならし』が嫌いらしい。嫌いなら完全に書き直してしまえばいいということで、『ヴィネガー・ガール』は全然シェイクスピアっぽくなく、そこが良い。

もちろん要所要所には『じゃじゃ馬ならし』が出てくる。ヒロインがケイト・バティスタなのは、原作のキャタリーナのあだ名がケイトでその父親はバプティスタという名前だからだ。妻の従順さを説くスピーチのかわりにケイトが男子文化の不自由さを妹のバニーに語るスピーチがあり、その後に原作の有名な台詞「キスしておくれ、ケイト」をもじった「キスしておくれ、カーチャ」という台詞が出てくるあたりの展開もそっくりだ（二九五〜二九六ページ）。

しかしながらこうした重要なポイントを除くと、本作はあまり原作の展開にこだわっていない。舞台はボルティモア、ヒロインのケイトは大学をドロップアウトしてプリスクールで働いており、ぶすっとして感じの良くない女性だが、原作のキャタリーナに比べるとぶっ飛んだところは少なく、ユーモアのセンスもあり、実にまともな市民である。むしろ研究者である父親のルイスのほうが相当な変人だ。奇妙な習慣を二人の娘に押しつけており、さらに日常生活はケイトに頼りきりで全く自立できておらず、極めて問題のある親だ。妹のバニーや隣人のエドワードなども変わり者で、どちらかというとシェイクスピアというよりは、ボルティモアを舞台に悪趣味な映画ばかり撮っているジョン・ウォーターズ監督の世界の住人を大人しく穏健にしたような感じである。原作に出てくる強制結婚は、外国籍である優秀な研究者ピョートルのビザを獲得すべく、雇い主であるルイスがケイトに偽装結婚をすすめるという現代風な展開に変わっている。ケイトは最初、猛烈な拒否反応を示すが、流されるような形で協力することになってしまう。ちょっと周囲から浮いたヒロインがいろいろな事情で見知らぬ人々と急接近し、新しい環境に放り込まれるという物語はタイラーが得意とするもので、スーザン・サランドン主演でテレビドラマ化もされた『夢見た旅』（一九七七）などもそうした展開だ。本作は、ピョートルとの不本意な出会いを通してどういうわけだか解放されていくケイトの姿をユーモアを交えて描いたロマンティックコメディになっている。

集英社の〈語りなおしシェイクスピア〉シリーズではこれまでマーガレット・アトウッドの『獄中シェイクスピア劇団』とエドワード・セント・オービンの『ダンバー　メディア王の悲劇』が刊行されている。二作とも非常にシェイクスピアに詳しい作家がたくさんシェイクスピアネタを盛り込んだ、わりと濃いめの作品だ。一方、『ヴィネガー・ガール』はこの二作に比べるとシェイクスピアを知らなくても楽しめるところが多く、むしろシェイクスピアが嫌い、『じゃじゃ馬ならし』が嫌い、という人こそ気軽に読めそうな小説だ。そして『ヴィネガー・ガール』が面白かったという方には、原作の戯曲を読んで下さいとは言わないので（とくにおすすめはしない）、本作と同じく『じゃじゃ馬ならし』が原作の映画『ヒース・レジャーの恋のからさわぎ』（一九九九）や、先程触れたショーの『ピグマリオン』を手に取って見て頂きたい。どちらも本作の良い友達と言える作品だと思う。

アン・タイラー　Anne Tyler

1941年米国ミネソタ州ミネアポリス生まれ。『ここがホームシック・レストラン』で1983年のピューリッツァー賞とPEN/フォークナー賞の最終候補に。『アクシデンタル・ツーリスト』は1985年全米批評家協会賞を受賞し、1986年ピューリッツァー賞最終候補に（ローレンス・カスダン監督により映画化。邦題『偶然の旅行者』）。『ブリージング・レッスン』で1989年ピューリッツァー賞を受賞。2015年『A Spool of Blue Thread』でブッカー賞最終候補に。ボルティモア在住。

鈴木 潤（すずき・じゅん）

翻訳家。フリーランスで翻訳書の企画編集に携わる。訳書にショーン・ステュアート『モッキンバードの娘たち』（東京創元社）、クリステン・ルーペニアン『キャット・パーソン』、クロエ・ベンジャミン『不滅の子どもたち』（共に集英社）、シオドラ・ゴス『メアリ・ジキルとマッド・サイエンティストの娘たち』（共訳・早川書房）、テッド・ジョイア『ジャズ・スタンダード』（みすず書房、近刊）。神戸市外国語大学英米学科卒。

北村紗衣（きたむら・さえ）

1983年生まれ。専門はシェイクスピア、フェミニスト批評、舞台芸術史。現在、武蔵大学人文学部英語英米文化学科准教授。著作に『シェイクスピア劇を楽しんだ女性たち――近世の観劇と読書』（白水社）、『お砂糖とスパイスと爆発的な何か』（書肆侃侃房）、『批評の教室――チョウのように読み、ハチのように書く』（ちくま新書）ほか。

語《かた》りなおしシェイクスピア3　じゃじゃ馬《うま》ならし

ヴィネガー・ガール

2021年9月30日　第一刷発行

著　者　アン・タイラー
訳　者　鈴《すず》木《き》　潤《じゅん》
編　集　株式会社　集英社クリエイティブ
〒一〇一-〇〇五一
東京都千代田区神田神保町二の二三の一
〇三-三二三九-三八一一
発行者　徳永　真
発行所　株式会社　集英社
〒一〇一-八〇五〇
東京都千代田区一ッ橋二の五の一〇
電　話　〇三-三二三〇-六一〇〇（編集部）
〇三-三二三〇-六〇八〇（読者係）
〇三-三二三〇-六三九三（販売部）書店専用
印刷所　大日本印刷株式会社
製本所　加藤製本株式会社

ISBN978-4-08-773509-3　C0097

集英社の翻訳単行本

世界のベストセラー作家が、
シェイクスピアの名作を語りなおすシリーズ刊行中！

語りなおしシェイクスピア１　テンペスト

獄中シェイクスピア劇団

マーガレット・アトウッド　鴻巣友季子 訳

シェイクスピア最後の戯曲『テンペスト』を、『侍女の物語』『誓願』のアトウッドが、現代の刑務所を舞台にリトールド。人種も年齢も階級もさまざまで個性的な囚人たちが、超絶ラップをおりまぜて演じる『テンペスト』。その上演中に繰り広げられる復讐劇の行方は!?　辛辣でユーモラスな展開の末に深い感動が待ち受ける傑作。

語りなおしシェイクスピア２　リア王

ダンバー　メディア王の悲劇

エドワード・セント・オービン　小川高義 訳

ヘンリー・ダンバーは、テレビ局や新聞社を傘下に収めるメディア王。だが、会社の乗っ取りを企む娘たちの陰謀で、秘密裡に遠方の療養所に入れられクスリを盛られてしまう——父親から虐待を受け、クスリと酒に溺れた過去を持つ作者が、慢心の果てに真実を見誤り娘たちに裏切られる、強烈で横暴な父親「リア王」をリトールド。

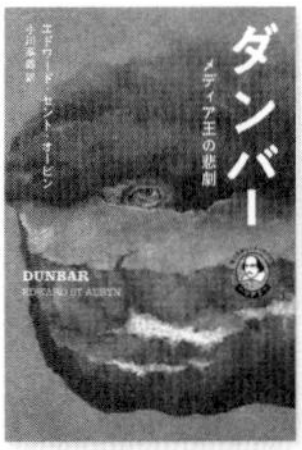